낭떠러지 끝에 있는
상담소

낭떠러지 끝에 있는 상담소

이지연 리얼리티 심리 소설

보아스 BOAZ

이 소설은 마음서가 대표 김윤경 상담사의 이야기를 모티브로
완전히 각색하고 창작한 스토리입니다.

차례

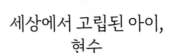

세상에서 고립된 아이,
현수

텔레비전에서는 끔찍한 살인사건에 대한 보도가 한 달간 집중 보도되었다. 20대 초반의 여성이 동년배 20대 여성을 100번을 찔러 살해하고 시신을 훼손해 유기한 사건이었다. 며칠 걸러 한 번씩 범인에 대한 신상이 업데이트되면서 범죄의 동기와 그에 관련된 심리적 상황이 하나씩 밝혀지기 시작했다.

상담심리사인 이유경은 처음 이 사건이 뉴스에 보도되었을 때부터 범인인 정윤주가 은둔형 외톨이임을 직감하고 이번 사건을 눈여겨보고 있었다.

한 달에 걸친 전문가들의 조사와 프로파일링을 통해 사건의 전말이 밝혀졌다.

20대 초반의 정윤주는 어렸을 때 아버지가 집을 나가고 초등학교 때까지 엄마와 함께 살다가 엄마가 우울증으로 생활이 힘들어지면서 외할아버지 손에 맡겨졌다. 고등학교를 졸업한 이후 사회에 적응이 어려운 심리적인 문제로 인해 취업이 되지 않아 3년간 집에서만 지내고 외부와의 접촉이 없던 정윤주는 우연히 동네 편의점에서 일하는 장기 알바생과 이런저런 이야기를 나누는 사이가 되었다. 정윤주는 그 알바생이 보육원을 나와 연고가 없고, 혼자 살고 있다는 사실을 알게 되었다.

평소 할아버지에게 얹혀살며 집을 지옥처럼 생각했던 정윤주는 집을 벗어날 방법으로 한 영화에서 아이디어를 얻었다. 그 영화의 주내용은 다른 여성을 살해해 그녀의 신분을 도용해 살아간다는 내용이었다. 정윤주는 그 영화를 모방해 자신도 알바생의 신분을 도용해 주거지를 얻고 다른 사람으로 살아가려고 범죄를 저지른 것이다.

유경이 운영하는 심리상담센터 마음서고의 동료 김해인이 뉴스를 보면서 유경에게 말했다.

"통계에 따르면 우리나라 은둔형 외톨이 청년이 24만 명이 넘는다고 하죠. 자동화로 인해 아르바이트나 취업이 갈수록 어려워지면서 은둔형 외톨이도 더욱 늘어날텐데… 지금까지 수면 아래에 있던 은둔형 외톨이의 문제가 이제 하나둘 수면 위로 떠오르면서 많은 사회적 문제를 낳을 거라고 봐요. 정윤주로 인해 사회적으로 큰 이슈는 되겠죠."

유경이 해인의 말에 동조하면서 말을 이었다.

"24만 명보다 많은 60만 명으로 추산하는 자료도 있어요. 사람들이 인식하는 것보다 정말 많은 은둔형 외톨이가 존재하는 거죠. 개인적으로는 외부의 도움을 받아야 할 심각한 문제이고, 사회적으로도 갈수록 큰 영향을 미칠 텐데 현재 지원 관련 법규를 제정한 자치구가 16곳에 불과해요. 은둔형 외톨이 지원센터도 손에 꼽을 정도로 미미하고 말이죠."

유경은 평소 심리상담을 통해 은둔형 외톨이가 사람들이 인식하는 것보다 훨씬 많이 존재함을 알고 있었고, 그로 인한 사회적인 문제가 불거질 것을 크게 염려하고 있었다. 그런데 살인사건이 터지자 앞으로 쏟아져나오기 시작할 여러 가지 문제가 앞에 보이는 것처럼 느껴져 마음이 심란했다. 유경은 심리상담센터 개원 초기에 맡았던 김현수가 떠올랐다.

유경은 남편과 함께 미국 유학을 마치고 한국에 돌아왔을 때 공공기관인 한국상담연구소에 취업해 상담심리사 생활을 시작했다. 그녀는 자신의 일에 온몸을 바쳐 매달렸다. 그 결과 직장에서 인정을 받는 것은 물론 개인적으로 상담 의뢰가 밀려들며 상담심리사로서 큰 성공을 거두었다.

조직에서는 한계가 있다고 생각한 유경은 개인심리상담센터를 개소하고 '마음서고'라고 이름 지었다. 평소 그녀의 일이라면 적극 도와주는 남편과 며느리를 자랑거리로 여기는 시부모님의 지원으로 시댁 소유의 건물 1층에 심리상담센터를 열었다. 유경은 널찍하고 쾌적한 공간을 임대료 없이 사용할 수 있어 센터 운영에 큰 도움을 받고 있다. 1인 상담소로 시작한 상담센터는 이제 베테랑급 전문 상담사 10명이 함께하고 있다.

심리상담센터를 개원한 지 2년이 지났을 때 한 고등학교에서 상담의뢰가 들어왔다. 현수는 그 고등학교의 2학년 학생이었다. 현수는 1학년 때부터 평소 지각을 자주 하고 결석이 잦았으며 문제를 일으킬 때가 많아 문제학생으로 분류되었다. 그래서 담임선생님이 부모를 불러 면담도 하고 선도조치를 했지만 효과가 없었다. 문제행동은 2학년이 되어서도 그대로 이어졌다. 현수를 포기했던 1학년 담임선생님과 달리 2학년 담임선생님은 현수를 바른길로 인도하려고 애썼고 가끔 훈계를 했다. 그때마다 현수는 교실 한가운데로 가서 선생님에게 욕을 퍼붓고 의자를 집어던지며 난동을 피웠다. 그러면 같은 반 친구들은 나서서 현수를 말려야 했고, 선생님은 인내의 시간을 보내야 했다. 몇 번이나 이런 전쟁을 치르자 선생님은 더 이상 버티기가 힘들었다.

학교에서는 현수를 더 이상 감당할 수 없다고 판단했다. 하지만 현수 아버지의 간절한 사죄와 간곡한 부탁으로 한 번 더 기회를 주기로 했다. 그러나 학교 측은 현수가 심리상담전문가의 치료가 필요하다고 조언했고, 상담을 통해 치료를 받아야 한다는 조건을 내걸었다. 학교 측에서는 교육청과 협의하여 현수를 상담할 수 있는 곳을 찾았고, 유경이 전 직장에서 만든 은둔형 외톨이 대상 프로그램을 접하게 되어 유경의 심리상담센터로 연결이 된 것이다.

마음서고 심리상담센터의 상담사들은 전문 수련과 경력을

가진 유능한 상담사들이다. 그래서 홍보를 크게 하지 않아도 문의와 내담자가 많았다. 그러나 유경은 언제나 다른 센터에서도 받지 않는 어렵고 까다로운 내담자들을 나서서 맡았다. 현수의 경우도 다른 상담 건이 많이 밀려 있어 거절할 수도 있는 일이었지만 유경은 곧바로 수락했다.

개인심리상담센터의 경우 찾아오는 내담자를 모두 다 받지 않아도 된다. 현실적으로 다 받을 수도 없다. 또 상담센터를 이용하는 사람 중에는 상담소를 여기저기 쇼핑하는 사람이 많기도 하고, 내담자인 척하고 다른 상담소를 염탐하러 오는 상담사들도 많다. 어떤 곳은 심리적인 어려움이 크고 오랜 기간 마음의 병을 앓고 있는 내담자보다는 일시적인 어려움으로 단기상담으로 해결이 가능한 경증의 사람들만 받기도 한다. 심리상담센터 입장에서는 쉽게 해결할 수 있는 상담건을 많이 받는 것이 매출에 유리하기 때문이다. 그런데 유경은 이런 내담자들이 자신의 심리상담센터를 찾아오면 오히려 다른 상담소를 추천해주기도 했다. 유경은 심리상담을 삶의 소명으로 생각하기 때문이다.

첫 상담일에 현수는 약속 시간에 맞추어 상담센터에 도착했다. 유경은 현수가 평소 지각과 결석이 잦다고 사전에 들어서 내심 걱정을 하고 있었는데 의외로 제시간에 상담실을 찾아와 그만큼 더 반가운 마음이 들었다. 상담실 문을 열고 등장한 현수는 매우 마른 몸에 또래들보다 큰 키를 갖고 있었다. 교복을 입지 않고 밖에 나가면 스무 살이 훨씬 넘은 나이로 보일 만한 외모였다. 현수는 상담실에 들어서자 어색해하면서 유경을 향해 고개를 까딱했다.

유경은 현수에게 자리에 앉으라고 권하고 그의 표정을 살폈다. 현수는 약간 삐딱하게 몸을 틀어 앉아 고개를 숙이고 눈을 마주치지 않으려 했다. 유경은 그의 바디랭귀지를 통해 대화를 하고 싶어 하지 않는 그의 마음을 읽을 수 있었다.

그러나 이러한 행동은 타인에 의해 끌려오는 내담자들에게서 공통적으로 나타나는 모습이었다. 자신의 의지가 아니라 타인에 의해 의뢰된 내담자들은 상담실에 들어서면 가장 먼저 자기방어기제, 즉 상담사를 향한 벽을 세운다. 자신만의 세상에서 사는 것이 익숙한 사람이 상담사에게 마음의 문을 열기까지, 또는 상담사가 그들 세계로 발을 들여놓는 데에는 몇 달, 때로는 몇 년의 시간이 걸리기도 한다.

유경은 얼굴에 부드러운 미소를 띠고 현수에게 말했다.

"반가워요. 저는 마음서고 심리상담센터를 운영하고 있는 이유경 상담사라고 해요. 제가 어떻게 불러주는 게 좋을까요? 현수씨라고 부르는 게 좋을까요, 아니면 현수 학생이라고 불러주는 게 좋을까요?"

현수는 유경의 질문에 매우 놀란 표정을 지었다. 학교와 집에서 자신은 언제나 문제아였고, 또 그에 맞는 대우를 받으며 살았기 때문에 자신을 존중해주는 모습은 현수로서는 처음 받아보는 대접이었다.

현수는 놀란 표정을 곧바로 거두고 퉁명스럽게 말했다.

"마음대로 하세요."

유경은 부드러운 미소를 잃지 않고 현수의 마음을 읽으며 말했다.

"지금 여기 상담실에 온 것이 별로 마음에 들지 않는 것 같아요."

현수가 유경을 힐끗 쳐다보았다. 유경은 그 모습을 지켜보며 말을 이어나갔다.

"일단 현수 학생이라고 부를게요. 괜찮죠? 혹시 나중에라도 다르게 불러주기를 원하면 말해주세요."

유경은 현수가 왜 상담을 받아야 하는지 그 이유를 이미 알고 있었지만, 내담자인 현수가 이 상황을 어떻게 생각하고 있는지 파악하기 위해서 질문을 던졌다.

"현수 학생은 왜 저를 만나러 오게 된 건가요?"

유경의 질문에 현수는 잠시 생각을 하더니 대답했다.

"하학교에서 그 개개새끼들이 저한테 뭐라 지지랄을 하잖아요."

현수는 할 말은 많은데 정리가 잘 되지 않자 말을 더듬으며 억울함을 토로했다. 유경이 현수의 마음을 헤아리며 질문을 이어나갔다.

"현수 학생에게 학교에서 무슨 일이 있었나요? 자세하게 말해주면 좋을 거 같아요."

현수가 대답했다.

"아아아니 뭣도 아닌 좆밥 같은 새끼가 저한테 뭐라고 하하 길래 제가 욕을 박았죠. 개 빡쳐서요."

현수의 말 속에는 정보는 하나도 담겨 있지 않고, 그의 억울 하고 분한 감정이 거칠게 담겨 있었다. 유경은 현수에게 내담 자가 알아야 할 몇 가지 사항을 먼저 안내해주었다.

"현수 학생, 우리 상담 시간은 50분이에요. 50분이 지나가 면 이야기를 마무리하고 오늘의 만남을 정리할 거예요. 우리 가 상담을 진행하는 데 있어서 현수 학생이 알아야 할 비밀 보 장의 예외사항이 있어요. 현수 학생이 상담시간에 저에게 말 하는 이야기는 철저히 비밀이 보장될 거예요. 하지만 비밀이 보장되지 않는 예외가 있어요. 상담사는 내담자의 안전과 생 명을 최우선으로 생각해요. 그래서 현수 학생에게 이와 관련 된 문제가 생기면 비밀을 지켜줄 수가 없어요."

유경은 현수를 바라보며 상담사가 알려줘야 할 내용들을 설 명했다. 상담의 회기가 시작되기 전 초기 면접상담에서 상담 을 신청한 경위, 현재 어려운 문제와 발전과정, 약물 복용 등 내담자의 정보들을 상세하게 기록하고 상담이 시작된다. 상담 사는 내담자가 초기 면접상담에서 작성한 기록들, 상담 첫 회 기에서 내담자가 호소하는 문제와 상담을 통해 해결하고 싶은 문제들, 그리고 심리검사결과를 종합적으로 반영해서 사례를 구체화한다. 그리고 내담자와 함께 주어진 상담 회기 안에서의 상담 목표를 설정하고, 또 목표를 이루기 위한 구체적인 방법들을 설계한다.

유경은 현수와도 이런 과정을 진행해야 한다. 그러나 현수를 보면서 그와 이런 것들을 진행하기가 결코 쉽지 않을 거라고 생각했다. 현수는 자신은 문제가 전혀 없지만 모든 것은 어른들의 탓이고, 자신은 부당한 대우를 받은 것이라고 생각하고 있기 때문이다.

유경은 꼬인 매듭을 풀기 위해 어떻게 해야 하는지 잘 알고 있었다. 유경은 앞으로의 상담 방향을 머릿속에 그리며 현수에게 물었다.

"현수 학생, 지금까지 제가 설명한 것 중에 궁금한 점이나 이해가 되지 않은 부분이 있어요?"

"그그러니깐 제가 뒤질려고 하면 샘샘이 우리 아빠한테 말 말한다는 거 아니에요?"

"네. 현수 학생이 자해나 자살의 시도 또는 그런 기미가 조금이라도 보인다면, 현수 학생의 안전을 위해서 비밀을 지킬 수가 없어요."

"그그냥 뒤지게 냅두지 미친 새끼들을 왜왜 도와요?"

"음. 현수 학생은 선생님이 자살, 자해 등 비밀 예외 상황에 대해 말한 내용에 대해서 궁금해하는 거군요."

유경은 현수의 말을 통해서 현수도 죽으려 했던 순간이 있었음을 알 수 있었다. 내담자가 비밀 예외 사항 중에 특정 상황에 대해서 질문을 할 때는 대체로 그와 관련된 경험이나 현재 그런 상황에 있을 경우가 많기 때문이다. 그래서 유경은 언제나 내담자를 처음 만나서 상담을 구체화하는 순간부터 내담자의 상황에 대해 꼼꼼하게 질문을 하면서 보이지 않는 부분들까지 파악하려고 신경을 썼다.

"상담사의 의무예요. 내담자의 안전과 생명을 최우선으로 생각하는 것은요. 현수 학생도 오늘부터 제 내담자가 되었으니 현수 학생에게 그런 일이 없겠지만, 만약 그런 일이 생긴다면 즉각 외부의 지원을 받을 거예요."

이미 첫 상담의 30분이 지나가고 있었다. 유경은 부드럽고 조심스럽게 말을 이어나갔다.

"현수 학생에게 한 가지 말할 게 있어요. 저는 현수 학생의 말을 잘 이해하고 싶은데, 현수 학생은 알 수 없는 욕만 사용해서 제가 현수 학생을 이해하기가 어려워요. 앞으로는 욕을 사용하지 말고, 일반적인 단어로 현수 학생의 이야기를 해주면 좋겠어요. 아까 이야기를 하다가 멈췄는데, 현수 학생이 오늘 저를 만나러 오게 된 이유를 알려줄래요?"

현수는 겉으로는 거칠고 산만해 보였지만, 유경의 말을 잘 알아듣고 있었다. 현수는 마치 기다렸다는 듯이 자신에 대한 이야기를 쏟아내기 시작했다. 마치 폭포가 무자비하게 물을 쏟아내듯 현수의 입에서 말이 쏟아져나오기 시작했다. 그러나 그의 시선은 여전히 유경을 벗어나 있었다. 유경과 대화를 이어가는 것이 아니라 마치 앞에 있는 대상을 향해 자신의 한풀이를 하는 것처럼 보였다.

"저저는 게임과 전쟁에 관심이 많아요. 그래서 매매일 영상을 찾아봐요. 총을 든 IS들을 보면 정말 용감한 거 같고 좋나 부러워요. 저는 나폴레옹과 칭기즈 칸을 가장 존경해요."

유경은 기회를 놓치지 않고 현수와의 거리를 좁히기 위해 그의 관심사를 파고들었다.

"왜 그들을 가장 존경해요?"

"강한 힘으로 세세계를 정복했잖아요. 사사람들 모두 그의 말이라면 복종하고 따랐잖아요. 강하니까 세계를 정복하고 위위대한 사람이 된 거라구요. 사람은 강강해져야 한다고 생각해요."

끊임없이 말을 쏟아내던 현수는 갑자기 유경 쪽으로 몸을 돌리고 이야기를 이어나갔다.

"저저는 맹수가 먹이를 쫓고 잡아먹는 영영상들은 다 찾아서 봐요. 그런 영상을 보고 있으면 너무 재밌고, 마마마음이 편안해져요."

유경은 현수의 말에 내심 놀랐지만 얼굴은 시종일관 부드러운 표정을 잃지 않았다. 상담사는 내담자의 말에 적극적인 공감의 표시를 할 필요는 있지만, 그렇다고 감정을 드러내서는 안 되기 때문이다. 이는 마치 프로파일러가 현장의 증거와 증거물을 그대로 보존하는 것이 중요한 것과도 같다. 현장이나 증거물에 본래의 것이 아닌 어떠한 외부의 것이 조금이라도 첨가되면 오염된다고 말하는데, 내담자의 모든 말은 상담사에게는 분석의 대상으로 상담사의 감정이 조금이라도 개입되면 내담자의 말이 오염될 수 있기 때문이다.

유경은 현수의 마음에 한 발짝 더 다가가기 위해 물었다.

"맹수가 먹이를 쫓고 잡아먹는 영상이 왜 좋아요?"

현수는 자신이 좋아하는 것에 관심을 가져주는 사람을 처음 만나 신이 나서 말했다.

"맹맹수들은 힘을 과시하고 강함을 보여주면서 동물의 왕왕이 되요. 먹이도 얻고 왕도 되고 멋지다는 생각이 들어서요."

유경은 내담자들과 대화를 할 때 그들이 사용하는 단어들에 주목했다. 내담자가 말하는 도중에 많이 사용하는 단어들을 종합해보면 그 사람의 머릿속 생각들과 마음속 감정들을 파악할 수 있기 때문이다. 현수는 이야기를 하면서 계속 '강함'이라는 단어를 쓰고 있었다.

유경은 현수의 머릿속이 온통 강해져야 한다는 생각으로 가득 차 있음을 알 수 있었다. 그리고 자신이 약하다고 생각해 강해지고 싶어 하는 그 마음을 느낄 수 있었다. 50분의 짧은 만남이었지만 유경은 현수의 생각들과 감정들에 대한 대략적인 지도를 그릴 수 있었다.

유경은 현수의 일방적인 대화를 마무리 짓고 다음 약속을 잡았다.

현수의 어머니는 현수가 일곱 살 때 집을 나갔다. 그 후로
현수는 아버지와 둘이서 살았다. 현수는 아버지가 일하러 나
가면 집에서 혼자 컴퓨터 게임을 하는 것으로 시간을 보냈다.
초등학교에 입학한 이후에도 학교에 가는 것 이외에는 돌아와
서 컴퓨터 게임을 하면서 혼자 시간을 보냈다. 현수는 늘 외톨
이였다.

챙겨주는 사람이 없어 늘 옷차림이 깔끔하지 못하다 보니
주변 아이들도 현수를 자신들의 세계에 받아들여주지 않았다.
현수는 아버지가 아침 일찍 나가서 늦게 들어올 때가 대부분
이어서 어렸을 때부터 혼자서 끼니를 해결했다. 현수 아버지
입장에서는 젊은 나이에 혼자서 아이를 키우려니 모든 것이
서툴 수밖에 없었다. 현수 아버지는 평소 아들과 별로 대화를
하지 않아서 현수가 혼자서 잘 지내는 것으로 생각했다. 둘은
함께 살면서도 가족 같지 않은 가족으로 지냈다.

사실 현수 아버지는 현수를 보면 화가 났다. 현수가 다른 남
자와 바람이 나서 떠난 현수의 엄마와 너무 닮았기 때문이다.
그래서 그는 현수가 자기 자식임에도 의도적으로 관심을 두지
않고 혼자 내버려두었다. 그래서 현수에게는 컴퓨터 게임과

인터넷이 유일한 그의 세계였다.

유경은 현수와 첫 상담을 끝내고 현수에 대해 깊이 고민하기 시작했다. 현수의 상태를 볼 때 상담치료만으로는 어렵다고 판단하고 현수에게 심리검사를 실시해 구체적으로 상담 방향을 설정해야겠다고 생각했다. 그래서 두 번째 만남에서 현수에게 풀배터리검사(종합심리검사)를 실시했다.

풀배터리검사(종합심리검사)는 비용이 50만 원 가까이 되는 금액이어서 현수 아버지가 지불하기에는 부담이 되는 금액이었다. 현수 아버지는 처음에는 금액을 듣고 난색을 표했고, 유경은 현수를 위해서 꼭 필요한 검사이니 그녀의 상담센터에서 이를 지원해주겠다고 약속했다.

마음서고 상담센터에서는 상담을 받기 어려운 형편의 내담자들이 상담의 조기 개입과 치료를 놓치지 않도록 하기 위해 매월 한 명에게 장학금을 주는 제도를 운영했다. 현수를 만난 달에 유경은 현수에게 장학금을 지급하는 것으로 결정했다. 상담센터 개소 이후 이 장학제도를 운영하다 보니 소문을 듣고 찾아오는 내담자도 많았다.

이와 관련해서 잡지사 인터뷰 요청과 TV 출연 제의가 많이 있었지만, 유경은 극구 사양했다. 다른 상담센터에서는 홍보를 위해 매체를 최대한 활용했지만, 유경은 대중적으로 알려지는 것을 매우 꺼리는 것처럼 보였다. 남편의 친한 친구가 PD여서 여러 차례 촬영을 제안했지만, 유경은 그때마다 사양했다. 그

녀의 센터 동료들은 그런 그녀를 이해할 수 없으면서도 한편
으로는 그렇게 하지 않아도 그녀에게 상담을 받으려는 요청이
밀려들기 때문에 굳이 홍보 없이도 센터가 잘 운영되기 때문
이라고 생각했다.

점심시간이 지나서 현수의 검사를 진행했던 김해인 상담사
가 결과보고서를 들고 유경의 방으로 찾아갔다. 해인은 검사
결과와 검사에 임했던 현수를 관찰한 결과를 바탕으로 임상심
리학자로서의 견해를 유경에게 전달했다.

마음서고 심리상담센터는 확장한 이후부터 전문적인 치료
를 위한 전문가들이 함께하고 있다. 정신건강 임상심리사 1급
을 가진 전문가 2명이 상주해 있고, 그중 한 명이 해인이다. 해
인은 유경이 검사를 자신에게 의뢰할 때는 처음 심리학 공부
를 시작했던 초심으로 돌아가게 된다. 유경이 종합심리검사가
필요하다고 판단하는 내담자라고 해도 내담자에 대한 가설,
치료적 개입 방향을 그녀는 이미 설계해놓았기 때문이다.

해인이 본 유경은 50분간의 첫 만남에서 내담자의 문제를
빠르게 파악했다. 임상 심리 분야에서 박사과정까지 마친 해
인에게는 상담심리를 전공한 유경이 임상을 전공하고 객관적
인 검사로 임상적 진단명을 찾아내는 자신보다 더 빠르게 진
단하는 것이 미스테리였다. 비록 상담심리가 과학적이라고 하
지만 임상심리전문가인 해인은 그 말에 완전히 동의하기가 어

럽기 때문이다.

해인은 지금까지 만 명이 넘는 내담자의 검사를 진행했고, 수십만 건의 심리검사 결과지를 보아왔다. 그 경험 덕분에 해인은 만나지 않은 사람도 심리검사 결과지만 보고서 그 사람의 현재 상태와 문제들을 파악하는 능력을 갖추게 되었다. 검사에 대한 뛰어난 통찰력 때문에 해인은 많은 임상 심리 분야 후배들이 어려운 심리검사 결과지를 들고 조언을 구하러 올 뿐만 아니라 여러 정신건강의학과로부터 의뢰를 받기도 한다.

해인은 검사결과지에 그 사람의 마음이 거의 그려진다는 생각을 갖고 있고, 임상적인 개입 없이 심리상담만 하는 것에는 늘 회의적이다. 그래서 유경을 보면 임상을 전공하지도 않은 그녀가 자신보다 더 빠르게 내담자를 파악하는 것이 늘 신기하기만 했다.

유경은 해인에게 현수가 조기에 상담치료를 진행하지 않으면 그의 겉으로 드러나는 행동으로 인해 다른 오진단을 받게 될 거 같다고 말하며 현수의 검사를 부탁했었다. 해인은 이때 유경의 머릿속에 이미 현수에 대한 상담치료 방안 지도가 그려져 있음을 직감했었다.

현수는 검사를 하는 동안 전혀 협조적이지 않았고 끊임없이 불평을 했다. 해인이 검사 결과로 본 현수는 부모나 양육자와 같이 정서적으로 매우 의존도가 높은 관계에서 심리적 상처를 받은 애착외상 트라우마로 PTSD(외상후 스트레스장애)가 꽤 오랫동안 지속되고 있었다. 현수처럼 애착외상이 있는 사람은 다른 사람과의 신뢰 관계를 형성할 수 있는 능력이 훼손되어 이것이 삶에서 지속적으로 영향을 미치게 된다. 현수의 지금까지의 겉으로 드러난 행동들은 마치 '품행장애', '적대적 반항장애'로 진단받기에 알맞은 상황이었다. 해인은 현수가 현재 '간헐적 폭발장애'의 증상도 보이지만, 그보다 외상후 스트레스 장애가 더 적절한 임상적 진단이라고 판단했다. 그래서 이러한 상황을 종합해 유경에게 전달했다.

유경은 해인의 이야기를 다 듣고 난 뒤에 그에게 웃음을 보였다. 해인은 의아한 표정을 지으며 유경에게 물었다.

"어떻게 아셨어요? 50분 상담하고 현수가 어떤 임상적 도움이 필요할지, 검사 전에 어떻게 아셨냐구요."

유경은 미소로 대답을 대신했다. 사실 유경은 학교로부터 현수가 자신을 만나러 오기 1년 전 타 종합병원 정신과에서 품행장애, 경계선 지능장애로 진단을 받았던 종합심리검사 결과지를 전달받았다. 하지만 현수를 처음 만나 상담을 진행했던 당일 유경은 현수의 태도에서 결과지와 다른 모습을 곳곳에서 발견했다.

유경의 눈에 현수는 덩치는 크지만 겁이 많은 강아지처럼 보였다. 속도가 빠르고 더듬거리는 현수의 말투 때문에 놓치기 쉬웠지만, 현수는 말하는 도중에 목소리에서 약한 떨림이 계속 나타났다. 사람은 겁이 나거나 무서울 경우 말을 빠르게 하는 경우가 있다. 또한 긴장은 우리의 사고를 마치 멈춤 버튼을 누른 것처럼 정지시켜 머릿속이 하얗게 되도록 하기에 어떤 말을 다음에 해야 할지 반응 속도가 늦어져 말을 더듬거리게 하기도 한다. 현수는 평상시에 대화할 상대가 없기 때문에 이런 습관이 생기게 된 것이다.

그러나 유경은 현수에게서 무엇보다도 그간의 외로움을 엿볼 수 있었다. 유경은 현수와 상담을 하는 50분 내내 그의 이야기를 하나도 놓치지 않고, 고개를 끄덕이며 수용해 주는 따뜻한 모습을 유지했다. 현수는 의식하지 못했지만, 자신이 좋아하는 맹수 이야기를 할 때는 유경에게서 틀어져 있던 몸이 완전히 유경에게로 향했다. 상대방에게 얼마나 집중하고 있는지는 말하는 이와 듣는 이의 배꼽이 서로 마주 보고 있는가로 확인이 가능하다. 현수는 어느새 유경에게 집중하고 있었다. 현수의 배꼽이 정확하게 유경을 향하고 있었던 것이다.

유경은 상담 첫 시간에 현수와 많은 이야기를 나눌 수 없었다. 상담사는 듣는 것이 직업이기에 현수의 이야기를 듣는 것으로 50분의 시간을 소모했다. 하지만 현수에게 건넨 마지막 한 마디를 통해서 현수 문제의 근본적인 원인을 파악할 수 있었다. 현수의 끊임없는 이야기를 듣고 있던 유경이 말했다.

"현수 학생은 이런 이야기를 누군가와 많이 나누고 싶었던 거군요!"

유경의 이 말에 현수는 순간 멈칫했다. 유경의 따뜻한 눈빛과 자신이 평소에 하고 싶었던 이야기를 하고 있는 낯선 자신의 모습을 인식한 현수의 눈에 살짝 이슬이 맺혔다. 유경은 그 모습을 놓치지 않았다. 유경은 현수는 인지능력이 낮아서 타인의 말을 이해하지 못하는 것도 아니고, 또 누군가를 해하려고 의도적으로 난폭한 행동을 하는 것이 아님을 확실히 알 수 있었다. 현수가 그렇게 보였던 이유는 현수는 자신의 감정과 생각을 나눌 수 있는 사람이 아무도 없어 자신의 감정을 자신도 모르는 데다 그것이 쌓이고 막혀 폭발하는 것이라고 그녀는 확신했다.

현수는 지금까지 자신이 원하는 것을 요구해 보지도 못했고, 수용 받아본 경험이 없었기에 자신에게 일어나는 감정과 생각들을 어떻게 표현해야 하는지 알지 못했다. 현수는 고등학생의 몸을 하고 있지만, 여전히 엄마와 헤어진 일곱 살의 아이로 남아 있었다.

유경은 해인이 놓고 간 현수의 심리검사 결과지를 보고 자신의 추측이 틀리지 않았음에 마음이 놓였다. 이제 남은 것은 현수를 위한 상담치료 목표를 세우고 그에 맞는 실질적인 방법들을 고안하는 것이다. 유경은 책상에 앉아 키보드를 두드렸다. 김현수라고 쓰인 폴더를 열어서 앞으로 현수를 위해서 어떻게 상담을 진행할지에 대해서 구체적으로 작성하기 시작했다.

✦ ✦ ✦

똑똑똑! 상담접수 담당 오유진이 다급하게 노크를 하고 유경의 상담실로 들어갔다. 유진은 마음서고에서 상담 접수, 초기 면접, 예약을 담당하고 있는 직원이다. 유진은 긴장된 얼굴로 유경을 불렀다.

"소장님!"

유경은 다급하게 뛰어들어오는 유진을 보고 놀라서 물었다.

"무슨 일이세요, 선생님?"

유진은 방금 현수 아버지에게서 전달받은 내용을 유경에게 전했다.

"어제 현수 학생 집에 경찰이 출동하고 난리가 아니었다고 해요."

상담이 여러 차례 진행되면서 현수가 많이 좋아졌다고 현수 아버지는 기뻐했었다.

'제가 진작에 선생님 상담소에서 아이를 치료했다면 정말 얼마나 좋았을지 모르겠습니다. 그간 현수 때문에 마음 졸인 거 생각하면 정말 끔찍할 지경입니다.'

그런데 그간의 결과와 달리 경찰까지 출동한 상황이라면 현수의 불같은 성격에 분명 아버지와 물리적인 몸싸움이 있었을 것으로 생각되어 유경이 유진에게 다급하게 물었다.

"현수와 아버님은 괜찮은 거예요?"

더욱이 두 사람의 몸싸움은 처음이 아니어서 유경은 무엇보다 두 사람의 상태가 걱정되었다. 유경의 질문에 유진이 당황해서 대답했다.

"정신이 없어서 미처 그것은 아버님께 못 물어봤네요…."

"괜찮아요. 현수 아버님이 어떤 말씀을 하셨어요?"

그제야 유진은 전화 통화 내용을 메모한 수첩을 살펴보면서 유경에게 보고했다.

"어젯밤 현수가 게임을 하고 있었고요. 게임을 하다가 현수가 욕을 했다고 해요. 그래서 현수 아버님이 욕을 왜 하냐고 현수에게 한마디하셨는데, 그 뒤로 현수가 화를 참지 못하고 컴퓨터뿐만 아니라 키보드와 모니터를 던지고, 부쉈다고 합니다. 그리고 아버님께 온갖 욕설을 퍼부었대요.

그래서 아버님께서 어떻게든 말리려고 하자 현수가 아버님을 밀치더니 '너 때문에 이렇게 됐다'며 욕을 하면서 위협을 가했다고 해요. 그래서 아버님도 더 이상 화를 참지 못하고 현수를 때렸다고 합니다. 그러자 현수는 아버님께 더 때리라고 아버님을 위협했다고 합니다. 아버님과 현수가 그렇게 실랑이를 벌이고 있었는데, 현수가 갑자기 그 자리에서 112에 신고를 했다고 해요."

"현수가 경찰에 신고를 했다고요? 아버님이 아니구요?"

유경의 질문에 유진은 말을 멈추고 자신이 적은 통화기록을 다시 살펴보면서 대답했다.

"네. 현수가 신고를 했다고 했어요."

유경은 얼마 전부터 현수와 상담시간에 진행했던 연습을 떠올렸다. 화가 나면 분노를 통제하지 못하는 현수가 스스로 통제하는 법을 익히는 데까지 오랜 연습이 필요했다. 최근 몇 회의 상담을 통해서 유경은 현수에게서 큰 변화를 느낄 수 있었다. 현수가 말을 더듬는 횟수가 현저하게 줄었다는 것이다. 유경은 현수가 급하게 말을 하려고 할 때마다 현수에게 사인을 주었고, 현수는 그 표시를 보면 호흡을 한 번 내쉬고 말을 다시 이어가는 연습을 했다. 이러한 연습은 현수가 말을 더듬고, 빠르게 하려는 습관을 스스로 조절하는 데 큰 도움이 되었다.

하지만 상담에서 했던 연습이 내담자의 삶에 적용되려면 내담자의 큰 노력과 용기가 필요하다. 그중 하나가 현수가 분노를 스스로 통제하는 것이었다. 유경은 상담시간에 현수와 함께 화가 많이 나고 스스로 통제하기 어려워서 누군가를 때리거나 물건을 부수고 싶을 때 스스로 대처하는 방법을 찾아보도록 연습을 했다. 그때 현수가 뜻밖의 대답을 했다.

"경찰에 신고해야죠."

유경이 왜 그렇게 생각하냐고 현수에게 물었다. 현수는 자신이 화가 났을 때 자신을 통제할 수 있는 힘이 센 사람은 경찰뿐이라고 대답했다. 현수는 힘의 세기와 강함을 무엇보다 중요하게 생각하는 아이였다. 유경은 현수가 그러한 방법을 실제로 적용할 수 있도록 구체적으로 질문했다.

"경찰에 신고하면 자신에게 어떤 것이 도움이 될 거라고 생각해요?"

현수는 뭐가 도움이 되는지 잠시 생각을 했다.

"뭐, 최악의 상황은 피하겠죠."

"현수 학생이 생각하는 최악의 상황은 어떤 거예요?"

그러나 현수는 대답을 회피했다. 그런 현수를 보면서 유경은 더 이상 자신이 행동했던 패턴대로 하고 싶어 하지 않는 현수의 마음을 읽을 수 있었다. 유경이 다시 질문을 던졌다.

"경찰에 신고를 하지 않고 폭발하기 전 스스로 조절할 수 있는 방법이 있을까요?"

현수가 단호하게 대답했다.

"없어요."

유경이 다시 물었다.

"스스로 조절하는 방법을 찾기가 어려운 건가요, 아니면 아직 조절하기 어렵다고 생각하는 건가요?"

"조절하기 어려워요."

유경이 다시 정리해서 말했다.

"현수 학생은 화가 나서 물건을 부수거나 타인에게 해를 끼칠 상황이 되면 혼자서 자신의 화를 조절하기 어려우니 경찰에 신고를 해서 도움을 받고 싶은 거죠."

유경의 정리에 현수는 고개를 끄덕였다. 유경은 현수의 몸이 기억하도록 매번 연습을 시켰다. 현수는 순간적인 감정에 따라 폭력적으로 행동하기에 유경은 상담시간에 순간순간 현수와 말하고, 행동하는 연습을 반복해서 몸이 기억하도록 훈련했다.

"자 지금 현수 학생이 엄청 화가 났고, 물건을 던지고 싶을 만큼 이만큼 화가 커졌어요. 현수 학생은 어떻게 경찰에게 도움을 청할 수 있을까요?"

유경의 세세한 표현을 보고 있던 현수는 주머니에서 주섬주섬 핸드폰을 꺼내더니 말했다.

"112에 신고해요."

"버튼을 실제로 누른다고 생각해볼게요. 신호음이 가고 있어요. 경찰이 전화를 받았어요. 현수 학생은 경찰에게 뭐라고 말할 건가요?"

유경의 질문에 현수는 한참 뜸을 들였다. 일반적으로는 전화한다고 답을 하면 끝내지만, 유경은 아주 세밀하게 질문을 하고 답을 기다렸다. 현수는 이런 연습을 해본 적도 없고, 언제나 행동이 앞섰기 때문에 미리 생각하는 것이 매우 어렵게 느껴졌다. 현수의 그러한 특징을 잘 알고 있는 유경은 현수가 대답을 할 때까지 조용히 기다려주었다.

"음… 어. 제가 제가 폭발을 해서 지금 좀 좀."

현수는 말을 더 이상 이어가지 못했다. 유경은 현수에게 좀 더 말해 보라고 눈짓을 했다. 그러자 현수가 마지못해서 덧붙였다.

"여기 대교동 미리아파트 102동 109호로 와주세요. 빨리 와주세요."

유경은 기뻐하면서 칭찬을 건넸다.

"너무 잘했어요. 주소를 알려주고 도움을 구한 것은 좋은 방법이에요."

그 뒤로 현수는 아무 말 없이 바닥을 쳐다보고 있었다. 1분 정도 침묵이 흐르다가 현수가 다시 맹수 이야기를 시작했다.

"어제 맹수 영상을 봤는데, 치타가 아무리 빨라도 사자에게는 상대가 되지 않아요. 그래서 사자가 동물의 왕이죠. 저도 빨리 힘이 세지고 싶어요."

현수는 조금씩 나아지고 있었지만, 여전히 타인과의 소통이 서툴고 뜬금없이 자신의 생각을 이야기했다. 오랜 시간 자신의 세계에 빠져 있는 사람은 세상을 향해 나오기까지 오랜 시간과 노력이 필요하다. 그리고 그것을 이끌어줄 외부의 도움이 반드시 필요하다. 유경은 현수를 보며 다시 한 번 수많은 은둔형 외톨이들에게 절실한 도움이 필요함을 깊이 절감했다. 유경은 맥락이 없는 현수의 이야기를 가만히 들어주고 난 뒤 미소를 띠고 말했다.

"우리 원래 경찰에 신고하는 연습을 하고 있었잖아요. 그 이야기 잠깐 다시 해볼게요. 현수 학생이 전화를 끊기 전에 주소를 말하고 끊었어요. 그렇게 해보니 기분이 어땠어요?"

현수가 퉁명스럽게 대답했다.

"모르겠어요."

유경은 현수에게 오늘 연습한 일이 실제로 일어나지 않길 바라지만 현수가 스스로 통제할 수 없을 때 현수가 찾은 방법을 실시할 수 있어야 한다고 당부하며 내용을 다시 확인시켜주었다. 그리고 다음 상담 일정을 잡고 헤어졌다. 그런데 이 연습이 있은 뒤에 현수에게 실제로 그런 사건이 발생한 것이다.

유경은 현수가 조금씩 은둔형 외톨이를 벗어나 세상으로 나아갈 수 있다는 희망을 느꼈다. 현수가 상담에서 했던 연습들을 실제로 현실에서도 적용하는 것이 확인되었기 때문이다. 유경은 이제는 현수가 현실에서 자신의 감정을 조금씩 조절해 나갈 수 있는 힘이 생기고 있다고 생각했다. 유진이 수첩을 보며 유경에게 말했다.

"현수 아버님께서 현수가 좋아져서 안심하고 있었는데, 다시 나빠진 것이 아니냐며 앞으로 어떻게 해야 할지 잘 모르겠다고 크게 걱정하셨어요. 그래서 빠른 시간 내에 소장님과 면담을 하고 싶다고 하셨어요."

유경은 밝은 표정을 지으며 유진에게 말했다.

"제 스케줄 유진 선생님이 알고 계시죠? 가장 빠른 날짜로 현수 상담 오기 전으로 해서 아버님과 스케줄 잡아줄래요?"

"네 소장님. 근데 소장님 빈 스케줄이 없으신데요. 대기하시는 분들도 많으신데… 내담자분들이 소장님 언제 스케줄 되시는지 매번 전화로 물으시거든요."

매번 스케줄 문제로 인한 유진의 불편함을 잘 아는 유경은 유진에게 부탁의 말을 전했다.

"유진 선생님, 지난번 현수 초기 면접 꼼꼼하게 잘해주셨어요. 대기하시는 분들도 유진 선생님께서 그렇게 초기 면접 상담을 꼼꼼하게 해서 주시면 제가 내담자 파악을 훨씬 빨리할 수 있어서 더 빨리 종결이 가능할 거 같아요."

유경의 칭찬에 유진은 금세 얼굴이 밝아져 스케줄표를 보고 가장 빠른 스케줄을 잡아서 알려주겠다고 하고 상담실을 나갔다. 유경은 전화로 접수된 현수의 이야기를 현수의 상담 기록지에 작성했다. 유경은 현수 아버지의 걱정을 충분히 이해할 수 있었다. 사람들은 대부분 변화를 좋아하지 않는다. 내담자들은 현재의 자신의 모습을 바꾸고 싶어서 상담실을 찾아오지만, 아이러니하게도 대부분 변화를 두려워하고 바뀌지 않으려 애를 쓴다. 설령 변화가 생겼다 하더라도 다시 퇴행의 고비를 겪게 된다. 그럴 때면 내담자나 상담사 둘 중 하나가 포기하는 상황이 생기기도 한다. 한 명이 포기를 하게 되는 순간 내담자의 그간의 노력은 물거품이 된다. 그리고 다시 원점으로 되돌아간 내담자는 그 과정까지 가는 데 썼던 노력, 시간, 비용을 또다시 써야 한다.

하지만 포기한 뒤에 다시 상담을 시도하는 내담자를 유경은 본 적이 없었다. 그래서 유경은 내담자의 가족과 상담하는 것을 매우 중요하게 생각했다. 특히 어린이와 청소년의 경우, 부모가 포기하지 않고 버티는 것이 중요하다. 유경은 현수 아버지가 포기하지 않도록 빨리 그를 만나는 것이 필요함을 잘 알고 있었다. 유진은 현수 아버지가 내일 방문하기로 약속을 잡았다고 유경에게 스케줄을 알렸다.

현수 아버지와 상담을 하기로 한 날 오전, 유경은 그동안의 현수의 상담기록과 현수의 사건들을 살펴보면서 어떤 이야기를 할지 정리하고 있었다. 그때 유경의 방으로 전화가 연결되었다.

"안녕하세요 소장님. 힘찬 고등학교 교감 이영수입니다."

"교감 선생님, 안녕하세요."

"네. 소장님 바쁘실 텐데, 용건만 말씀드릴게요. 현수가 또다시 결석을 하고 있습니다. 이제 결석을 4일만 더 하게 되면 현수는 유급을 당하게 됩니다. 현수 아버님의 간곡한 부탁으로 학교측에서도 기회를 주어 상담을 시작하면서 학교도 잘 나오고 잘 지내길래 저도 좀 안심이 되었죠. 그런데 이번 주부터 아이가 연락도 되지 않고, 담임이 전화를 해도 도통 반응이 없다는 겁니다. 아버님께도 현수가 출석을 하도록 챙기시라고 말씀을 드렸는데 한숨만 쉬신다고 합니다.

요즘 교육부에서 은둔형 청소년들에 대해서 촉각을 세우고 있는 터라 저희 입장도 매우 곤란한 상황입니다. 현수가 상담을 매일 받는 것이 아니어서 출결 인정도 어렵다는 견해로 현수에 대해서 참 고민이 되어 상담이 어떻게 진행되고 있는지 여쭙고 싶어 연락드렸습니다."

유경은 교감 선생님의 이야기를 심각한 표정으로 듣고 대답했다.

"교감 선생님, 대단히 죄송하지만 현수와의 상담 내용은 비밀을 보장해야 하기 때문에 말씀드릴 수가 없어요. 현수를 포기하지 않고 학교 측에서 배려하고 이끌어주시는 부분 정말 감사드립니다. 현수가 조금씩 좋아지는 부분들이 있으니 조금만 더 지켜봐주십사 말씀드릴 수밖에 없네요. 학교 출석 문제는 제가 현수와 잘 이야기해보겠습니다. 그리고 조만간 교감 선생님께 연락드리겠습니다."

심리상담이 진행되면 내담자의 가족들은 상담 내용이 궁금해서 상담사에게 물어보게 된다. 적지 않은 상담비용을 지불하기에 당연히 알아야 한다고 생각하는 사람이 많다. 그리고 내담자에게 원하는 것을 상담사를 통해서 내담자에게 전달되도록 종용하는 사람들도 있다. 유료상담 기관에서는 상담소의 유지를 위해서 이런 부분을 조절하기가 결코 쉽지 않다. 내담자의 개선을 위해서는 상담사가 적당한 선을 그어야 하지만 돈을 내는 쪽이 갑이기 때문에 문제가 생기는 경우가 많다. 하지만 유경의 경우 처음 상담 문의 단계에서 이 부분에 대해서 명확하게 전달한다. 이것이 지켜지지 않으면 상담사는 내담자를 위해서 상담을 원활하게 진행하기가 어려울 수 있기 때문이다. 유경의 이러한 태도가 센터의 다른 동료들이 소신 있게 상담을 할 수 있는 환경을 만들어주었다. 상담사의 안정이 그대로 내담자에게 전달되기에 내담자가 믿고 상담을 하기 위해서는 무엇보다 상담사의 안정이 중요하다.

현수 아버지는 약속 시간보다 일찍 센터에 도착해 유경의 상담이 끝나기를 대기실에서 기다렸다. 유경의 상담이 끝나자 현수 아버지는 곧장 유경의 상담실로 들어갔다. 유경이 자리를 권하자 자리에 앉은 현수 아버지는 두 손을 모으며 한숨을 깊이 내쉬고는 이야기를 시작했다.

"오늘 제가 좀 일찍 왔습니다. 일이 영 손에 잡히지 않아서요."

유경은 충분히 이해한다는 표정을 지으며 말했다.

"현수와의 일은 들었습니다. 많이 놀라셨겠어요."

유경의 말에 현수 아버지는 흥분한 어조로 말했다.

"제가 정말 창피해서 살 수가 없습니다. 정말 새끼라고 어떻게든 혼자 키우려고 했는데, 참…. 자식이 아니라 원수가 아닌가 싶을 정도입니다."

유경이 위로의 말을 건넸다.

"아버님께서 혼자서 현수를 키우는 것이 보통 어려운 일이 아니실 텐데, 이번 일로 마음이 더 상하셨을 거 같아요."

현수 아버지는 자세를 고쳐 앉고 본격적으로 이야기를 시작했다.

"제가 철없던 시절 현수 엄마를 만나서 어린 나이에 현수를 낳았습니다. 스무 살의 나이여서 친구들과 노느라 집에도 잘 들어가지 않고 애 키우는 데 전혀 관심도 없었어요. 그러다 보니 현수 엄마와 매일 싸우고, 그게 싫어서 또 밖으로 나돌고, 집에 들어가면 또 싸우고, 정말 사는 게 사는 거 같지 않았죠. 그러던 어느 날 현수 엄마가 집을 나가버렸습니다. 그게 현수가 일곱 살 때였어요. 그래서 현수는 엄마에 대한 기억이 많이 없습니다."

현수 아버지는 마치 고해를 하듯 자신의 이야기를 이어나갔고, 유경은 아무 말 없이 현수 아버지를 바라보며 그의 이야기를 들어주었다.

"처음에는 정말 모든 것이 감당이 안 되더군요. 아이를 혼자 어떻게 키워야 할지 너무 막막했습니다. 먹고살기 위해 돈도 벌어야 했기에 현수를 그냥 혼자 놔두고 다녔죠. 현수 엄마 있을 때도 집에는 별 신경을 쓰지 않기 때문에 크게 다를 것이 없는 것처럼 느껴졌어요. 나갔다 집에 들어가면 현수는 혼자서 곧잘 있더군요. 그러다가 큰맘을 먹고 현수에게 컴퓨터를 선물했어요. 그랬더니 좋아서 컴퓨터에 푹 빠져 이것저것을 잘 하더군요. 한편으로는 혼자 있을 때 컴퓨터를 갖고 놀면 된다고 생각해 안심이 되었습니다.

근데 어느 순간부터 그것만 하더라고요. 컴퓨터 게임만 죽어라 하고, 어떤 날은 잠도 자지 않고 했습니다. 주말에 밥 먹자고 해도 게임이 안 끝나면 먹지도 않아요. 사실 제가 해줄 수 있는 것도 많지 않으니 좋아하니까 그냥 놔뒀습니다."

　현수 아버지의 말 속에는 현수를 혼자 두었던 지난 시간들에 대해서 자신이 제대로 해주지 못한 것에 대한 후회와 미안함이 담겨 있었다. 유경은 마치 고해성사와도 같은 그의 말 속에서 그것을 깊이 느낄 수 있었다. 그리고 불우한 환경의 아이들 중에서도 현수는 희망적인 케이스라고 생각했다.

　보통 문제가 있는 아이나 청소년의 경우 그 부모가 상담을 하게 되면 대부분 자신은 최선을 다했다고 자신의 노력에 대해서 먼저 이야기를 한다. 자녀 문제의 경우 사람들은 먼저 그 부모가 아이의 문제가 그토록 악화되기까지 무엇을 했는지, 부모 교육이 잘못되었다고 생각하기 마련이다. 그래서 문제가 있는 아이나 청소년의 부모들은 방어기제로 자신이 얼마나 노력을 했는지 장황하게 설명을 한다. 그런데 유경이 느끼기에 현수 아버지는 자신의 무관심에 죄책감을 갖고 있었다. 또한 현수 아버지의 현수에 대한 애정을 유경은 오롯이 확인할 수 있었다.

　"어느 순간부터 학교도 안 가고 집에만 틀어박혀서 오직 컴퓨터만 하고 있는 현수를 보고 있으면 나중에 밥은 먹고살지, 사람 구실은 하면서 살 수 있을지 정말 너무 걱정스럽고 참담

할 뿐입니다. 게임을 하다가 욕을 하고 화를 참지 못하는 아이를 보면 제가 더 무섭습니다. 제 자식이지만 현수는 제정신이 아닌 거 같아요."

현수 아버지는 진심으로 현수를 걱정하고 있었다. 30대 후반의 남성이 상담에서 자신의 드러내고 싶지 않은 이야기와 감정들을 모두 털어놓기는 쉽지 않은 일이다. 하지만 현수 아버지는 현수를 위해 도움이 절실하다는 마음으로 모든 것을 유경 앞에서 내려놓았다. 유경은 그 마음을 온전히 느낄 수 있었다.

"아버님께서 힘드시다는 것이 그대로 전해집니다. 또 현수에 대한 걱정이 크시다는 것도 이해가 됩니다."

"선생님, 우리 현수 어떻게 하면 될까요? 정신 병원에 입원시키면 될까요? 사람 구실은 하면서 살게 하려면 뭐 어떻게 하면 됩니까? 사실 여기 센터에 다니면서 아침에 제가 말을 안 해도 일어나서 학교도 잘 가더라고요. 그래서 저는 다 고쳐진 줄 알고 정말 너무 기뻤습니다."

유경은 현수의 아버지가 충분히 자신의 이야기를 털어놓을 때까지 그의 이야기를 계속 들어주었다. 그 역시 현수처럼 누군가에게 자신의 이야기를 털어놓기 쉽지 않았을 것이고, 털어놓을 사람도 없었을 것이다. 유경은 30분이 지나가도록 현수 아버지의 이야기를 듣고 난 뒤 그에게 꼭 해야 할 이야기를 전달하기 시작했다.

"아버님, 현수는 마음이 매우 아픈 아이입니다. 우리 마음이 겉으로 보이지 않아서 우리가 빨리 알아차리지 못했을 뿐이지, 현수는 꽤 오래전부터 마음이 몹시 아프기 시작했어요. 그 증상으로 사람들과 전혀 어울리지 않고 혼자서 집에서만 지내며 컴퓨터만 하는 겁니다. 현수는 일반적인 사람들이 하는 활동을 해 본 경험이 전혀 없어요. 아버님과 함께 일상적인 이야기를 나누며 식사를 한다거나, 가족여행을 해 본 경험도 없습니다. 좋아하는 것을 누군가와 나눈 경험도 없습니다.

아버님은 친구들과 술도 한잔하시고, 식사도 하시지만, 현수는 그런 것이 뭔지를 모릅니다. 현수는 철저히 동굴 안에서 혼자서만 지내고 있습니다. 그래서 아주 작은 것부터 하나하나 가르쳐줘야 합니다. 하지만 주변에서는 현수에게 더 어려운 것만 요구합니다. 현수는 그것을 어떻게 해야 할지도 모르는데, 일곱 살 아이에게 열여덟 살이 지켜야 하는 것을 말합니다. 지금 우리가 현수에게 해주어야 하는 것은 인내심을 갖고 쉬운 것부터 가르쳐주는 겁니다. 이를 위해서는 현수 아버님께서 절대 포기하지 마시고, 끝까지 버텨내셔야 합니다."

유경의 단호한 말에 현수 아버지는 고개를 끄덕이며 진지하게 들었다. 유경은 그에게 과제를 내주었다. 현수를 위해서 그가 해야 할 과제와 왜 그것을 해야 하는지 설명해주었다.

"선생님 감사합니다. 일단, 해보겠습니다."

현수 아버지는 밝은 표정으로 자리에서 일어나 정중히 인사를 하고 유경의 상담실을 나갔다. 유경도 그를 문밖까지 배웅했다. 유경이 다시 그녀의 상담실로 돌아가는 길에 데스크에서 그녀를 쳐다보던 유진과 눈이 마주쳤다. 유진은 미소를 보이며 유경을 향해 엄지손가락을 들어올렸다. 유진은 현수 건에 대해서 관심을 갖고 있었고, 현수 아버지의 밝은 표정을 보고 상담 결과를 짐작했던 것이다. 유진이 유경에게 물었다.

"소장님, 현수가 내일 올까요?"

유진은 현수가 상담에 올지 걱정이 되었다. 학교도 가지 않고 집에만 있는 현수가 상담실을 찾아오지 않을 거라고 생각되었기 때문이다. 하지만 유경의 생각은 달랐다. 현수는 지금 누구보다 이야기할 곳이 필요하고, 그곳이 상담실이기에 현수는 내일 분명 올 것이라고 유경은 생각했다. 유경은 경험에 비추어 이 고비를 현수가 넘겨야 현수와 다음 목표로 갈 수 있으며, 현수가 이 고비를 넘길 것이라고 믿었다. 그리고 유경은 상담사가 생각하는 것보다 내담자는 더 강하다는 것을 내담자들을 통해서 배워왔기에 자신의 믿음이 틀리지 않을 것이라고 확신했다.

상담날이 되자 유진은 현수가 오기를 초조하게 기다렸다. 시계와 창밖을 번갈아 보면서 현수가 오는지를 확인했다. 상담사인 유경보다 유진이 더 현수가 오는지를 신경 쓰고 있었다. 그동안 현수는 상담 시간에 맞춰서 상담센터를 왔기에 상담 시간이 다가올수록 유진은 현수가 혹시라도 오지 않을까봐 초조해했다.

현수가 오기로 한 상담 시간이 10분이 지났다. 유경은 상담실 안에서 현수의 상담기록과 현수 아버지의 상담 내용들을 살펴보면서 현수를 기다렸다. 약속 시간에서 20분이 지날 무렵 현수가 상담센터 문을 열고 들어섰다. 유진은 놀란 눈으로 현수를 쳐다보고 바로 유경의 방으로 안내했다. 유진이 문을 똑똑 두드리고 난 뒤 문을 열고 환한 얼굴로 유경에게 알렸다.

"소장님, 현수 학생 왔습니다."

현수는 터벅터벅 상담실 안으로 들어갔다. 유경은 부드러운 미소를 띠고 그를 자리로 안내했다.

"오늘은 늦었군요. 현수 학생, 이쪽으로 앉아요."

현수는 유경의 말에 인사도 없이 고개를 숙인 채 의자에 털썩 주저앉았다. 그런 현수를 살펴보면서 유경은 현수가 현재 불안한 상태임을 알 수 있었다. 유경은 일부러 일상적인 질문으로 시작했다.

"그간 잘 지냈어요?"

"아니요. 에이씨, 씨발!"

현수는 매우 화가 난 자신의 상태를 욕으로 대신했다. 유경은 표정의 변화 없이 현수를 바라보며 말했다.

"잘 못 지냈다는 의미로 들리네요."

"개개새끼가 지지랄을 해서 제제가 빡쳤쳤다고요."

현수가 무슨 이야기를 하는지 유경은 단번에 알아차렸다. 경찰을 부른 날의 사건을 이야기하는 것이다. 유경은 그동안의 상담에서 했던 것들을 잊은 채 원래 상태대로 화를 표현하는 현수에게 차분하게 말을 건넸다.

"현수 학생에게 화가 난 일이 있었던 거 같아요."

현수는 당장이라도 무언가를 부술 것처럼 주먹을 힘껏 쥐고 부들부들 떨고 있었다.

"아아니 왜 내내 말을 못 알아들어요?"

현수의 목소리 톤이 한층 더 높아졌다. 어깨가 경직되고, 얼굴이 일그러지는 현수의 모습이 유경의 눈에 들어왔다. 유경은 현수의 눈을 마주치며 바라보았다. 그러자 현수가 답답하다는 듯이 언성을 높였다.

"선선생님도 내 말말을을 못 알아들어어요?"

현수의 말에는 무슨 일이 있었는지에 대한 상황 설명이 일체 없었다. 현수는 늘 이런 식으로 타인과 소통을 하려고 한 것이다. 제대로 된 대화를 해 본 적이 없는 현수는 자신의 이야기를 남에게 이해시키는 기술이 전혀 없었다. 유경에게는 현수의 모습이 원하는 것이 있지만 표현할 줄을 몰라 생떼를 부리고 악을 쓰는 어린아이처럼 보였다.

"선생님이 현수 학생의 말을 못 알아듣는 것처럼 보이나요?"

"아! 씨발년이! "

쾅! 현수는 순간적으로 탁자를 맨주먹으로 내리치며 유경을 향해 욕을 내뱉었다. 갑작스럽게 일어난 일이어서 유경도 당황했다. 하지만 그 순간 유경은 현수를 말없이 고요하게 바라보았다. 현수가 갑자기 자리에서 벌떡 일어났다.

"아니 왜 왜 왜 나를 건들어어어요? 열열받게."

현수는 갈수록 말을 더듬었고 목소리 톤은 더욱 높아졌다. 현수는 화를 참을 수가 없자 상담실을 이리저리 왔다 갔다 하기 시작했다. 유경은 현수를 제지하지 않고 그냥 내버려두었다. 유경의 눈에 현수는 스스로 감정을 추스르려고 최대한 노력을 하는 것으로 비쳤다.

상담사들은 항상 예상치 못한 내담자의 공격을 대비해야 한다. 유경의 상담실도 비상시를 대비해 비상벨을 누를 수 있도록 설계되어 있다. 상담사는 비상벨이 있는 위치에 앉고, 내담자는 그 맞은편 좌석에 앉아 상담사는 언제나 스스로를 보호할 수 있다. 또한 상담실 안은 방음장치가 되어 있어 안에서의 소리가 웬만해서는 외부에서 들리지 않기 때문에 상담실 문은 안에서 잠글 수 없도록 해서 상담사는 언제든지 위기의 순간에 도움을 요청할 수 있다. 상담실의 이러한 설비시설은 비용이 꽤 들지만 유경은 안전한 상담환경을 위해 이 모든 것을 갖추어놓았다.

유경은 현수의 위협적인 행동을 지켜보면서 상황을 주시했다. 그러나 외부의 도움이 필요하지는 않다고 판단했다. 현수가 10분 정도 상담실을 서성이다가 자리에 다시 풀썩 주저앉았다. 그리고 두 손으로 얼굴을 감싸안고 고개를 숙인 채 있었다. 그런 모습을 지켜보던 유경이 드디어 입을 열었다.

"화가 난 감정을 추스르느라고 정말 고생했어요."

유경의 말에 감정을 폭발하고 서성이던 현수가 마침내 사과를 했다.

"죄죄송합니다."

"나한테 욕을 한 것에 대한 사과인가요?"

유경의 질문에 현수는 고개를 들지 못하고 땅을 바라보며 고개만 끄덕일 뿐이었다. 유경은 침착하고 솔직하게 이야기를 했다.

"현수 학생이 사과 안 했으면 매우 속상하고 화가 나 있을 뻔했는데, 사과를 해주니 마음이 풀리네요."

유경의 말에 현수는 다시금 사과를 했다.

"정말 죄송합니다."

"현수 학생이 미안해하는 마음을 이해했어요. 살면서 실수할 수 있는데 오늘이 바로 그런 날인 거죠."

유경은 삶에서 모든 것이 서툴기만 한 현수에게 사소한 것들을 하나하나 알려주며 느끼게 해주었다.

"오늘 현수 학생이 왜 이렇게 화가 난 것인가요?"

유경의 질문에 현수는 한숨을 깊게 내쉬었다. 그리고 드디어 사건에 대해서 하나하나 이야기를 풀기 시작했다. 마음도 조금 풀렸는지 말을 더듬는 정도도 훨씬 나아졌다.

"제가 다다른 날처럼 게임을 하하고 있었어요. 저는 아이디가 전부 3개가 있는데, 'kingkong40', 'jedai77', 'lion35'예요. 제제가 게임을 정말 잘해서 저를 찾는 사람들이 있어요. 저는 한국 친구들하고는 게게임을 하지 않고. 러시아, 영국, 호주, 캐나다, 유럽 이런 나라들 사람들 하고 게임을 해해요. 게임을 할 때 그 사람들 하고 영어로 이야기를 해요. 그래서 영어를 게임을 하하면서 배웠어요.

게임 세계에서 저는 왕이에요. 게임을 잘해서 사사람들이 우러러보고 부러워해요. 저는 거기서는 정말 힘이 세요. 어떤 날은 러시아에서 게임을 잘하는 걸로 유명한 친구가 저한테 졌는데 그 뒤로 제 아이디만 찾아서 게임을 했어요. 아빠랑 싸운 날도 대만에 있는 친구와 게임을 하던 날이었어요. 막 싸우다가 결정적인 순간에 낭떠러지로 몰려가지고 열열을 받아서 욕을 했는데, 뒤에서 아빠가 듣고 왜 욕을 하냐고 혼내는 거예요. 그것 때문에 정신이 없어서 그그 순간에 대만 친구 공격에 큰 부상을 입어서 그놈이 나를 놀렸어요. 그래서 너무 화딱지가 나가지고 컴퓨터를 부셔버렸어요."

현수는 현실에서는 문제아이자 왕따였지만, 사이버 세계 즉 게임세계에서는 능력을 인정받는 나름 스타였다. 그래서 게임

세계는 현수에게 매우 소중한 공간이었다. 또한 강한 사람이 되고 싶은 현수가 강함을 뽐낼 수 있는 유일한 공간이었다. 현수가 오직 컴퓨터에만 빠져 있고, 컴퓨터에 집착하는 이유는 그곳이 현수에게는 이 세상을 살아갈 수 있는, 소통할 수 있는 유일한 세계였기 때문이다. 유경은 현수의 입장에서 그 상황이 매우 화가 날 만한 상황이었을 거라고 이해할 수 있었다.

"현수 학생이 그 상황에서 정말 속상했겠군요."

땅을 바라보고 이야기를 하던 현수가 고개를 살짝 들어 유경을 쳐다보았다. 그 순간 현수의 눈시울이 살짝 붉어졌다. 현수는 그날의 상황을 누구에게도 말하지 못했던 것이다. 상황을 완전히 이해한 유경이 위로를 건넸다.

"현수 학생에게 컴퓨터는 매우 소중한 물건일 텐데, 컴퓨터가 망가졌으니 더 속상하겠군요."

"그날부터 이이제 게임을 못하고 있어요."

"그랬군요."

"선생님, 그그날 제가 경찰에 신고를 했어요. 지지난번에 화가 났을 때, 그렇게요."

"현수 학생이 화가 났을 때 어떻게 대처할지 연습한 것처럼 경찰에 신고를 스스로 한 거군요."

현수가 유경의 말에 고개를 끄덕였다. 현수는 이제 계속 유경을 바라보고 있었다.

"어려운 일이었을 텐데, 현수 학생이 경찰에 전화를 했네요."

"그그러지 않으면 제가 화가 너무 감당이 안 될 거 같았어요."

"그랬군요. 자신의 화가 감당하기 어렵겠다고 생각해서 실제로 신고를 한 거군요."

"네. 신고를 하고 나니깐 멘탈이 좀 잡아지더라고요."

"멘탈이 잡아졌다는 것이 어떤 뜻인가요?"

"더 화를 내면 안 되겠다 뭐 그런거요."

"그랬군요. 화를 멈추고 싶었군요."

"네. 쪽팔리니깐요."

현수는 그날의 자신의 행동을 후회하고 있었다. 유경은 현수가 그날의 이야기를 모두 털어놓도록 이야기에 반응을 하며 들어주었다. 현수는 자신의 감정을 명확하게 표현하지는 못했지만, 자신의 이야기와 생각들을 펼쳐놓기 시작했다. 마치 하얀 종이 위에 그림을 그리듯 그때의 상황과 자신의 마음을 조금씩 그려놓았다. 상담이 끝날 무렵 현수는 한 가지 걱정을 유경에게 털어놓았다.

"선생님. 이이제 컴퓨터가 없어서…."

현수는 컴퓨터가 세상의 전부이자 안식처인데 스스로 컴퓨터를 망가뜨려 자신도 어떻게 해야 할지 매우 걱정이 되어 유경에게 도움을 구하고 싶은 마음이었다. 그러나 유경은 현수가 자신의 행동에 따른 결과를 책임지는 과정을 배워야 한다고 생각해 더 이상 개입하지 않고 다만 위로의 말만 건넸다.

그리고 현수에게 상담 시간에 늦으면 상담할 시간이 그만큼 줄어드는 것이니 다음에는 늦지 않게 제시간에 와야 한다고 일러주며 상담을 마쳤다.

현수는 유경에게 고개를 숙여 인사를 한 뒤 상담실을 나섰다. 유경은 비로소 숨을 크게 내쉬었다. 상담 시간 현수의 폭주에 속으로는 매우 긴장을 했지만, 겉으로는 전혀 표현을 하지 않다가 현수가 나가자 긴장이 풀린 것이다. 그러나 유경은 오랜 기간 방 안에서 컴퓨터와 대화를 했던 현수가 오늘처럼 자신의 이야기를 세세히 털어놓았다는 것은 현수와 라포 형성이 잘 되었다는 증거라는 점에서 큰 수확을 얻은 기분이었다. 그리고 가장 큰 수확은 현수가 드디어 자신의 행동에 대해서 후회를 하며 화를 조절하는 법을 확실히 배웠다는 점이었다. 유경은 현수는 앞으로 가상세계가 아닌 현실에서의 사람들과 부딪히며 세상을 배우는 시간을 가져야 한다고 생각했다.

컴퓨터가 망가지고 난 뒤 현수는 인터넷 금단증상을 심하게 겪었다. 작은 핸드폰으로 게임을 하는 데에는 한계가 있어 현수는 짜증이 극에 달하기 시작했다. 현수는 자신이 컴퓨터를 망가뜨렸음에도 그날 밤 아빠가 자신에게 뭐라고 하지 않았더라면 컴퓨터가 망가지는 일도 없었을 거라고 아빠를 원망했다. 그리고 컴퓨터를 사달라고 시도 때도 없이 졸랐다.

　그러나 현수 아버지는 컴퓨터를 사주지 않았고, 사줄 생각이 전혀 없었다. 컴퓨터가 없어지자 현수가 잠도 자지 않고 밤을 새우며 게임을 하는 모습을 더 이상 볼 수 없었기 때문이다. 유경도 현수의 인터넷 금단증상에 대해서 현수에게 계속 설명을 하면서 현수가 다른 활동을 통해서 그것을 이겨내도록 함께 방법들을 찾았다. 하지만 현수는 오랜 시간을 집에서 컴퓨터만 하면서 살았던 만큼 그 시간을 외부활동을 하는 것으로 바꾸기가 결코 쉽지 않았다. 유경이 집 근처를 산책하거나 운동을 하면서 시간을 보내라고 권유해도 현수는 잘 지키지 않았다.

　결국 유경과 현수의 아버지가 의논을 해서 현수의 아버지가 현수를 일터에 한동안 데리고 다녔다. 현수가 몸을 쓰는 현장에서 고된 노동을 경험하도록 한 것이다. 현수와 현수 아버지는 3개월이 넘는 시간 동안 함께 일터에서 일했다. 그 결과 두 사람은 자연스럽게 많은 시간을 함께하게 되었고, 전혀 교류가 없던 단절되었던 부자지간에 점차 끈끈한 정이 스며들게 되었다. 일곱 살 이후로 부모의 애정이 무엇인지 전혀 모르고 살았던 현수는 점차 아버지의 보살핌을 느끼기 시작했고, 가족이 울타리가 되어줄 수 있음을 비로소 배우게 되었다.

　매주 1회 상담이 진행된 지 5개월이 흘렀을 무렵 현수는 자신의 감정을 말로 잘 표현하는 단계까지 발전했다. 한번은 현수가 상담 시간에 유독 기운이 없었다. 유경이 현수의 얼굴을 살피며 물었다.

"현수 학생, 뭐 고민 있나 봐요?"

"선생님, 저 힘들어요."

"어떤 것이 힘든가요?"

"선생님, 선생님 흐흐흑…."

현수가 갑자기 울기 시작했다. 현수가 상담 중에 눈물을 보인 것은 이때가 처음이었다. 유경은 상담을 하면서 현수의 감정상의 발전을 이미 알고 있기에 현수가 마음껏 울도록 시간을 주었다. 내담자들은 상담을 시작하면 처음에는 온갖 방어막을 세우며 자신을 드러내지 않는다. 내담자가 상담사 앞에서 눈물을 쏟기까지, 특히 현수처럼 외부인과 단절된 삶을 살아온 은둔형 외톨이가 마음의 벽을 허물기란 극히 어려운 일이다. 현수는 상담을 통해서 자신의 마음을 차츰차츰 들여다보고 있는 중이다.

유경은 현수 앞에 조심스럽게 휴지를 놓아주었다. 그리고 부드럽게 말을 건넸다.

"많이 힘들었나보네요, 현수 학생이."

현수는 조금씩 마음을 진정하고 이야기를 시작했다.

"선생님, 저는 제가 할 수 있는 게 컴퓨터 말고는 없잖아요. 근데, 컴퓨터가 없어서 힘든 것도 싫고요. 컴퓨터 말고 아무것도 할 수 없는 제 자신도 싫어요."

5개월 전 상담을 처음 시작했을 때 현수는 자신을 문제아 취급하는 학교와 아버지를 혐오했다. 모든 문제는 자신이 아니라 그들에게 있다고 말하며 그들을 탓했다. 그런데 이제 현수는 자신의 문제가 무엇인지 말하고 있는 것이다. 순간 유경은 그간의 노력과 과정들이 마치 파노라마가 지나가듯 머릿속에 스쳐 지나갔다. 유경은 현수와의 상담이 이제는 처음 세웠던 목표를 달성했고, 마지막 단계를 향해 가고 있음을 느꼈다. 유경은 기쁨으로 가슴이 뛰었다. 그러나 마음속의 흥분을 가라앉히며 현수가 자신을 좀 더 이해해가도록 질문을 던졌다.

"좀 더 자세하게 말해 볼래요?"

"선생님, 저저는 어렸을 때부터 친구가 없었어요. 아니 혼자가 더 편했어요. 친구도 없고 아이들도 저를 따돌리고 끼워주지를 않아서 컴퓨터를 친구처럼 생각하고 컴퓨터만 했어요. 게임 안에서는 제가 최고였어요. 제 실력을 모두 부러워하고 저를 쫓아오는 사람들이 많았어요. 그래서 그 안에서는 혼자가 아니었어요. 게임을 통해서 만나는 사람들이 있으니까요. 근데 컴퓨터가 망가지고 난 뒤 제가 할 수 있는 게 아무것도 없어요. 하루 종일 집에서 멍하니 있으면 제가 너무 구려 보여요."

"그랬군요. 그럼 현수 학생이 원하는 것은 무엇인가요?"

"지금처럼 사는 것은 아니라는 생각이 들었어요. 아빠 따라서 일도 해봤지만, 사실 아빠처럼 일할 자신도 없어요. 저는 컴퓨터 게임을 아예 하지 않는 것이 힘들어요. 제가 제일 잘하는 것이거든요."

"현수 학생이 지금과는 다르게 살고 싶다는 것은 어떤 것인가요?"

"저도 내년에 고등학교를 졸업하잖아요. 그럼 이제 저도 밥 먹고 살아야 하는데, 앞으로 어떻게 해야 할지 걱정이 되요."

"현수 학생이 앞으로의 진로에 대해서 걱정이 되는군요."

"네, 선생님."

현수는 불과 5개월 전에는 세상과 단절된 채 모든 것에 불만만 가득했고 모든 것이 남의 탓이라고 생각했다. 그리고 힘을 길러 타인을 힘으로 눌러야 한다고 생각했다. 그런데 이제는 자신을 돌아보며 자신의 현재와 미래에 대해서 고민하고 있다. 현수가 여기에 오기까지는 유경의 노력과 더불어 현수 아버지의 노력이 큰 역할을 했다.

유경은 상담을 진행하면서 현수 아버지에게 과제를 주었다. 어떤 경우에도 현수의 편이 되어서 현수의 이야기를 끝까지 들어주라고 당부했다. 부모조차도 자식을 수용하지 않는다면 그 아이는 받아줄 곳이 없는 것이다. 현수 아버지는 자식을 방임하기는 했지만, 애정이 깊었고 자식의 문제가 자신의 탓임을 인정했다. 그래서 유경의 제안과 당부를 철저히 지켰다.

현수가 컴퓨터를 사달라고 자신에게 화를 내고 소리를 지를 때도 묵묵히 들어주었다. 예전 같으면 현수를 향해서 소리를 지르면서 욕설을 퍼부었겠지만, 자식이 치료가 될 수 있다면 그 무엇도 감당하겠다는 마음으로 참고 또 참았다. 그리고 같이 일을 다니면서 현수만은 자신처럼 몸을 쓰는 일로 밥벌이를 하지 않도록 하겠다고 다짐했다. 현수가 자신을 따라서 일을 한 지 3개월이 되던 날, 고된 노동을 마친 뒤 현수 아버지는 현수를 데리고 식당으로 향했다. 현수 아버지는 현수에게 사과의 말을 전했다.

"현수야, 그동안 아빠가 잘 돌봐주지 못해서 정말 미안하다. 밥벌이 하느라 우리 현수가 마음이 그렇게 힘들었는지 아빠는 정말 몰랐다. 가족이라고는 너와 나 단 둘인데 앞으로는 서로 위하면서 살자."

아버지의 사과를 듣는 것도 처음이었지만 현수도 이제는 타인과 소통이 가능하고 상대의 마음을 조금씩 읽을 수 있는 단계로 발전하고 있어서 아버지의 입장을 처음으로 이해할 수 있게 되었다. 18년 동안 남과도 같았던 사이가 3개월의 밀도 있는 시간을 통해 가족이라는 관계를 회복하게 된 것이다.

어느덧 현수가 상담을 시작한 지 6개월이 흘렀다. 오로지 컴퓨터만을 친구로 삼아 사이버 세계에만 갇혀 있던 은둔형 외톨이 현수는 상담을 통해 자신을 이해함으로써 타인과 소통이 가능해져 정상적인 학교생활이 가능해졌다. 학교도 현수가 문제아에서 정상적인 학생으로 변화하는 시간을 기다려주었다.

학교에서는 은둔형 청소년들이 결코 개인의 노력으로는 문제를 해결하지 못하는 것을 잘 알고 있어 이번 현수 케이스를 참고로 해서 앞으로 문제가 있는 다른 학생들에게도 적용할 방침을 세웠다.

유경과 현수의 상담 마지막 날, 현수는 약속 시간에 맞춰서 상담실에 도착했다. 그리고 마지막 상담이 시작되었다.

"현수 학생, 2주 만에 보죠?"

"네, 선생님."

"어떻게 지냈어요?"

"선생님, 저 진로가 결정되었어요. 게임 학과에 진학하려고요."

"와 현수 학생한테 너무 잘 어울리는데요."

"학교 선생님과 상담도 하고 아빠와 이야기한 다음에 제가 결정했어요."

"정말 잘했어요. 준비해야 할 것들이 많죠."

"제가 그동안 공부를 안 해서 걱정이 많이 되는데, 게임하면서 영어는 많이 배웠고, 앞으로 1년 동안 죽어라 공부해 보려고요."

"오늘이 우리의 마지막 상담일이네요. 그동안의 상담에서 현수 학생이 이룬 것들이 정말 많아서 저는 너무 기분이 좋아요."

"네, 선생님 덕분에 제가 사람처럼 살게 됐어요. 하하하."

"상담 시간에 하지 못한 남겨진 과제도 많이 있는 거 알죠. 앞으로는 상담 시간에 했던 연습들 잊지 않고 현수 학생이 잘 할 거라고 믿어요. 그리고 만약 무언가 문제가 생기면 스스로 문제점을 알고 해결하면서 지내야 해요. 알겠죠."

"네 선생님. 그동안 감사했어요."

정윤주 살인사건 뉴스를 보며 현수와의 상담을 회상하던 유경이 다시 현실로 돌아와 앞에 있는 해인에게 말을 건넸다.

"정윤주 살인사건을 보면서 현수를 생각했어요. 현수 생각 나시죠?"

"그럼요. 욕도 잘하고 대단했었잖아요. 화가 난 날은 제멋대로 굴기 일쑤였죠. 그래도 상담이 잘되어 우여곡절 끝에 고등학교 졸업하고 전문대학 컴퓨터 게임 학과에 들어갔잖아요. 대학 졸업하고는 그렇게 좋아하던 컴퓨터 게임 회사에 취직해서 현수 아버지가 고맙다고 다과를 몇 박스 선물로 보냈었구요. 그게 2년 전 일이니 지금은 사회인으로 잘살고 있겠네요."

"정윤주 사건을 보면서 현수의 경우는 부모, 학교, 상담소 삼박자가 맞아떨어진 행운 케이스였다는 생각이 들어요. 현수 아버지는 아이를 철저히 방임은 했어도, 기본적으로 아이에 대한 애정이 깊었어요. 그리고 학교는 현수가 문제아이지만 포기하지 않고 우리 상담소로 연결하고 기다려줬잖아요. 또 우리도 현수 사람 만들어보겠다고 열심히 노력했고요."

"그러게 말입니다. 청소년기와 청년기가 삶에서 참 중요한 시기인데, 그 혈기왕성한 시기에 은둔형 외톨이가 되어 동굴 속에 갇혀 온갖 부정적인 생각을 하고 감정들을 꾹꾹 억압하고 있으니 마치 시한폭탄을 안고 있는 것과 같죠. 정윤주도 사회와 교류가 전혀 없었으니 온갖 불평불만의 목소리가 내면을 지배하고 악을 키운 거죠."

"맞아요. 은둔형 외톨이가 위험한 것은 잘못하면 잠재적 범죄자가 될 수 있다는 점이에요. 생각해보면 현수도 내면에 쌓인 감정들이 폭력으로 표출되고 있었잖아요. 그것이 만성화되어 범죄로 연결되었을 수도 있어요. 생각하면 정말 끔찍하죠. 앞으로 은둔형 외톨이의 수는 계속 늘어날 거고, 그들을 위한 제도적인 지원과 시설이 마련되지 않으면 사회적으로 문제들이 끊임없이 발생할 거예요. 우리 상담사들이 해야 할 일도 많구요. 그런 의미에서 우리도 현수 같은 학생들 상담에 적극 나서자구요. 우리가 할 수 있는 일은 그거니까요."

해인은 유경을 바라보며 고개를 끄덕였고, 유경은 다시 정윤주 사건이 흘러나오는 뉴스를 심각하게 바라보았다.

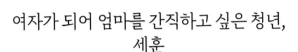

여자가 되어 엄마를 간직하고 싶은 청년,
세훈

유경이 퇴근해서 현관문을 들어서자 식구들이 거실에 모여 토크쇼를 시청하고 있었다. 토크쇼에는 요즘 한창 잘나가고 있는 트랜스젠더 제니가 자신의 인생사를 들려주고 있었다.

"제가 처음 성전환수술을 한다고 했을 때 저희 아빠가 만약 너가 정말 수술을 하면 나는 너 안 본다고 하셨어요. 워낙 완강하셨기 때문에 저는 집을 나와서 온갖 알바를 다 해서 1년 동안 돈을 모아 수술을 하러 태국을 갔죠. 집을 나오고 나서는 식구들과 연락을 일체 안 했어요. 그때 결심한 게 성공하기 전에는 절대 식구들한테 연락 안 한다는 거였거든요. 태국에서 수술을 하고 한동안 그곳에서 일을 하다 한국에 와서도 이일 저일 열심히 했죠. 돈을 벌기 위해 안 해본 일이 없어요. 그런데 저는 정말 한 가지 자신 있게 말할 수 있는 거는 뭐든지 죽어라 열심히 했어요. 그러다 유튜브를 시작했는데, 대박이 난 거예요. 제가 워낙 수다 떠는 걸 좋아하다 보니 여성 구독자가 굉장히 많았어요. 구독자가 200만이 넘으니 방송사 여기저기서 연락이 오더라구요. 지난 5년 동안 스케줄이 너무 바빠서 하루도 제대로 쉬어 본 적이 없어요. 2년 전에는 엄마 아빠 강남 아파트 사드리고, 남동생한테는 카페를 차려줬어요."

유경의 딸 지은이 유경을 쳐다보며 말했다.

"엄마, 제니 알죠? 요즘 최고로 잘나간다니까요. 월수입이 글쎄 1억이래요."

그 말을 듣고 유경의 남편 준호가 말했다.

"와 대단하네. 세상이 많이 변했어. 예전에는 트랜스젠더는 공중파에 나오기도 쉽지 않았거든. 요즘은 유튜브가 대세니 유튜브 스타는 공중파 출연도 어렵지 않지. 근데 보니까 제니가 입담이 워낙 출중하기는 하네."

유경은 제니의 토크쇼를 한참 지켜보다가 한 내담자와의 상담을 떠올렸다.

유경이 이세훈과 상담을 시작한 것은 8개월 전이었다.

상담사들이 오전에 모여 회의를 할 때 접수 담당자 유진이 하소연을 했다.

"소장님, 한 분이 상담을 신청했는데 접수 면접에서 아무런 정보를 주지 않으려고 해요. 많이 까다로운 내담자분이세요."

유경이 자세히 말해보라고 하자 유진이 전날의 기억을 떠올리며 말했다.

"앳되 보이는 남자분이 접수 면접을 오셔서 상담을 하려면 어떻게 해야 하냐고 물어보더라구요. 그래서 상담신청서를 드리며 작성해달라고 했죠. 보통 작성하는 데 시간이 좀 걸리는데 그분은 금방 가져오셨어요. 그래서 보니까 이름란에 이세훈이라고 이름만 적고, 집 주소, 성별, 가족관계, 호소문제 등에 아무것도 기입을 안 한 거예요.

그래서 어떤 어려움으로 오셨는지 정보를 주셔야 상담신청을 할 수 있다고 설명을 드렸죠. 그런데 그냥 선생님을 만나서 직접 이야기를 하겠다고 끝까지 그러더라구요. 솔직히 이런 분은 또 처음 봤네요."

심리상담센터를 찾는 내담자 중 망상증, 편집증, 피해의식이 높은 내담자 중에 자신의 정보를 주는 것을 꺼리는 사람들이 있다. 그러나 상담을 위해서 알려주어야 한다고 설득을 하면 전부는 아니지만 몇 가지 정보를 주기도 한다. 그들이 주는 정보가 맥락이 맞지 않고 다소 황당한 것도 있기는 하지만 상담사는 내담자의 상황과 그 몇 가지 정보를 통해 대략적으로 병원 연계를 해야 하는 상황인지의 정도를 파악할 수 있다. 하지만 유경이 보기에 유진에게 들은 이세훈이라는 내담자는 이런 경우와도 많이 달랐다. 유경은 어떤 사연이 있을 것이라는 생각이 들어 유진에게 상담일정을 잡아 달라고 말하고 회의를 마무리했다.

며칠 뒤 세훈이 센터를 방문하기로 한 날이 되어 유경은 세훈을 맞이했다.

"어서 오세요. 이쪽으로 앉으세요."

유경이 자리를 권하자 세훈은 안내에 따라 자리에 앉았다.

세훈은 검정모자, 검정티, 검정바지를 입고 있었고, 모두 구찌 로고가 박혀 있었다. 그리고 양쪽 귀에는 이어폰이 꽂혀 있었다. 남자치고는 몸집이 작은 편인 세훈은 자리에 앉으면서 귀에 꽂혀 있던 이어폰을 빼고, 핸드폰을 보며 재생 중인 음악을 껐다. 검정모자를 눌러 써서 들어올 때는 얼굴이 잘 보이지 않았지만, 앉아서 살짝 고개를 드니 쌍커풀이 진한 큰 눈에 오똑한 코를 가진 곱상한 얼굴의 청년이었다.

"안녕하세요. 반갑습니다. 마음서고 상담사 이유경이라고 합니다."

유경이 세훈에게 자신을 소개했다. 유경의 인사에 세훈은 짧게 대답했다.

"네."

"오시는 데 불편하지는 않으셨어요?"

"네."

짧고 간결한 그의 대답을 통해 유경은 그의 높은 방어벽을 느낄 수 있었다. 첫 상담에서 늘 하는 것처럼 유경은 상담에 있어서 비밀 보장과 상담 시간 및 내담자가 꼭 알아야 할 사항에 대해서 자세하게 설명했다. 방어벽이 높은 내담자일수록 더 천천히 꼼꼼하게 설명할 필요가 있기 때문이다. 유경이 긴 설명을 마치자마자 세훈이 기다렸다는 듯이 질문을 던졌다.

"정말 비밀 보장이 되나요?"

세훈의 이 질문을 통해 유경은 세훈이 타인에게 말하지 못할 어려움이 있음을 짐작했다. 상담사들도 가끔 상담사 자신의 질문이 개인적으로 궁금한 것인지, 아니면 상담을 위해 내담자를 파악하기 위한 질문인지 혼동되는 때가 있다. 순간 유경은 개인적인 호기심이 일었다. 그러나 그것을 인식하고 올바른 방향을 위해 정신을 가다듬고 집중했다.

"세훈씨는 상담 내용에 대해서 비밀이 보장되는지가 많이 염려되시는군요."

유경의 질문에 세훈은 대답하지 않고 침묵했다. 유경은 상담의 진행을 위해 세훈에게 상담을 온 이유에 대해 단도직입적으로 물었다.

"세훈씨는 어떤 어려움이 있으셔서 상담을 신청하신 건가요?"

"선생님은 제가 어떤 말을 해도 믿을 수 있으신가요?"

유경에게 세훈의 말은 세상에 믿을 사람이 아무도 없다 라는 말로 들렸다. 수많은 사람을 상담해온 유경이지만, 유경은 이번 상담이 결코 쉽지 않을 것임을 직감했다.

"어떤 말을 해도 다 믿는다고는 말씀드릴 수가 없어요. 저도 가끔은 믿을 수 있을까 고민될 때도 있거든요. 하지만 내담자가 왜 그런 말을 하는지 내담자의 생각과 감정을 이해하려고 많이 노력한답니다."

유경의 대답에 세훈은 고개를 흔들며 말했다.

"저한테 여러 가지 궁금한 게 많으시죠? 저는 저에 대해서 물어보는 게 정말 싫어요. 정말 정말 싫어요."

유경은 오랜 경험을 통해 내담자의 말에서 그 이면의 심리를 읽는 데 능숙하다. 세훈의 말은 유경에게는 자신에 대해서 궁금해해달라는 말로 역설적으로 들렸다. 누군가 자신을 믿어주기를 간절히 바라면 그것이 좌절되었을 때 실망도 크기에 실망하고 싶지 않아서 애초에 말하고 싶지 않은 것이다. 만약 정말로 원하지 않는다면 그런 말조차 하지 않는 법이다.

"세훈씨가 저를 만나야 한다고 생각했을 때는 하고 싶은 이야기가 있었을 거 같은데요."

유경의 말에 세훈은 잠시 침묵을 하더니 마침내 자신의 이야기를 시작했다.

"아버지가 저를 강제로 입원시켰었어요. 제가 가출을 한 적이 있어요. 가출을 했다가 밤에 집에 잠시 들어갔었어요. 그때 아버지가 경찰에 신고를 했고, 저는 바로 정신병원에 입원을 당했어요. 병원에서는 저를 꼼짝 못하게 묶었어요. 저는 정말 너무 무서웠어요. 아버지에게 집에 가고 싶다고 간절히 부탁했는데, 아버지는 저를 집으로 데려가지 않았어요. 가출한 건 잘못한 거지만 저는 병원에 입원해 있을 때 죽고 싶을 만큼 힘들었어요. 거기 환자들은 모두 제정신이 아니었어요. 이상한 행동를 하는 사람도 있고, 멍하게 허공을 바라보며 헛소리를 하는 사람도 있었어요. 그 속에 제가 있는 것이 끔찍하고 싫었어요. 지금 생각해도 끔찍해요."

입원 병동을 설명하는 세훈은 감정이 극에 달해 몸을 덜덜 떨었다. 그 상황을 설명하면서 마치 자신의 몸이 다시 꽁꽁 묶인 것처럼 잔뜩 웅크리고 있었다. 그 일이 있은 이후로 세훈은 아버지에 대해 분노와 원망의 감정을 가득 품고 있었다. 청소년기를 질풍노도의 시기라고 하는 만큼 청소년기의 가출은 보기 드문 일은 아니다. 그런데 단순 가출을 이유로 부모가 자식을 정신병원에 입원시키는 일은 결코 흔치 않은 사례다.

유경이 그동안 만나온 내담자들의 경우에도 부모가 자식을 강제로 입원시키는 경우는 생명이 위급한 상황을 제외하고는 없었다. 아무리 상담, 정신과 진료가 예전보다 문턱이 낮아졌다고 하더라도 일반적으로 부모는 자식을 정신병원에 입원시키고 싶어 하지 않는다. 유경의 내담자 중 딱 한 번 그런 경우가 있었다. 경찰 아버지가 자녀의 비행이 날로 심각해지자 함께 어울리는 무리들과 단절을 시키고자 그의 인맥으로 자녀를 강제로 입원시켰다. 그러나 당시 아이의 엄마는 남편의 결정을 극구 반대했다.

유경이 느끼기에 세훈의 경우는 그 경우와도 매우 다른 성격으로 보였다. 유경은 세훈과 그의 아버지 사이에 절대로 합의할 수 없는 그 무엇이 존재함을 느꼈다.

"갑자기 제가 입원을 하게 되자 친구들과 연락도 되지 않았어요. 퇴원 후에 친구들이 저한테 어디를 갔다 왔냐고, 왜 몇 달간 잠수를 탔냐고 물어보는데 제가 어떻게 정신병원에 입원해 있었다고 말을 할 수 있었겠어요."

보통 상담사는 내담자를 더 깊이 알기 위해 대화 중간중간 내담자에게 공감을 표시하며 탐색 질문을 하기도 하지만, 유경은 세훈에게 어떤 질문도 하지 않았다. 세훈이 하고 싶은 말들을 마음껏 꺼내놓을 시간이 필요하다고 생각했기 때문이다. 시간이 흘러 세훈의 첫 번째 상담 시간이 끝나가고 있었다.

"세훈씨, 벌써 시간이 다 되었네요. 지금 기분은 좀 어떠세요?"

"네 뭐 그냥 그래요. 다음 약속은 어떻게 하나요?"

상담을 마칠 시간이 되었다고 하니 감정 표현이 서툰 세훈은 이내 다음 상담일정으로 화제를 돌렸다.

"네, 다음 예약 일정은 아마 일주일 뒤가 될 거예요. 정확한 날짜와 시간은 밖의 유진 선생님이 안내해 드릴 거예요."

"네."

유경은 세훈이 나가기 전에 덜 작성된 상담신청서의 작성을 부탁했다.

"세훈씨, 앞으로의 우리 상담을 위해 상담신청서를 작성해 주셨으면 해요."

"네, 그러죠."

세훈은 유경과의 상담이 생각보다 만족스러워 상담신청서 작성을 허락했다. 그리고 다시 핸드폰을 꺼내 음악을 재생하고 이어폰을 귀에 꽂고 상담실을 나갔다. 유경은 세훈의 행동을 유심히 지켜보았다. 유경은 누군가와 이야기를 나누고 싶지만 그럴 수 있는 사람이 아무도 없어서 스스로 상담실을 찾아온 세훈의 마음을 읽을 수 있었다. 그의 뒷모습에는 누구와도 자신의 이야기를 나눌 수 없는 그의 외로움이 그대로 묻어 있었다.

잠시 후 유진이 세훈이 작성하고 간 상담신청 기록지를 전달해주며 말했다.

"세훈님께서 가장 빨리 잡을 수 있는 상담일정을 잡아달라고 해서 그렇게 일정을 잡았어요."

유경은 세훈이 쓴 기록지를 꼼꼼히 살펴보았다. 상담신청 이유란에는 아버지와의 관계가 좋지 않고, 갈등이 너무 심하다고 쓰여 있었다. 상담받은 경험은 없다고 적혀 있고, 가족관계는 '아버지와 나'라고 쓰여 있었다. 어머니 정보는 적혀 있지 않았다. 휘갈겨 쓴 기록지에는 신청서의 내용들을 쓰고 싶지 않은 그의 심리가 고스란히 담겨 있었다. 유경은 상담일지에 세훈과의 상담내용을 기록하며 마지막에 이렇게 썼다.

'궁금한 것이 많지만, 내담자 속도대로 천천히….'

✦ ✦ ✦

점심을 먹으려고 상담실을 나선 유경은 아직도 상담 중인
다른 선생님들의 상담실을 확인했다. 유진에게 다가가 아직
도 상담을 진행하는 거냐고 묻자 유진이 직장인들이 점심시
간에 약속을 잡았다고 대답했다. 몇몇 상담사들은 학회 참여
를 위해 자리를 비웠다. 마음서고는 늘 조용하고 분주하게 돌
아간다.

오늘은 세훈과의 네 번째 상담이 진행되는 날이다. 첫 상담
이 시작되고 매주 한 번씩 3회 상담이 이루어졌지만 세훈은
여전히 마음을 잘 열지 않고 있었다. 유경이 상담을 통해 세
훈에 대해 알게 된 것은 그리 많지 않았다. 세훈이 다섯 살 때
아버지와 엄마가 이혼을 했다는 것. 부모가 이혼 후 세훈은
어린 시절 친할아버지, 친할머니, 아버지와 함께 친가에서 살
았다는 것. 그리고 집에서는 엄마에 대한 이야기는 일절 금기
시되었다는 것. 또한 세훈의 집안은 상당한 재력가이면서 매
우 보수적인 분위기라는 것. 세훈은 사립 초, 중, 고를 졸업했
다는 것 정도였다.

유경은 내담자 속도대로 천천히 가기로 했지만, 너무 진도
가 나가지 않는 상담 속도 때문에 개인상담으로는 세훈을 이
해하기가 어렵다고 판단했다. 그래서 오늘 세훈에게 심리검사
가 왜 필요한지 설명하고 검사를 받도록 설득할 생각이다. 유

경은 세훈이 처음부터 하고 싶지 않다고 완강하게 거부를 해서 심리검사에 대해서 제대로 설명을 하지 못했지만, 세훈을 위해서는 필요하다는 확신이 들었다.

유경은 두 시에 복귀하겠다는 메시지를 남기고 상담센터 문을 나섰다. 유경은 비우는 시간을 위해 가끔 혼자 점심을 하러 나갔다. 상담이라는 일이 내담자의 이야기를 들어주고 그들의 삶 속으로 들어가 그들을 파악하고, 그들의 마음 치유를 위해 함께 동행하는 것이지만 상담사의 입장에서는 심리적 부담감과 에너지 소모가 클 수밖에 없다. 어렵고 힘든 내담자를 만날수록 더욱 그러하다.

누군가의 이야기를 하얀 백지 위에 써내려가는 것과 이미 많은 낙서가 되어 있는 곳에 써내려가는 것에는 매우 큰 차이가 있다. 상담사도 상담사 이전에 사람이기에 부족하고 연약하고 모난 부분이 존재할 수밖에 없다. 또한 때때로 툭 튀어나온 부분이 걸려서 피가 나기도 한다. 이 상처는 상담사뿐만 아니라 내담자에게도 그 피해가 전달된다. 그래서 상담사 자신도 자신을 하얀 백지와 같은 상태로 만들기 위한 준비가 필요하다.

유경은 상담사로서의 삶을 잘 가기 위해서 먼저 자신을 잘 보살피고 살펴주어야 했다. 대체로 상담사들은 상담사로서의 자신과 자아의 경계를 세우지 못해서 상담일을 끝까지 하지 못하는 경우가 많다. 유경도 초보 상담사 시절에는 상담이 취소되어 반가운 적도 있었다. 어려운 내담자를 만나면 마치 기가 다 빨리는 느낌이었기 때문이다. 또 상담이 끝나도 머릿속이 온통 그 내담자의 생각으로 가득 차서 좀처럼 헤어나오기가 어려웠던 적도 많다. 그때 선배들의 조언은 삶과 상담일, 그리고 내담자와의 경계를 바로 잘 세우라는 것이었다.

유경이 자신을 위해 하는 사치는 분위기 좋은 카페에서 맛있는 음식과 차를 즐기는 것이다. 사람들은 널찍하고 인테리어가 깔끔하게 되어 있는 사무실에 10명의 상담사를 두고 상담소를 운영하는 유경이 성공한 사업가라고 부러워한다. 그러나 유경의 입장에서는 버는 돈으로 매달 상담소의 운영비를 충당하기도 벅찰 지경이다.

유경의 상담실은 미국, 영국, 독일과 같은 외국계 회사 여러 군데와 협약이 되어 있다. 영어를 유창하게 하는 유경과 심리전문가들이 여럿 있다 보니 심리상담이 익숙한 문화를 가진 나라의 기업에서 마음서고와 계약을 많이 맺고 있다. 그리고 여러 회사에서도 요청이 오는 덕분에 고정적인 수입이 뒷받침되고 있다.

마음서고는 동종업종 대비 케이스별 상담사에게 지불되는 비율이 80%로 매우 높은 편이다. 또한 유경은 마음서고의 상담사들이 자신의 역량을 발휘하도록 외부 자문 활동과 강연을 자유롭게 할 수 있도록 보장했다. 그 덕에 마음서고의 상담사들은 고정적인 수입과 외부활동으로 비교적 안정적으로 생활을 유지하며 상담을 하고 있다. 하지만 센터장인 유경 자신은 외부활동은 하지 않고 마음서고를 통해 매달 불우한 청소년에게 장학금을 지불하고, 가난하지만 정신건강을 위해 꼭 상담이 필요한 사람들은 봉사 차원에서 상담을 진행하며 사회적 책임을 실천했다. 그래서 마음서고는 한 달 버는 돈으로 한 달을 겨우 유지하는 시스템으로 운영되고 있다.

그마나 유경에게 경제적으로 큰 힘이 되는 것은 시댁 건물의 1층을 무료로 쓰는 점이다. 그 덕분에 유경은 지속적으로 센터를 운영할 수 있게 되었다. 만약 이런 행운이 없었다면 적자를 면치 못했을 것이다. 그래서 유경에게 상담소 운영은 반은 좋아서 하는 일이고 반은 소명감에서 하는 일이다.

유경은 눈여겨보았던 사무실 근처 새로 생긴 카페로 걸어가면서 오후에 만날 세훈과의 상담을 계속 생각했다. 유경은 세훈을 더 잘 이해하고 돕기 위해서는 가족의 조력이 무엇보다 필요함을 인지하고 조만간 세훈의 아버지와의 상담을 진행해야겠다고 생각했다.

카페 문을 열자 향기로운 커피 향이 가득 밀려왔다. 유경은 커피향이 코끝으로 스며드는 순간 몸과 마음이 모두 정화되는 느낌이었다. 유경은 카페의 시그니처 메뉴를 주문해서 여유를 음미하며 마음을 충분히 이완했다. 곧 있을 세훈과의 상담은 언제나 긴장되는 시간이기 때문이다.

유경은 점심을 마치고 상담소로 돌아와 세훈의 방문을 기다렸다. 약속 시간에 맞춰 상담소에 도착한 세훈을 유진이 유경의 방으로 안내했다. 상담실로 들어선 세훈의 귀에는 변함없이 이어폰이 꽂혀 있었다. 유경은 자리에 앉으며 음악을 끄는 세훈을 조용히 지켜보았다.

"세훈씨는 어떤 음악을 좋아하세요? 매번 음악을 듣고 오시는 거 같은데."

"아 저는 빈센트를 좋아해요."

세훈이 말한 뮤지션은 힙합 장르의 아티스트로, 가사가 젊은 사람들의 마음을 잘 대변해주어 젊은이들에게 큰 인기를 끌고 있다.

"세훈씨가 좋아하는 음악을 저에게도 한번 들려줄래요?"

유경의 반응에 세훈은 의아하다는 표정을 지으며 이어폰을 건네고 재생 버튼을 눌렀다.

"어떤 내용인지도 궁금하네요."

유경의 말에 세훈은 가사를 찾아서 유경에게 보여주었다.

'자신이 원하는 것들을 하는 것이 자유로운 삶이다. 하지만 이 자유로움을 위해서 놓아야 할 것들이 많다. 가장 두려운 것은 나의 마음속 불안이다. 내가 나를 버리면 어떡하지?'

가사는 이런 내용이었다. 내담자들이 좋아하는 음악, 취미, 책, 게임, 장소, 사람에는 모두 이유가 있다. 내담자들이 그것에 끌리는 이유와 그것이 어떤 의미가 있는지를 아는 것은 그 사람을 이해하는 데 있어 상당히 도움이 된다. 상담사가 내담자가 소중하게 여기는 것을 함께 공유할수록 내담자들은 자신이 존중받는다고 생각해 마음을 더 여는 것을 유경은 상담을 통해 수없이 경험해왔다. 사람들은 누구나 자신의 속이야기를 꺼내어 말할 사람이 필요하고, 자신의 생각과 행동을 인정받을 때 큰 위안을 얻는다. 사실 내담자들은 그런 사람을 찾지 못하거나 경험하지 못해 상담소를 찾아오는 경우가 많다.

"노래 가사가 용기를 주는 거 같아요."

유경의 말에 세훈은 자신의 취향이 인정받는다는 기분이 들어 들떠서 말했다.

"음악을 잘 만드는 사람 같아요. 정말 멋지죠."

유경은 이제부터 본론으로 들어갈 준비를 하며 마음의 고삐를 잡았다.

"일주일 동안 어떻게 지내셨어요?"

유경의 말에 세훈은 곧바로 대답을 했다.

"제가 돈을 많이 모아야 해요."

"돈을 많이 모아야 한다는 것은 무슨 의미인가요?"

부유한 집안의 세훈이 돈을 많이 모아야 한다니 유경으로서는 그 의미가 무엇인지 매우 궁금했다.

"아버지가 저한테 독립을 하라고 하셨어요. 1~2년 내로 집을 나가라고 하셔서 돈을 모아야 해요."

"성인이 되면 당연히 독립을 해야죠. 그런데 아버지께서는 어떤 의도로 그렇게 말씀하신 건가요?"

"제가 사실 아버지가 원하는 것과 반대로 하고 있거든요."

세훈의 말에 의하면 세훈의 아버지는 세훈에게 유학을 권유했다. 그의 아버지는 세훈도 자신처럼 해외에서 유학을 하고 국내에 들어와 자리잡기를 바란다는 것이다. 하지만 세훈은 어렸을 때부터의 관심 분야인 미용과 요리를 배우고 싶어 했다. 세훈이 자신의 바람을 이야기하자 아버지는 물론 세훈을 키워준 할머니도 극구 반대했다고 한다. 그나마 할아버지는 세훈에게 아무런 말씀도 하지 않아서 할아버지는 자신의 편인 것 같다고 말했다.

"아버지는 자신이 원하는 것은 다 하면서 내가 정말 하고 싶은 것은 못 하게 해요. 너무 화가 나요."

아버지에 대한 원망이 많은 세훈은 화가 잔뜩 난 모습으로 말했다. 그리고 독립에 대한 이야기를 늘어놓았다.

"하고 싶은 거를 하려면 독립을 해야 해서 준비를 하고 있는데, 사실 좀 무서워요. 어렸을 때부터 돈이 없는 게 뭔지 잘 몰랐어요. 뭐 사고 싶다고 하면 할머니나 아버지가 다 사줬으니까요. 명품 한정판도 친구들이 저한테 와서 구경할 정도니까요. 사실 저축한 돈도 전혀 없어서 지금부터 아르바이트라도 해서 돈을 모으려니까 어떻게 해야 할지 그냥 막막해요. 아버지와 끊어지면 모든 지원이 끊어지는 건데 사실 구질구질하게 사는 것도 정말 자신이 없어요. 아버지는 그렇게 돈이 많으면서 왜 지원을 끊겠다는 건지 이해가 안 가요."

유경은 세훈의 말을 통해 세훈은 돈보다 아버지와의 단절을 더 두려워하고 있다는 점을 알 수 있었다.

"세훈씨는 현재 편안하게 살 수 있는 물질적인 것도 누릴 수 없게 되고, 가족과의 관계도 멀어질까봐 걱정이 되는 건가요?"

유경의 질문에 세훈은 "아~"라고 뜸을 들이며 눈치를 살피더니 금세 화제를 돌렸다.

"제가 명품을 중고로 팔아서 수익을 남길 수 있거든요. 선생님, 제가 한정판 명품들이 꽤 있어요. 제가 이것으로 돈을 벌려고 하는데 어떨까요?"

유경은 지난 세 번의 상담이 다시 되풀이되려고 함을 감지했다. 세훈은 자신의 감정을 들킬 듯싶은 이야기가 나오면 화제를 다른 곳으로 빠르게 돌려 더 이상 깊이 들어오지 못하도록 막았다. 갑자기 화제를 돌리면서 상담사에게 질문을 던져 자신에게 깊이 들어오지 말라는 강력한 사인을 주는 것이다.

"어떻게 하면 돈을 모을 수 있을지 방법을 찾는 거군요. 세훈씨는 독립에 대해서 아버지와 대화를 나눠보셨나요?"

"아버지는 제 말을 듣지 않으세요. 자기 말만 하죠. 다 안 된다고 하고, 또 아버지의 논리로 저를 설득해요. 자기 잘난 척을 저에게 엄청 하는 거죠. 대화가 안 돼요."

"세훈씨가 아버지에게 어떻게 이야기를 했나요?"

"독립을 어떻게 할 거냐고 묻기에 제 친구 이야기를 해줬죠.

제 친구 중에 요리를 배우는 친구가 있어요. 그 친구는 요리를 배우고 난 뒤에 강남에 바를 열 거라고 해요. 그래서 저도 그 바에서 일을 할까 생각 중이에요. 제가 이 일을 해보려고 하는데 어떨까요?"

세훈은 또다시 유경의 질문을 피하고 다른 이야기로 화제를 전환해 도리어 유경에게 질문을 했다.

"세훈씨, 세훈씨가 제게 하는 질문들은 정말 세훈씨가 궁금해서 하는 질문이 아닌 거 같아요. 저는 그 질문들이 어떻게 받아들여지냐면, 세훈씨가 제 질문에 대해 이야기하고 싶지 않아서 피해가려고 내놓는 이야기 같아요."

유경은 세훈의 의도를 너무나 잘 알기에 자신의 생각을 세훈에게 전달하면서 정공법을 선택했다.

"세훈씨가 왜 제 질문에 대답하지 않고 굳이 궁금하지도 않은 것들을 저에게 질문하는지 저는 너무 궁금해요."

유경의 직접적인 질문에 세훈도 단도직입적으로 말했다.

"저에 대해서 말하는 게 너무 싫어요. 계속해서 검사 뭐 이런 것도 하라고 하시는데, 정말 싫어요. 어떻게 그런 것으로 저를 판단하고 이해할 수 있어요? 그딴 것으로 저를 이해할 수 있나요? 저는 그렇게 생각하지 않아요. 그래서 하기 싫어요. 정말 극혐이에요."

"구체적으로 어떤 점이 싫은 건가요?"

세훈이 자신의 감정을 여과 없이 말하는 순간을 놓치지 않고 유경도 세훈의 감정을 좀 더 세밀하게 파고들었다.

"그냥 다 싫어요. 저를 어떻게 이해한다는 거예요? 그 검사 따위로요. 이해도 못하면서 저에 대해서 알려고 하는 것이 저는 정말 싫어요."

"이해받고 싶은데 이해받지 못할까봐 말하기 싫은 거군요."

"아무도 절 이해하지 못해요. 아무도요."

세훈은 유경의 말에 더 격양되어 목소리를 높였다.

"어떤 것을 이해받고 싶은 건가요? 세훈씨?"

유경의 질문에 세훈의 눈동자가 흔들렸다. 세훈은 고개를 숙이더니 한숨을 크게 내쉬었다. 그러고 나서 고개를 들어 유경을 똑바로 쳐다보며 말했다.

"선생님, 선생님은 너무 논리적이에요."

유경이 마음속으로 좁혀 들어오는 것을 느낀 세훈이 유경에게 던진 한마디였다. 그 순간에도 세훈은 화제를 돌려 상담사인 유경을 탓했다.

"다른 상담 선생님은 선생님처럼 그렇게 하지 않아요. 제가 다른 곳에 상담을 받으러 갔을 때 선생님처럼 이렇게 논리적으로 하지 않았어요. 제 이야기를 그냥 들었다구요."

"맞아요. 저는 그 선생님과 다른 사람이에요."

상담하는 과정에서 세훈의 빠른 화제 전환은 상담사가 세훈의 마음을 제대로 이해하는 데 큰 걸림돌이었을 것이다. 그리고 지금처럼 상담사에 대한 불만을 털어놓으면 상담사는 금세 자신의 태도를 되돌아보며 자기 검열을 하게 된다. 세훈이 말한 다른 상담사들이 자신의 말을 듣는다는 것이 그 때문이었을 것으로 유경은 추측했다.

하지만 유경은 세훈에게 이런 반복적인 패턴이 있음을 알려주어야 한다고 생각했다. 세훈이 정말 이해받고 싶은 부분이 무엇인지 그 스스로 꺼내놓는 것이 유경의 상담목표였다. 그래서 오늘은 유경도 물러서지 않았다. 세훈은 상담 때마다 상담사를 자신이 좌지우지하려 했고, 상담사들은 까다롭게 구는 세훈과의 상담을 이어갈 수 없었을 것이다. 그래서 세훈은 다시 새로운 상담사인 유경을 찾아온 것이다. 그러나 수많은 사람들의 다양한 심리를 체험해온 유경은 결코 만만한 상담사가 아니었다. 까다로운 내담자를 만날수록 유경의 해결 의지는 더욱더 불타올랐다.

세훈의 저항은 한동안 계속되었지만, 부드럽지만 단단하게 조여오는 유경의 설득으로 세훈은 조금씩 마음을 열기 시작했다. 마치 대결과도 같은 상담이지만 유경은 점차 세훈의 마음속으로 거리를 좁힐 수 있었다. 그간 심리검사를 완강하게 거부하던 세훈이 마침내 심리검사를 허락한 것이다.

유경은 세훈의 심리검사를 김지수 임상심리전문가에게 맡

겼다. 그녀는 심리검사 분야에서 유명한 전문가다. 내성적인 그녀는 좀처럼 말이 없는데, 말이 많아질 때가 있다. 바로 심리 검사와 관련해 내담자를 분석할 때다. 그녀의 보고서는 내담자를 만나지 않아도 그 사람에 대한 그림을 그릴 수 있을 정도로 정교한 분석으로 유명하다. 지수는 유경처럼 대외적인 활동을 좋아하지 않는다. 하지만 그런 그녀도 사회적인 물의를 일으킨 사건에 있어서는 적극적으로 나섰다. 갈수록 정신적으로 문제가 있는 사람들의 범죄가 폭증하는 가운데 그것이 자신이 상담사로서 사회에 공헌할 수 있는 방법이라고 생각하기 때문이다. 지수는 얼마 전 일어났던 살인사건에 대해서도 재발 방지를 위한 대책 자문 회의, 인터뷰 등 대외적인 활동을 통해서 사회적 안정을 위해 애썼다. 유경은 그녀라면 세훈을 잘 이끌고 검사를 할 것이라는 확신이 있어 그녀에게 세훈의 검사를 맡긴 것이다.

세훈의 심리검사가 끝나고 일주일 뒤 지수는 세훈의 검사 결과 보고서를 들고 유경의 상담실을 찾아갔다. 유경은 지수가 건넨 결과보고서를 한참 들여다보고 의아하다는 눈빛으로 지수를 바라보았다.

"지수 선생님, 세훈씨의 검사결과를 해석할 수 없다고요?"

"네, 소장님. 놀라셨죠? 검사지를 보면서 설명 드릴게요."

지수는 세훈이 작성한 검사지를 하나씩 꺼내며 설명을 시작했다. 그녀의 말에 의하면 세훈은 검사를 솔직하게 하지 않았다는 것이다. 따라서 세훈의 검사는 해석할 수 없는 프로파일이라고 설명했다. 자신이 아무런 문제가 없다는 것을 보여주는 검사 태도를 여러 검사에서 보여주고 있다는 것이 그녀의 설명이었다. 그녀의 말처럼 유경에게도 검사결과지들이 하나같이 아무런 문제가 없는 것으로 보였다.

"세훈씨는 굉장히 스마트한 내담자예요. 여길 보시면 정교하고 세련되게 방어를 하고 있거든요. 실제로 지능검사에서도 높은 지적 수준을 보여주고 있어요. 여기 보면 대체로 점수가 다 높아요. 법률적으로 이득을 취하고자 하는 프로파일도 아니고, 병역 면제를 받고자 한 케이스도 아닌 이차이득에 대한 욕구도 없어 보여요."

지수의 설명에 따라 유경도 세훈의 검사들을 하나씩 살펴보며 고개를 끄덕였다. 유경은 설명을 들으며 한편으로 세훈이 했던 투사 검사들을 떠올렸다. 세훈의 경우에는 보통의 경우를 벗어나는 특징이 많이 보였다. 자신의 신체 이미지와 더 넓게는 자기 이미지를 어떻게 생각하는지를 보여주는 검사에서는 굉장히 연하고 약하게 타나났다. 현재 두려움과 억제된 상태에 놓여 있는 것으로 분석되었다. 정신분석적 측면의 관점에서 보자면, 자아 기능이 지적, 성적, 사회적으로 약하며 부적절한 상태임을 나타내고 있었다. 게다가 세훈의 투사검사에는 생략된 것들이 많고 기본적으로 채워져야 할 것들이 표현되지 않고 대칭도 불균형해서 연약한 형체만이 보일 뿐이었다. 이는 곧 세훈의 자기개념의 불균형을 보여 주고 있었다. 지수는 계속 설명을 이어갔다.

"투사적 검사 중에서 로르샤하 검사는 모호함과 낯선 느낌 때문에 대체로 많은 내담자가 경계심을 갖고 임하는데, 세훈 씨 역시 그랬어요. 투사적 검사 중에서도 그나마 수검자들이 친숙하게 느끼는 TAT 검사에서도 세훈씨는 방어적으로 임하더라구요.

검사는 해석할 수 없는 프로파일이지만, 세훈씨와의 상담에서 확인해야 할 것들은 좁혀졌어요. 이런 프로파일의 내담자의 경우 제 주관적인 임상경험으로는요, 어린 시절 애착외상에 대한 상처가 있을 것으로 추론돼요. 아무래도 엄마와의 관계일 가능성이 높을 것으로 보이고요. 그다음으로는 정체성이요. 이 부분이 가장 큰데요. 이 내담자는 현재 정체성에 대한 혼란을 겪고 있는 것으로 보여요. 자기에 대한 인식이 흔들리고 있어요. 자신의 존재에 대한 인식이 부재이고, 외부에서 보는 자기와 자신이 생각하는 자기가 불일치해요."

지수는 내담자들이 방어할 수 없는 투사적 검사의 결과를 보여주며 유경에게 설명했다. 내담자들이 주 양육자와의 관계에서 받는 애착외상은 사실 트라우마로 남는 경우가 많다. 지수는 세훈의 경우는 애착외상이 보이긴 하지만, 명확하게 말하면 그 양상이 완전히 일치하지는 않는다고 설명했다. 그리고 중요한 설명을 덧붙였다.

"이렇게 검사 결과가 나왔다면 아버지가 강제로 입원시켰던 당시에 실시했던 결과에서도 진단할 만한 결과가 나오지 않아서 병명이 나오지는 않았을 거에요. 이 결과지만 보면 대체로 아무런 문제가 없다라고 오해하기 딱 좋거든요. 사춘기에 나타나는 일시적인 일탈 정도로 이해했을 거 같아요. 왜 그런 거 있잖아요. 여기저기 아픈데 병원 진료하면 아무런 진단이 나오지 않는 신체화증상이요. 일종의 화병 같은 것과 비슷하죠. 처방을 할 수도 없는 그런 상태로 오해하기 쉽죠."

"마음의 병이 참 어렵죠?"

유경은 지수의 말에 수긍하며 내담자에게 검사 결과에 대해서 잘 안내하겠다고 말했다. 지수와의 회의를 마친 유경은 세훈의 경우 그가 용기 있게 자신의 문제를 어떤 식으로든 맞닥뜨려야 한다는 것을 다시 한 번 확인했다.

정체성. 이 세 글자를 써 놓고 유경은 생각에 빠졌다. 내담자들 대부분은 자신의 모습을 있는 그대로 받아들이지 못해서 상담실을 찾는다. 자신의 작디작은 부족함이 자신의 눈에는 존재가치를 짓누를 만큼 커 보여서 스스로를 탓하고 미워한다. 자신에게 주어진 삶을 감내할 수 없는 그들에게는 정체성이라는 세 글자 안에 많은 것이 담겨 있다. 그 안에는 상처받고 고통스러운 시간들이 켜켜이 쌓여 있다. 유경은 세훈이 수없이 자신을 이해하지 못할 거라고 했던 말들이 계속 귓가에 맴돌았다. 대체 세훈이 말하지 못하면서도 이해받고 싶어 하는 것은 무엇일까?

세훈이 심리검사를 진행하고 2주 뒤 세훈과 유경이 다시 상담실에 마주앉았다. 유경은 세훈에게 그간 잘 지냈냐고 안부를 물었고, 세훈은 눌러 쓴 모자를 매만지며 잘 지냈다고 짧게 답했다. 어색한 기류가 흐르는 가운데 유경은 심리검사에 응한 세훈의 결심에 대해서 이야기를 시작했다.

"세훈씨, 심리검사를 다 마치셨더라고요. 검사 결과와 보고서는 받아보셨죠?"

"네."

"어떠셨나요?"

"검사가 저를 다 이해하지 못할 거라고 예상했어요. 지난번 입원했을 때도 그랬거든요. 정신과 의사선생님도 저한테 문제가 없으니 약은 먹지 않아도 된다고 했었어요."

"네. 검사가 힘드셨나요?"

"아니요. 힘들었다기보다는 짜증이 났어요. 자꾸 이런 걸로 저를 판단하려고 하는 게 싫거든요."

"세훈씨를 자꾸 판단하려고 한다는 것은 어떤 의미인가요?"

"검사라는 단순한 작업으로 복잡한 저를 이해한다는 것이 말이 안 된다고 생각해요."

"그렇군요. 그럼 세훈씨는 어떤 것을 바라시나요?"

"그냥… 그냥… 제 이야기를 들어주고, 저를 걱정해주고, 제가 얼마나 힘든지, 외로운지 이해해주기를 바라죠."

"세훈씨가 바라는 대로 되지 못해서 느껴지는 감정은 무엇인가요?"

"외로움, 짜증남, 고독함, 허망함, 절망감이요."

"그럴 때 세훈씨는 어떻게 하고 싶으신가요?"

"막 소리지르고, 욕하고 싶어요. 네가 뭔데 자꾸 나한테 이런 것을 시켜! 네가 내 마음을 알아? 화를 내고 확 다 엎어버리고 싶어요."

"그렇게 화를 내고 싶을 정도로 하기 싫은 데도 검사를 하셨네요."

"네. 선생님이 하라고 해서요."

"그럼 하라고 한 제가 미우셨겠어요. 그 정도로 화가 날 정도라면요."

"네. 솔직히 선생님께 화가 났어요."

"제가 어떻게 해주기를 바랬나요?"

"그냥 제 이야기를 들어주고, 제가 원하는 대로 해주기를 바랬어요."

"세훈씨가 원하는 대로 해주기를 바라는 것들은 구체적으로 어떤 것일까요?"

"선생님, 그냥 제 이야기를 들어주세요. 그게 그렇게 어려운가요?"

대화 도중에 자기 뜻대로 안 되면 금세 날을 세우는 세훈의 패턴이 또다시 나타나기 시작했다. 세훈의 이러한 대화 패턴은 아버지와 대화를 할 때도 마찬가지였을 거라고 유경은 생각했다. 유경은 세훈이 하고 싶은 이야기를 자연스럽게 하도록 기다렸다. 또한 그가 유경에게 원하는 것들이 무엇인지를 스스로 알도록 질문하고 들어주었다. 오늘 유경이 세훈에게 유도했던 것은 해결되지 않은 감정들을 쏟아내도록 한 것이다. 이 과정에서 세훈은 자신이 상담을 통해 진정 원하는 것은 자신이 이해받고 싶은 것이라는 점을 확실히 알게 되었다.

"세훈씨, 오늘 상담을 통해 새롭게 자신에 대해서 알게 된 것이 있다면 무엇일까요?"

"선생님…. 제가 이해받고 싶어 한다는 사실을 알게 됐어요. 그래서 제가 여러 상담센터를 다니면서 제가 하고 싶은 말들을 쏟아내고, 들어달라고 했나봐요. 하지만 그렇다고 제 마음이 다 풀리진 않았어요. 제가 무엇보다도 이해받고 싶어한 것은…."

세훈은 갑자기 말을 멈추었다. 그리고 고개를 들어 유경을 잠시 살폈다. 한숨을 크게 내쉬는 모습을 보고 유경은 세훈의 눈을 똑바로 바라보았다. 세훈의 눈에는 두려움과 외로움이 한껏 담겨 있었다. 세훈은 뭔가 큰 결심을 한 듯 눈동자가 흔들리더니 마음 가장 밑바닥에 있던 말들을 꺼내기 시작했다.

"선생님, 저는 남자의 몸을 하고 있지만, 저는 이런 제 몸이 너무 싫어요."

세훈의 이 한 마디로 인해 순간 유경의 머릿속에서는 마치 톱니바퀴가 맞물리며 작동을 시작하듯 모든 퍼즐이 하나로 맞춰지기 시작했다. 정체성. 이해받고 싶다. 남자의 몸이 싫다. 그가 작성한 상담신청서에는 성별란에 아무런 표시가 되어 있지 않았다. 뿐만 아니라 검사지에도 성별란에는 기록이 없었다.

세훈은 지금까지 성 정체성에 대해서 이해받고 싶었던 것이다. 정확하게 표현하자면 '성별 불쾌감'이다. 과거에는 '성 정체성 장애'라고 불렸는데, 장애라는 단어로 인한 부정적 효과를 우려해 2013년 DSM-5 진단기준에서 성별 불쾌감이라는 이름으로 변경되었다. 그리고 2022년 1월 1일 발효된 ICD-11에서는 '성별 불일치'라는 이름으로 바뀌었다.

유경은 미국에서 밥 교수의 지도를 받을 때 정체성의 어려움을 겪고 있는 사람들을 만난 적이 있다. 성별 불일치를 겪는 사람들은 남들과 다른 자신에 대한 혼란스러움으로 인해 오랜 기간 어려움과 고통을 호소했다. 그들은 심리적인 고통으로 우울증을 겪고 자살을 시도하기도 했다. 그들이 이를 이겨내고 커밍아웃을 시도하기까지 꽤 오랜 시간이 필요했다. 동성혼이 합법인 주가 있는 미국에서조차 소수자들은 사회적으로 쉽게 이해받지 못했다. 무엇보다 그들은 혼란의 소용돌이에 갇혀 헤어나지를 못했다.

유경은 어렵게 이야기를 꺼낸 세훈에게 유경이 만났던 세훈과 비슷한 혼란을 겪었던 사람들의 이야기를 자세하게 들려주었다. 그리고 그들이 오랜 기간 심적으로 얼마나 고통스럽고 혼란스러운 기간을 지나갔는지, 또 남들과 다른 자신을 받아들이는 것이 얼마나 어렵고 힘든 과정이었는지를 알려주며 세훈을 이해한다고 위로해주었다. 또한 그들이 오랜 기간의 우울증으로 인해 지속적인 상담을 받았던 것도 알려주었다. 유경의 이야기에 세훈은 드디어 용기를 얻고 자신의 이야기를 이어갔다.

"사실, 저는 동성을 좋아하는 것은 아니에요. 저는 초등학교 때부터 교복을 입기 싫었어요. 사립학교 특성상 여자는 치마, 남자는 바지를 입어요. 그런데 저는 치마가 너무 입고 싶었고 또 여자애들처럼 멋도 부리고 싶었어요. 바지를 입는 게 너무 싫고 마음에 안 들었어요. 또 사춘기가 시작되니깐 저도 모르게 발기가 되고, 제 의지와 상관없는 제 신체의 반응들이 너무 싫었어요. 남자 화장실을 가서 서서 소변을 보는 제 자신이 끔찍하게 싫었어요. 그래서 알게 됐어요. 제가 남자가 되고 싶지 않다는 사실을요. 다른 남자애들과 다른 제 취향 때문에 친구들이 놀리기도 했어요. 그렇지만 저는 개의치 않았어요."

오랜 기간 세훈이 가슴속에 묻어둔 이야기는 다음과 같았다. 세훈이 가출을 한 이유는 진단을 받기 위해서는 아버지의 동의가 필요한데 아버지가 거부했기 때문이다. 또 돈이 많이 필요했던 이유는 바로 호르몬 주사와 성전환 수술 때문이었다. 세훈은 호르몬 대체 요법, 성전환 치료를 받기 위해서 F64.0 진단서가 필요했다. 하지만 아버지의 동의 없이 진단서를 받을 수가 없었다. 세훈은 이 진단서를 받기 위해 어느 병원을 가야 하는지에 대해 온라인 커뮤니티를 통해서 알게 된 자신과 비슷한 경험을 가진 사람들에게서 정보를 얻었다. 진단을 받아야만 자신이 원하는 성별로 살아갈 수 있기에 세훈은 아버지의 동의를 구한 것이다.

그러나 하나뿐인 자식이 성전환으로 딸이 되겠다고 하자 세훈의 아버지로서는 청천벽력과도 같은 일이었다. 더욱이 완벽주의에 보수적인 그의 아버지로서는 절대 인정할 수 없는 일이었다. 그래서 세훈이 제정신이 아니라고 생각해 강제입원을 시킨 것이다.

성별 불쾌감이 나타날 확률은 현재 태어난 성 기준으로 남성은 0.005% ~ 0.014%, 여성은 0.002% ~ 0.003%로 추정된다. 한국의 경우 성별 불쾌감으로 병원을 찾는 경우는 드물다. 대체로 우울증, 자살 시도로 인해서 사회생활 부적응을 지켜본 가족들이 내담자를 끌고 상담실을 데려오는 경우가 많다. 따라서 이 수치는 병원을 찾은 내담자의 기준으로 작성된 숫자일 뿐이고 실제로는 이보다 더 많을 것이다.

세훈이 현재 가장 고통스러하는 것은 아버지와의 관계다. 현재 세훈에게 유일한 가족은 아버지로 경제력이 없는 세훈은 성전환을 하기 위해서는 아버지의 허락과 지원이 필요하다. 그러나 성전환 수술 이야기를 꺼낸 이후로 둘의 사이는 극단적으로 나빠졌다.

"제가 아는 사람은 자살 시도를 하고 난 뒤에 가족들이 병원 진단을 동의해 줬다고 하더라고요. 지금은 호르몬 치료도 잘 받고 있어요. 여기 보이는 목젖이 확실하게 안 보이고, 목소리도 부드러워졌더라고요."

자신과 비슷한 처지에 놓인 다른 사람이 가족과의 갈등을 이겨냈다는 세훈의 이야기 속에는 부러움이 잔뜩 스며 있었다. 유경은 세훈이 이해가 갔지만, 그의 아버지의 심정도 충분히 이해할 수 있었다.

"세훈씨보다 아버님은 더 혼란스러울 수도 있어요."

"아버지는 결사반대이기 때문에 더 이상 이 얘기는 꺼낼 수가 없어요. 2년 안에 독립을 하라고 하고, 만약 성전환을 할 경우 경제적 지원을 일체 끊겠다고 했어요. 사실 제가 혼자 살아갈 능력이 아직 안 되다 보니 너무 두려워요. 그리고 할머니, 할아버지께 이야기할 생각은 일체 하지 말라고 했어요. 그래서 이런 이야기를 털어놓을 사람이 아무도 없었는데, 오늘 이렇게 털어놓으니 정말 얹힌 게 내려가는 기분이에요."

항상 날카롭게 날이 서 있던 세훈이 많이 누그러진 모습을

보면서 유경은 타인의 마음을 치유하는 이 일에 깊은 보람을
느꼈다.

"세훈씨, 세훈씨 아버님을 만나뵈도 괜찮을까요?"

"아버지요? 아버지는 왜 만나시려는 건가요?"

"세훈씨 아버님도 누군가에게 털어놓고 싶은 이야기가 내
면에 많을 것 같아서요. 또 세훈씨에게는 아버지의 도움이 필
요하잖아요. 물질적인 도움도 필요하지만 가족으로서 정서적
인 도움도요."

세훈은 풀이 죽은 모습으로 고개를 끄덕였다.

"선생님이 처음이에요. 이런 이야기를 제가 직접 하게 된 것
은요."

세훈은 유경에게 고개 숙여 인사를 건네고 유경의 방을 나
섰다. 상담실을 나서는 세훈의 귀에는 처음으로 이어폰이 꽂
혀 있지 않았다.

성 정체성에 관한 문제는 유경도 풀기 쉽지 않은 주제였다.
그래서 난이도 높은 세훈과의 상담을 이어가기 위해서 자신의
지도교수였던 밥 교수에게 자문을 구해야겠다고 생각했다.

일주일 뒤 늦은 오후 유경은 세훈의 심리검사를 맡았던 지
수와 회의실에 모였다. 유경과 지수는 정면의 화면을 주시하

며 심리학계의 거장으로 불리는 밥 교수를 기다렸다. 밥 교수는 유경의 미국 유학 시절 학사와 석사과정 지도교수로, 저명한 심리학자이자 임상전문가다. 오늘은 유경이 사례회의를 통해 그에게 자문을 구하는 날이다.

내부 사례회의와 외부 전문가를 초빙해 사례회의를 할 때는 내담자들에게 사전 동의를 구해야 한다. 유경도 세훈과 세훈의 아버지에게 사례회의 목적과 공개될 정보의 범위를 설명하고 동의를 구했다. 오늘 밥 교수와의 회의는 세훈의 사례회의에 관련한 심리검사 결과지와 상담보고서를 통해서 이루어질 예정이다.

화상회의에 접속한 밥 교수의 뒤로는 천장까지 쌓여 있는 책들이 보였다. 유경은 예전에 익히 보았던 모습이어서 얼굴에 미소가 번졌다. 새하얀 턱수염과 뿔테 안경을 쓴 밥 교수가 화면을 통해서 인사를 했다.

"Hi 유경 and 지수."

밥 교수의 인사에 유경과 지수는 고개를 숙여 반갑게 인사를 했다. 밥 교수는 유경이 한국에서 심리적 어려움을 겪는 많은 사람을 위한 일을 하는 것이 자랑스럽다는 말을 잊지 않았다. 그리고 유경에게 한국에서 아직 상담심리에 대한 국가적 시스템이 부족한 시점에서 앞으로 많은 사람에게 도움이 될 만한 모델을 구축하는 것에 신경을 써야 한다는 당부의 말을 전했다.

이어서 본격적으로 회의가 진행되었다. 화면에는 세훈의 심리검사지가 나타났다. 밥 교수는 세훈의 심리검사를 진행한 지수에게 세훈이 검사했을 당시 보인 특이점들과 검사결과지 반응에 대한 기록지에 대해서 세세하게 질문을 했다. 지수는 밥 교수에게 논리적이고 일목요연하게 설명을 했다.

밥 교수는 지수가 세훈의 검사결과를 적절하게 잘 판단했다고 칭찬하며 자신도 동의한다고 말했다. 보통의 경우, 특히 한국인의 경우에는 과소 보고하는 경향이 높은 특성을 반영하더라도 이 검사자는 지나치게 자신을 방어한 흔적들이 곳곳에 보인다고 밥은 지적했다.

그리고 이어서 유경에게 질문을 던졌다.

"유경, 이 사례를 어떻게 보고 있는지 설명해주세요."

"네, 교수님. 저는 이 내담자가 호소하는 성별 불쾌감은 지금까지 엄마라는 단어조차 말하지 못한 내담자가 자신을 있게 해준 존재마저도 부정해야 하는 데서 기인했다고 생각합니다. 물질적으로는 안정돼 있지만, 정서적으로는 채워진 적 없는 사랑과 자기 존재에 대한 인정 욕구가 허기진 내담자가 현재 자신의 모든 것을 부정하는 것으로 나타나는 결과라고 보여집니다."

유경과 밥 교수는 많은 이야기를 주고받았다. 교수와 제자로 만난 사이이지만, 지금은 전문가 대 전문가로서 내담자의 성장을 위해서 심도 있는 토론을 이어갔다. 토론이 막바지에 이르자 밥 교수는 유경과 지수에게 당부의 말을 전했다.

"우리는 내담자의 마음을 믿고 그들이 경험한 인생에 대한 확신을 키워나가도록 도와야 합니다. 그들이 스스로를 믿도록 자신이 가진 욕구가 무엇인지 알도록 돕는 것이 우리의 역할입니다. 우리는 사회적 체면 때문에 스스로가 자신을 검열해 방해받지 않도록 내담자의 진짜 마음이 보이도록 길을 잘 안내해야 합니다. 이미 다 성장한 어른이지만 아이처럼 보살핌에 목마른 진짜 마음을 보고 느끼도록, 또 상담에서 아이 같이 행동하는 내담자가 자기 모습을 스스로 부끄러워하지 않도록 상담사가 단단하게 버텨주어야 합니다."

밥 교수는 마지막으로 연륜이 느껴지는 지혜로운 조언을 해 주었다.

"한국 사회처럼 집단 문화가 깊이 뿌리 내린 사회에서 남들과 다른 삶을 선택하는 것이 내담자에게는 절대로 쉽지 않은 선택일 겁니다. 다양함을 인정하고 존중하는 미국과는 또 다른 정서적 어려움이 존재하겠죠. 뿌리가 단단하지 않은 나무는 잘 자라지 못합니다. 그리고 작은 바람에도 금세 쓰러지고 맙니다. 세훈의 프로파일에서 성별 불쾌감에 대해서 호소하는 문제는 내담자가 스스로 선택하고 결정해야 하는 것이라고 생각합니다. 상담사가 그에게 해 줄 수 있는 역할은 스스로의 선택과 결정에 책임을 지고 자신의 삶을 살아내도록 뿌리가 단단해지는 방법을 찾도록 최대한 돕는 것입니다."

밥 교수의 마무리 조언에 유경과 지수는 미소를 띠고 고개를 끄덕였다. 그리고 감사의 인사를 전했다.

유경은 지도교수 시절은 물론 지금도 여전히 멘토 역할을 하며 언제나 올바른 상담사의 역할을 이끌어주는 밥 교수에게 무한한 감사의 마음을 느꼈다. 그리고 상담사의 상담사를 갖고 있는 자신은 행운아라고 생각했다.

또한 유경에게는 이 시간이 밥 교수의 지혜를 통해 난제와도 같았던 세훈의 문제를 하나씩 풀어갈 수 있는 실마리가 되어주었다.

밥 교수의 조언을 얻은 유경은 일주일 뒤 세훈의 아버지를 상담했다. 그는 깔끔하고 반듯해 보이는 인상으로 세훈이 작성한 50이라는 나이보다 더 젊어 보였다. 또한 30대라고 해도 믿어질 만큼 건강하고 단단한 체격을 갖고 있었다. 와이셔츠의 소매 끝에서 반짝거리는 커프스까지 세련된 그의 차림은 평소에 자기 관리를 철저하게 하는 사람이라는 인상을 주었다. 세훈의 수려한 외모는 아버지와 닮아 있었다. 세훈의 아버지 이재원은 유경에게 깍듯이 인사를 하고 명함을 건넸다. 명함에는 H 은행 한국지사장이라고 쓰여 있었다. 유경은 그를 자리로 안내하면서 인사를 건넸다.

"아버님, 많이 바쁘실 텐데 시간을 내주셔서 감사합니다. 전화 드렸을 때 당황하지 않으셨는지요?"

유경의 물음에 재원은 가벼운 미소를 띠며 말했다.

"아닙니다. 세훈이가 여기를 다니고 있다는 것은 알고 있었습니다. 제 아이의 일이니 아무리 바빠도 당연히 제가 와야지요. 전화해 주셔서 감사합니다."

깍듯하게 대답을 하는 그에게 유경은 오늘 만나자고 한 이유에 관해서 설명한 뒤 세훈의 친모에 관해서 질문했다.

"불편하시겠지만, 세훈씨의 치료를 위해서 세훈씨의 어머니에 대해서 말씀해주시겠어요?"

유경의 질문에 재원은 잠시 고민을 하는 듯하더니 15년 전의 시간 속으로 거슬러 올라가 아무에게도 털어놓지 않았던 가정사를 이야기했다.

"세훈이의 엄마와는 유학 시절 선을 봐서 만났습니다. 세훈 엄마는 유학사회에서 집안도 좋고 미모도 뛰어난 재원으로 소문이 났었죠. 우리는 선을 봤을 때 서로 첫눈에 호감을 가져 일 년 만에 결혼에 골인했습니다. 세훈 엄마는 서양화를 전공했어요. 세훈이가 미용, 요리, 패션에 대해서 관심이 많고 그쪽 분야로 진로를 가고 싶어 하는 것도 지 엄마를 닮아서 그렇다는 생각이 듭니다.

우리가 이혼을 한 결정적인 이유는 세훈 엄마의 중독 문제였어요. 저는 완벽주의적인 성격이고, 세훈 엄마는 감성적이고 다소 충동적인 성격인데, 서로 다른 점이 연애시절에는 오히려 끌리는 점도 있었지만, 결혼을 하니 완전히 다르더군요. 둘이 성향이 많이 다르다보니 사사건건 부딪혔어요. 그리고 세훈 엄마는 곱게 자란 데다 항상 주위의 부러움을 한 몸에 받고 자란 사람이라 힘든 걸 조금도 견디지 못했어요. 그런데 세훈이를 낳고 산후우울증에 저와의 갈등도 있자 술에 의존했어요. 갈수록 심각해지더니 중독이 되었죠. 그래서 클리닉에도 보내고 노력했지만, 소용이 없었어요. 그런 모습을 보수적인 우리 집안도 받아들이기가 힘들었죠. 그런 문제가 외부로 알려지자 부모님도 저에게 이혼을 강하게 권하셨고, 세훈 엄마와의 관계도 좀처럼 회복되지 않았어요. 그래서 결국 이혼을 하게 되었죠.

그때 세훈이는 다섯 살이었습니다. 저희 집안의 명예도 있고 해서 세훈 엄마의 일은 저희 집에서는 언급이 일체 금기시되었습니다. 그래서 세훈이는 엄마에 대한 기억이 없을 거라고 생각했는데 세훈이가 일곱 살 때 그림을 그리면서 엄마가 그림을 그려줬었다고 이야기를 한 적이 있어서 마음속으로 지 엄마를 품고 있을지도 모르겠다고 생각했죠."

세훈 못지않게 재원에게도 지금껏 꺼내지 못한 이야기들이 내면에 쌓여 있었다. 그리고 완벽주의자인 재원에게 세훈의 엄마가 첫 번째 균열이라면, 이제 아들이 두 번째 균열이 되려고 하고 있다. 그래서 재원은 어떻게 해서든지 두 번째 균열을

막으려 애쓰고 있었다.

"세훈이가 엄마를 닮은 점이 많고 감수성과 예민함이 높은 아이인데, 그런 것도 잘 표현하지 못하고 살았으니 많이 힘들었을 겁니다. 그래서 저러나 안타까운 마음도 큽니다. 그렇지만 아들의 미래를 위해 성전환은 절대 동의할 수 없습니다. 집안 망신이기도 하고요. 원래 경제나 회계쪽으로 유학을 보내려고 했는데, 아이가 전혀 원하지 않으니 그 부분은 솔직히 마음을 접었습니다. 그래서 한 발 물러서서 세훈이가 원하는 패션이나 요리쪽으로 유학을 보내줄까 합니다. 그리고 돌아오면 크게 차려줄 생각도 하고 있습니다. 지금은 치기 어린 마음에 저럴 수도 있으니 시간이 흐르면 깨닫는 것이 있지 않을까 싶기도 하구요."

재원이 돌아간 뒤 유경은 '하늘은 공평하다'라는 말을 떠올렸다. 집안, 능력, 학벌, 외모, 직업, 모든 것을 갖춘 재원에게 하늘은 안락한 가정을 주지 않았다. 아름답고 재능 있는 부인은 그의 곁을 떠났고, 하나뿐인 아들은 그가 생각하고 싶지도 않은 삶을 살려고 하고 있다. 유경은 한편으로 어쩌면 그의 완벽함이 사람들을 밀어내는 것은 아닌가 라는 의문이 들었다.

유경은 세훈의 파일에 '세훈이 느끼는 성별 불쾌감은 엄마의 빈자리가 커서 자신을 보살펴 줄 따뜻한 존재가 그리워 그 갈망으로 스스로가 엄마처럼 여자가 되고 싶어 하는 것은 아닌지도 세훈과 함께 살펴볼 필요가 있다'라고 기록했다.

✦ ✦ ✦

유경이 세훈의 아버지 재원을 만나고 난 뒤에도 세훈과의 상담은 주 1회씩 꾸준하게 이어졌다. 시간이 흘러 어느덧 세훈과의 마지막 상담날이 되었다. 그동안 세훈은 아버지의 지원으로 한식, 일식, 중식, 양식 조리사 자격증을 모두 취득했다. 유경은 세훈 아버지 재원과의 상담 이후로 필요할 때마다 그와 전화 상담을 하면서 세훈이 하고 싶어 하는 것들을 경험하도록 지원해주라고 당부했다. 요리, 음악, 패션 그것이 어떤 것이든지 세훈이 하고 싶은 것들, 잘하는 것들을 경험하면서 자신과의 신뢰를 쌓아갈 수 있도록 부모로서 용기를 주라고 부탁했다.

상담 이후 재원은 그동안 반대만 했던 태도를 바꿔 유경의 조언대로 노력하기 시작했다. 그 결과 세훈도 많이 바뀌어갔다. 더 이상 모자를 쓰지 않았고, 상담실에 이어폰을 꽂고 들어가지도 않았다. 그리고 위아래 검정색 옷이 아닌 밝은색 옷을 입었다.

세훈은 활짝 웃으며 상담실 안으로 들어섰다. 세훈은 앉자마자 유경에게 커다란 박스를 내밀었다.

"이게 뭔가요? 세훈씨."

"신생님, 제가 마지막으로 베이커리 자격증이 남았다고 했잖아요. 오늘 시험을 통과했어요. 이거는 제가 만든 케이크예요."

직접 만들어온 세훈의 케이크를 보고 유경은 기쁨을 감출 수가 없었다. 케이크 위에는 'THANK YOU'라는 문구가 장식되어 있었다.

"고마워요, 세훈씨. 정말 감동이에요. 아까워서 먹지도 못하겠어요."

유경의 말에 세훈은 환하게 미소를 지었다.

"선생님, 아버지 말씀도 그렇고, 저도 생각을 해봤는데, 요리 쪽으로 유학을 가려고요. 지금까지는 요리를 취미로 했는데, 요리할 때 신나고 남들이 맛있게 먹는 모습을 보면 기분이 좋고 뿌듯해요."

"드디어 진로를 정한 거군요. 축하해요. 세훈씨, 그럼 이제 유학 준비를 해야겠네요."

"네, 오늘 아버지와 상의해보려고요."

"오늘이 상담 마지막인데, 세훈씨 어떠세요? 그동안 상담하면서 좋았던 점, 아쉬웠던 점 등이요."

"선생님, 사실 어떤 상담사한테도 여자가 되고 싶다는 말은 못했어요. 가장 큰 고민이었는데 말할 수 있어서 너무 행복했어요. 또 선생님이 저를 이해해주셔서 마음이 편했어요. 이제 제 진로도 찾게 되었고요."

"힘든 시간도 많았는데, 세훈씨가 정말 많이 노력했어요."

"아버지가 성전환 수술은 절대 안 된다고 하는 것은 변하지 않았지만, 그것만 빼면 아버지하고의 관계도 기적같이 좋아져서 너무 좋아요. 당장은 호르몬 주사도 맞을 수 없고, 성전환 수술도 할 수 없지만, 혹시 아버지가 허락할지 기다려 보려고요."

"그래요. 세훈씨가 지금까지 많은 고민을 하고 결정했다는 게 느껴지네요."

유경과 세훈은 웃으며 마지막 상담을 마무리했다.

유경은 센터를 나서는 세훈의 뒷모습을 바라보면서 밥 교수의 조언을 떠올렸다. 세훈이 육체적으로 남자인지 여자인지는 중요하지 않다. 지금 그에게 가장 필요한 것은 자기 삶을 살 수 있는 단단한 힘이다. 세상에 사랑만큼 큰 힘이 되어주는 것도 없다. 그래서 자신을 사랑하는 것은 매우 중요하다. 세훈은 이제 겨우 자신을 있는 그대로 사랑하는 그 첫발을 내딛은 셈이다.

세훈과 마지막 상담을 끝내고 유경은 유진과 늦은 점심을 먹었다. 유경이 밥을 먹다가 뭔가를 골똘히 생각하자 유진이 조심스럽게 물었다.

"소장님, 세훈씨와의 상담은 잘 마무리되신 거죠?"

"자기 생긴 대로, 자신의 모습으로 사는 것이 가장 행복하다고 하잖아요. 그리고 요즘 그 모토가 한창 유행이구요."

"그렇죠. 남들과 비교하면 자신만 불행해지니까요. 그리고 우리나라 사람들은 심하게 남과 비교하면서 살잖아요."

"그 말은 정말 맞아요. 그런데 우리 삶이 자기 생긴 대로, 자신의 모습대로 살기에 녹록지 않은 것도 사실이에요. 아무리 자기 생긴 대로 살고 싶어도 환경이나 관계를 또 완전히 무시할 수는 없잖아요. 세훈씨가 그런 경우 같아요. 성향은 여성적인데 남자로 태어난 거죠. 그리고 현재 집의 돈으로 풍족하게 살고 있는데 그 연을 끊고서 여자가 될 수 있을지, 결국 자신의 선택이죠. 세훈씨 집안이 체면을 중시하고 가부장적인데 성전환을 받아줄 리가 없어 보이거든요. 요즘 잘나가는 트랜스젠더 제니 알죠?"

"당연히 알죠. 제니 나왔다 하면 유튜브 조회수 기본이 100만이구요, 방송에도 프로그램을 몇 개를 하는지 몰라요. 광고도 몇 개 찍었더라구요."

"어제 토크쇼에 나와서 얘기하는데, 고생도 많이 했더라구요. 제니의 경우 완전히 자수성가한 경우고, 세훈씨의 경우 집안이 매우 부유해서 어렸을 때부터 물질적으로 크게 누리면서 살아서 고생은 전혀 모르는데 자립해서 성전환을 하기는 쉽지 않아 보여요. 결국 세훈씨가 스스로 결정하겠지만, 경제적인 부분 때문에 결코 결정하기가 쉽지 않을 거예요. 그런 거 보면 자신의 모습대로 사는 것도 말은 쉽지만 현실적으로 정말 쉽지 않은 문제예요. 우리 삶은 정말 선택의 연속이고 자신에게 가장 맞는 선택을 하는 것이 중요한 것 같아요."

유경의 말을 경청해 듣고 있던 유진이 말을 이었다.

"아휴 산다는 거는 정말 쉽지 않다니까요. 우리 센터 찾아오는 내담자분들 보면서 항상 느끼는 바죠. 그리고 소장님 저는 요즘 그런 생각이 들어요. 마음의 병은 마치 목 디스크 같다."

"목 디스크요?"

유경이 무슨 말인지 몰라 눈을 똥그랗게 뜨고 유진을 쳐다보았다.

"네. 저 목 디스크 초기인 거 아시죠? 제가 지금 이거 때문에 몇 년을 고생 중이에요. 그 통증 안 겪어본 사람은 몰라요. 이거 고쳐보려고 몇 년 동안 안 해본 게 없어요. 물리치료, 도수치료, 목에도 주사 몇 대 맞았고, 필라테스에 정말 할 수 있는 거는 다 해봤거든요. 근데 잘 낫지가 않아요. 요즘은 하루도 안 빼고 걷기와 근력운동을 하고 있어요. 매일 하는 이유는요, 그래도 이거를 하면 통증이 조금 덜 하거든요. 하루라도 안 하면 또 도져요. 요즘은 디스크 걸리기 전에 왜 몸을 막 썼는지 너무 후회가 되요. 한 시간 앉아서 일을 했으면 바로 10-20분 쉬어 주고, 근력운동도 열심히 하고 했으면 디스크 안 걸렸을 텐데.

그런데 우리 마음의 병도 목 디스크랑 같다는 생각이 들어요. 사람들은 견딜 수 없을 정도로 절망스러울 때, 마음이 낭떠러지 끝에 가 있을 때 상담소나 정신과를 찾아가요. 그때는 사실은 이미 늦은 거죠. 그래서 상담이나 정신과 치료를 한다고 해도 마음의 병이 쉽게 낫지는 않아요. 제가 지금 아무리 별거 다 해봐도 목 디스크가 쉽게 낫지 않는 것처럼요. 또 쉽게 재발되기도 하고요. 그래도 그나마 아픈 마음을 치료하겠다고 상담소나 정신과를 찾는 사람은 희망이 있는 거죠. 더 악화되는 것을 막거나 크게 발병하지 않도록 관리를 하는 거니까요. 그리고 실제로 치료도 많이 되니까요. 그래서 디스크 관리처럼 마음도 평생 관리를 해야 해요. 또 사전관리도 매우 중요하구요. 이거는 마음이 병든 사람에게만 해당되는 것도 아니고 누구나 그래요. 보이지 않지만 마음도 몸처럼 언제 망가질지 모르거든요."

"너무 좋은 말인데요. 저 어디 가서 말할 때 이 얘기 써도 될까요? 라이센스비 내야 하나요?"

"하하, 원장님도 참. 센터 잘되는 일이라면 저는 무조건 오케이인 거 아시잖아요. 많이 써주시면 저야 영광이죠."

"오늘 유진 선생님 말 들으면서 삶에 대해서도 많이 생각하게 되네요. 우리 마음은 그 사람의 삶을 고스란히 담고 있는 거 같아요. 내담자들을 보면서 느끼거든요. 그 사람의 마음을 들여다보면 그 사람의 삶이 보여요. 마음이 망가지면 결국 삶이 망가질 수밖에 없어요. 뉴스에서도 매일 보잖아요. 마음이 망가진 사람들이 자신의 삶을 어떻게 망가트리는지, 자신뿐만 아니라 남의 삶도 망가트리구요. 그러니 유진 선생님 말처럼 평생 마음관리 잘하고 사는 게 정말 중요한 거 같아요. 또 올바른 선택을 하는 것도 중요하구요. 세훈씨도 자신에게 가장 좋은 선택을 하리라고 믿어요.

우리 상담사들의 역할은 마음의 낭떠러지에 서 있는 사람들이 포기하고 뛰어내리지 않도록 최선을 다해 그들의 치유를 돕는 거죠. 자, 우리는 또 들어가서 마음의 낭떠러지에 서 있는 사람들의 손을 잡아주자구요."

유진과 유경은 웃으며 손을 맞잡고 상담실을 향했다.

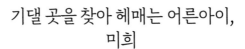

기댈 곳을 찾아 헤매는 어른아이,
미희

유경은 아침에 출근해 따뜻한 보이차를 한 잔 마시면서 컴퓨터를 켜고 인터넷 뉴스를 살펴보았다. 그런데 한 문구가 눈에 띄어 곧바로 클릭을 했다. '복음전파전도회 신도 1만 명 신명섭 무죄 촉구 광화문 집회'라는 문구였다. 신명섭은 복음전파전도회 교주로 자신이 신의 계시를 받은 신의 메신저이기 때문에 자신과 관계를 갖는 것은 곧 신의 축복을 받는 것이라고 속여 젊은 여신도들을 성폭행한 사이비 교주다. 그런데 놀라운 사실은 수많은 젊은 여신도들이 그 말을 믿고 그와 관계를 가진 것이다. 더 놀라운 것은 이성적으로, 객관적으로 보자면 가스라이팅을 하는 집단의 행각이 정상이 아님에도 그것에 도취된 사람들은 이성이 마비되어 그것이 잘못된 것인지 전혀 인지를 하지 못한다는 점이다. 그러나 신명섭의 행각은 한마디로 '가스라이팅'을 통한 범죄다.

기사를 읽은 유경은 한편으로 안타깝고, 한편으로 화가 났다. 상담소에도 사이비 종교나 잘못된 투자처에 빠져 식구들의 손에 끌려 상담을 받으러 오는 사람이 매우 많기 때문이다.

사실 역사를 살펴보면 가스라이팅은 인간의 역사가 시작된 이래 줄곧 존재했다. 자신의 권력과 생존을 위해 심리적 조작을 통해 상대방을 조종하고 지배한 사건은 수없이 많았다. 그럼에도 가스라이팅이 일종의 범죄로 인식되기 시작한 것은 최근의 일이다. 그래서 많은 사람이 자신이 가스라이팅을 당하는지 잘 모르며, 또 쉽게 가스라이팅의 타겟이 되는 사람들도 있다.

유경은 1년 전부터 상담을 시작한 이미희 내담자를 떠올렸다. 그녀는 40대 주부로 알코올 중독이 있고, 내담 당시 사이비 종교에 빠져 집안일도 내팽개치고 종교생활에 심취해 있었다. 점점 종교에 빠져 일상생활이 힘들어지자 그녀의 남편이 그녀를 억지로 상담센터로 데리고 왔다.

새하얀 피부에 짧은 단발이 어울리는 미희는 마르고 키가 작은 체구였다. 핏기가 없고, 기운이 하나도 없어 보이는 그녀의 첫인상은 매우 우울하고 무기력해 보였다. 미희 옆에 앉아 있는 그녀의 남편 심정철은 키가 크고, 까만 피부를 가지고 있었다. 하얀 피부의 미희와 까만 피부의 정철은 매우 대조적으로 보였다. 유경 앞에 앉아 있는 두 사람은 많이 지치고 불만이 가득한 모습이었다.

유경은 상담실 안에서 부부의 이런 모습을 보는 것이 전혀 낯설지 않았다. 미희를 억지로 끌고온 정철은 인내심이 많고, 성실하며, 무엇보다 아내를 사랑하는 사람일 거라고 유경은 생각했다. 아내를 설득해서 상담실까지 데리고 오는 남편들은 대체로 아내를 어떻게든 괜찮아지게 하기 위해서 노력하며 포기하지 않는 경우다. 유경은 짧은 관찰을 끝내고 두 사람에게 인사를 건넸다.

"안녕하세요, 마음서고 상담사 이유경입니다."

유경의 인사에 미희는 아주 작은 목소리로 고개를 숙이며 대답했다. 반면 정철은 고개가 바닥에 닿을 만큼 깊숙한 인사를 건넸다. 유경은 정철의 모습을 통해서 그가 얼마나 간절한 심정인지를 알 수 있었다.

"어떤 어려움이 있으셔서 방문하셨나요, 미희씨?"

유경은 일부러 정철이 아닌 미희에게 질문을 던졌다. 유경의 질문에 놀랐는지 미희는 잠시 뜸을 들이더니 작디작은 목소리로 대답했다.

"남편이 가보자고 해서요. 제가 좀 문제가 있어서요."

"남편분께서 제안하셔서 오셨군요. 미희씨에게 어떤 문제가 있으신 건가요?"

유경의 질문에 30초가 흐른 뒤 미희가 작은 목소리로 간신히 대답했다.

"술이요."

중독자들은 대부분 자신이 중독인지를 인지하지 못한다. 자신이 어떤 문제가 있는지 스스로 인식하지 못하거나 또는 인정하지 못한다. 인정을 한다고 하더라도 겨우 반 잔 정도 마신다거나 별거 아니라고 표현을 많이 하며, 자신이 마시는 실제의 주량보다 훨씬 적은 횟수와 양을 말하기도 한다. 그런데 자신이 문제가 없다 라고 강력하게 주장하는 사람일수록 중독의 정도가 심하다. 유경이 만난 알코올에 대한 의존성이 높은 내담자들은 대체로 내성적이고, 조용한 사람이 많았다. 술을 마시지 않을 때는 좀처럼 말을 하지 않고, 있는 듯 없는 듯 마치 투명인간처럼 지내며, 자기 의견이나 감정을 표현하는 일도 거의 없다.

그래서 이들은 남들이 보기에는 착한 사람, 선한 사람, 순진한 사람으로 보인다. 하지만 이들이 술을 마시면 평소와 전혀 다른 공격성이 폭발한다. 이들은 술을 마시지 않은 동안에 억눌렀던 다양한 감정들을 술의 힘을 빌려서 터트린다. 그래서 이들의 주변인들은 그 사람은 술만 안 마시면 참 좋은 사람이라며 안타까워한다. 하지만 술을 선택한 것도 결국은 당사자다. 술로 해결하고자 하는 것도 결국 그 사람의 선택인 것이다.

유경은 미희가 술에 대해서 어떻게 생각하는지를 알아보기 위해서 미희와 대화를 이어갔다. 평소 자신에 대해 잘 표현하지 않는 미희에게 술을 마시지 않아도 표현할 수 있음을 체험하도록 하기 위해 유경은 질문으로 유도했다.

"미희씨는 최근에 언제 술을 드셨나요?"

"어제요."

"어제 시간이 언제인가요?"

"오후?"

"어제 미희씨께서 술을 마시기 전에는 무엇을 하셨나요?"

"그냥… 엄마랑 통화를 했어요."

술, 도박, 관계, 마약 등 중독에 빠지는 사람의 경우 어린 시절의 경험들을 살펴볼 필요가 있다. 이들은 대체로 주 양육자와 불안정한 애착관계를 형성한 경우가 많다. 미희가 엄마와 통화한 후에 술을 마셨다는 이야기에 유경은 짐작이 가는 부분이 있었다. 중독 문제는 무엇보다 당사자의 의지가 중요하다. 미희가 이 상담을 지속하게 하기 위해서는 최대한 지금 이 자리가 불편하지 않도록 유경이 도와주는 것이 필요했다.

무언가에 의존적인 사람들은 대체로 자신에 대한 믿음과 신뢰가 전혀 없다. 그래서 타인의 사소한 말에도 쉽게 위축되고, 신경을 곤두세운다. 그러다 자신에 대해서 비하를 하기 시작하고, 그것은 다시 중독 행위를 강화한다.

유경은 미희의 표정을 살피며 질문을 던졌다.

"남편분께서 상담실에 가자고 했을 때 어떠셨어요?"

"처음에는 오기 싫어서 정말 안 오려고 했는데, 계속 가자고 해서 많이 망설였지만 오게 되었어요."

유경과 미희가 대화를 이어가는 동안 정철은 두 손을 모으고 두 사람의 이야기를 경청해서 들었다. 유경은 불편한 자리임에도 이곳까지 온 미희와 정철의 용기 있는 행동을 격려했다. 또 이곳에 오기까지 얼마나 많은 어려움이 있었을지를 헤아리며 그들의 마음을 다독이며 이야기했다. 미희는 유경의 위로에 눈물을 흘리기 시작했고, 정철은 아내의 모습을 보면서 창밖을 바라보며 애써 감정을 수습했다.

유경이 티슈를 건네자 미희는 티슈로 눈물을 닦으며 작은 목소리로 말했다.

"죄송해요, 왜 그런지 모르겠지만 그냥 눈물이 나네요."

"그러실 수 있습니다. 그만 울고 싶을 때까지 실컷 우셔도 됩니다."

유경은 위로의 말을 건네며 미희가 최대한 안심하도록 이끌었다.

"미희씨께서 어렵게 상담실까지 오셨으니, 어떤 어려움이 있는지 함께 살펴보고 해결할 방법들을 찾아봐요."

유경의 말에 미희가 고개를 끄덕이며 긍정의 의사를 전했다. 그러면서 자신이 올 수 없는 요일과 시간을 이야기하며 그 시간을 피해서 약속을 잡아달라고 했다. 유경은 그날에는 어떤 일이 있느냐고 물었다. 그러자 미희는 자신이 성경공부를 하는 날이라서 그 시간은 안 된다고 말했다. 그러자 옆에 있던 정철이 한숨을 크게 내쉬었다. 정철의 반응을 보면서 유경은 미희에게는 알코올 문제가 있을 뿐만 아니라 미희가 말한 모임으로 인해 부부 사이에 갈등이 있음을 알 수 있었다. 유경이 미희에게 올 수 있는 날을 알려달라고 하자 미희는 한참을 고민하다가 다음 약속 일정을 정했다.

보통 다음 예약은 상담 데스크에서 진행되지만, 미희의 경우는 유경이 다음 약속 시각을 직접 정했다. 미희가 꼭 다시 와야만 치료가 시작될 수 있기 때문이다. 상담 시간 내내 한마디도 하지 않고 묵묵히 옆에 앉아 있던 정철은 유경에게 예의 바르게 인사를 하고 돌아섰다. 정철이 앞서 문을 나서자 미희가 남편의 뒤에서 거리를 두고 따라갔다. 유경은 미희 부부의 모습을 보면서 그들의 마음이 얼마나 멀어져 있는지 알 수 있었다.

알코올 중독 문제의 경우 가족의 인내와 도움이 없으면 끝까지 치료할 수가 없다. 중독 치료는 장기적인 상담개입이 필요하다. 개인 상담뿐만 아니라 알코올 중독 치료 중에 있는 사람들과의 집단상담이 이루어지기도 하고, 때로는 입원치료, 약물치료를 병행해야 한다.

이 과정에서 가족들은 오랜 시간 동안 중독자를 기다려주고 지켜주어야 한다. 알코올 중독은 안정된 울타리 안에서 치료가 가능하기에 가족의 배려와 인내는 없어서는 안 되는 중요한 요소다. 부부 중 여성 쪽이 알코올 문제가 있으면, 이혼율이 높은 등 중독의 문제는 개인의 삶이 파괴되는 결과를 가져온다. 따라서 가족 상담, 부부 상담은 중독 치료에서 필수 과정이다.

유경이 첫 상담에서 정철을 끝까지 미희 옆에 있게 한 이유
도 남편의 제안에 이끌려 온 미희에게 신뢰감을 심어주기 위
해서였다. 또한 중독인 당사자도 치료되어야 하지만, 이 과정
에 함께 노출된 가족들도 상처가 깊고 크기 때문에 정철의 심
리적인 치료도 필요했기 때문이다.

미희와 다음 상담을 하기 전에 유경은 미희 남편 정철과 먼
저 상담을 했다. 첫 상담을 하고 난 뒤 유경은 정철에게 전화
를 걸어 부부 상담과 가족 상담의 필요성을 자세하게 설명했
다. 유경의 이야기에 정철은 알겠다며 일정을 잡았다.

"어서 오세요. 이쪽으로 앉으세요."

유경에게 인사를 하면서 자리에 앉은 정철의 얼굴에는 피로
함이 가득 묻어 있었다. 유경은 정철에게 많이 피곤해 보이는
데 괜찮냐고 그의 안부를 물었다.

"네, 괜찮습니다."

"미희씨의 상담신청은 정철씨께서 해주셨는데, 쉽지 않으셨
을 거 같은데 어떤 마음이셨는지요?"

정철은 땅이 꺼지도록 한숨을 내쉰 뒤 이야기를 시작했다.

"부끄럽지만 집사람이 술 문제도 있지만 사이비 종교에도
빠져 있어요. 집사람 말은 그래요, 자기 마음을 알아주는 곳이

거기라서 간다고 하는데…."

정철은 잠시 이야기를 멈추었다가 미간에 힘을 주며 다시 말을 이어갔다. 최대한 감정을 억누르며 설명하고자 하는 그의 심정이 유경의 눈에 보였다.

"처음에는 맥주 한두 잔으로 시작한 걸로 알고 있어요. 그러더니 어느 순간 매일 술을 마셨어요. 처음에는 그만 좀 마시라고 말리기도 하고 달래보기도 했어요. 그런데 전혀 통하지가 않더라구요. 그래서 정말 그 후로 그 문제로 매일 싸우고 이혼도 수백 번을 고민했습니다. 더 이상 싸우는 것도 지쳤을 때 아는 사람이 집사람 심리치료를 해준다고 해서 그 사람에게 부탁해 교회를 보냈어요. 그 교회에서는 집사람을 반갑게 맞이하며 알코올 중독 문제에 대해서도 공감과 위로를 해주었습니다. 그 뒤로 집사람이 교회 모임에 가는 횟수가 점점 늘어났어요."

정철은 점차 감정이 격해지면서 말을 이어갔다.

"처음에는 집사람이 그곳에 다녀오면 술을 마시지 않는 것 같아서 다행이라 생각하고 이제 정말 치료가 되나보다 하고 감사한 마음이 컸어요. 하지만 모임을 가는 횟수가 잦고, 며칠씩 기도를 한다는 이유로 가족과 연락도 끊고 합숙에 들어가기도 했어요. 나중에는 정상적인 가정생활을 하지 않을 만큼 교회에 빠져서는 이제 초등학생인 아이들마저도 신경 쓰지 않더군요. 그래서 교회에 다니는 것을 적당히 하라고 했죠. 그러자 집사람이 술을 줄이는 데 교회의 도움이 없이는 힘들었다고 난리를 치더니 교회에 같이 가자고 그러더라구요. 그래서 저도 한 번 가봐야겠다는 생각이 들었습니다. 그런데 교회에 가서 정말 놀랬죠."

정철은 얼굴에 혐오의 표정을 짓더니 말을 이어갔다.

"예배시간이 되자 연예인 같은 여자들이 죽 나와서 춤을 추며 찬송가를 부르는데 무슨 쇼를 하는 거 같더라구요. 마치 텔레비전에서 보았던 북한방송에서 무슨 악단 나와서 여자들 춤추고 노래하면서 주체사상을 주민들에게 세뇌하는 분위기와 비슷했어요. 춤추고 찬송가를 부르면서 분위기를 막 띄우니까 신도들이 그 분위기에 취해서 손을 올리고 할렐루야를 외치고 모두 광분상태인 거 같더군요. 다들 분위기에 취해 있을 때 목사라는 사람이 걸어나오니까 더 광분을 했어요. 목사가 설교를 시작하는데, 텔레비전에서 보던 사이비 종교가 따로 없더라구요.

목사가 자신은 젊었을 때 산에 들어가 수양을 하다가 하나님을 만났고 하나님이 자신에게 임하셨다고 하더군요. 그러더니 '나를 의심하고 배척하는 사람들은 사탄의 유혹을 받은 거예요. 하나님은 나에게 내가 너에게 임했으니 세상에 나가 내 말을 전하라고 하셨어요. 여러분들 부모나 형제들은 어떤가요? 여러분이 잘할 때만 사랑해주고 칭찬해주죠. 하나님, 즉 나는 여러분의 존재 자체를 사랑합니다. 여러분이 잘나고 잘

해서 사랑하는 게 아니에요. 여러분 자체로 소중한 존재이기 때문에 여러분을 사랑하는 거예요. 그러니 나를 믿는 거는 곧 하나님을 사랑하는 것이자 자신을 사랑하는 겁니다'라고 무슨 말 같지도 않은 설교를 하자 신도들이 미친 듯이 할렐루야를 외치고, 심지어 자지러지는 사람들도 있더군요. 저는 너무 놀라서 무슨 이런 사이비가 있나 싶어서 아내를 바로 데리고 나가려고 했는데, 집사람도 그들처럼 미쳐 있더라구요."

정철의 자세한 설명에 유경은 미희의 상태가 더욱 명확하게 다가왔다.

"예배인지 뭔지가 끝나고 집사람을 거의 끌고가다시피 해서 집에 돌아왔어요. 제가 그거 사이비 종교라고 다시 갈 생각 하지 말라고 하자 집사람이 제 말 때문에 우리가 구원받지 못하게 됐다며 난리를 치더군요. 저는 술 문제가 조금 나아졌다고 생각했는데, 이번에는 또 사이비 종교에 중독됐다는 걸 알았죠. 선생님, 솔직히 말씀드리면 이번 상담이 집사람에게 마지막으로 주는 기회예요. 저도 더 이상은 참기가 어렵고, 또 아이들이 너무 걱정되어서 만약 이번에 못 고치면 집사람과 함께 살 수가 없어요."

정철의 이야기에는 미희가 건강하고 평범한 아내와 엄마로 살기를 원하는 그의 간절한 바람이 담겨 있었다. 유경은 정철에게 중독 내담자들의 특징들과 치료과정에 대해 설명했다. 그리고 기간이 길 것이라는 안내도 덧붙였다.

"정철씨께서 아이들 그리고 미희씨를 생각해서 지금까지 결혼생활을 지켜온 거라고 생각해요. 정말 쉽지 않으셨을 거예요. 이 상담이 마지막이 아닌, 정철씨의 가족에게 새로운 시작이 되길 우리 함께 노력해봐요."

유경의 이야기에 정철은 아무런 대답도 하지 않았다. 유경은 그의 침묵을 통해 그가 얼마나 무거운 짐을 지고 있는지를 이해했다.

"정철씨, 이렇게 실망스러운 미희씨를 지금까지 지켜준 것은 어떤 이유 때문인가요?"

유경의 질문에 정철은 잠시 생각에 잠겼다가 대답했다.

"제가 힘든 시기에 집사람이 옆에 있어 주어 견뎠고, 가족은 제게 전부니까요."

유경은 정철의 대답을 통해 그가 아내를 여전히 사랑하고 있음에 안도감을 느꼈다. 기나긴 치료의 과정에서 정철의 대답은 유경에게는 한 줄기 희망으로 느껴졌기 때문이다. 유경은 정철에게 마지막으로 아이들의 상태를 물었다. 현재 아이들의 정서적 상태와 학교생활 등에서 문제들이 나타나지 않았는지를 살피기 위해서였다. 정철은 그에 대해 자세하게 유경에게 대답을 해주고 나서 부탁의 말을 전했다.

"선생님, 왜 저에게 상담을 하자고 하셨는지 알겠습니다. 앞으로 잘 부탁드리겠습니다. 아내도 저희 가족도요."

정철은 인사를 하고 상담실 문을 나섰다. 유경은 정철과의 상담을 통해 그가 성숙한 사람임을 알 수 있었다. 위기와 마주한 순간에 그 위기를 어떻게 대응하느냐에 따라서 그 사람의 성숙한 정도를 알 수 있다. 정철은 위기의 순간마다 사랑과 인내심으로 지금까지 버텨낸 것이다. 그리고 무엇보다 그는 미희에게 없어서는 안 될 든든한 지원군이다. 유경은 미희가 만약 정철과 헤어지게 된다면 그녀의 삶은 정말로 불행의 나락으로 떨어질지도 모른다는 생각이 들며 어떻게 해서라도 이 상담을 성공의 길로 안내해야겠다는 책임감을 느꼈다.

유경의 책상에는 두 개의 가족사진이 놓여 있다. 하나는 그녀의 남편, 딸, 아들과 찍은 사진이다. 또 다른 하나는 엄마, 남동생과 셋이서 오래전 찍은 사진이다. 유경은 엄마, 남동생과 찍은 사진을 한참 바라보며 상념에 잠겼다.

가족은 두 얼굴을 가진 존재다. 한편으로는 든든한 보호막이자 울타리가 되어주지만, 또 한편으로는 빠져나올 수 없는 감옥이자 벗어던질 수 없는 무거운 짐이 되기도 한다. 가족사진을 보며 생각에 잠겨 있던 유경은 노크 소리를 듣고 현실로 돌아왔다.

"들어오세요"

유경의 대답에 문이 천천히 열리며 작고 하얀 미희가 조심스럽게 들어왔다. 유경은 미희를 향해 고개를 숙여 인사하고, 두 손으로 자리를 권했다. 미희는 쭈뼛거리며 의자에 앉으며 유경을 쳐다보고 작은 목소리로 인사를 건넸다.

"안녕하세요, 선생님."

두 손을 가지런히 모으고 고개를 숙이고 있는 미희는 긴장하는 모습이 역력했다. 가만히 눈치를 살피며 천천히 상담실로 들어오는 미희의 모습에서 유경은 마치 혼나지 않을까 걱정이 가득한 아이의 모습을 보았다. 유경은 조심스럽게 그녀에게 안부를 물었다.

"그동안 잘 지내셨어요?"

"네. 뭐 그럭저럭이요."

"미희씨께서는 오늘 상담 시간에 어떤 이야기를 하고 싶으세요?"

유경의 물음에 미희는 당황하더니 대답했다.

"아… 음… 그런 거는 생각하지 못했어요."

유경은 대답하지 못하는 미희가 당황하지 않도록 미소를 지으며 그녀의 문제를 함께 살펴보기 시작했다.

"미희씨, 지난 시간에 상담을 오게 된 이유가 미희씨의 술 문제라고 하셨어요. 그 부분으로 이야기 나눠보면 어떨까요?"

유경의 이야기에 미희는 또다시 당황했다.

"아… 네."

"불편한 마음이 드시나요?"

미희의 얼굴이 경직되자 유경이 물었다.

"아… 조금… 네."

미희는 상대의 질문에 좀처럼 자신의 의견을 표현하지 못했다.

"불편한 마음이 드실 수 있을 거 같아요. 상담실에 오시는 분들이 자기 어려움을 말하는 것을 다들 불편해하고, 낯설어하세요. 또 긴장도 많이 하신답니다."

유경은 긴장감이 높은 미희를 안심시키기 위해서 다른 사람도 비슷한 경험을 한다는 말로 그녀의 불편한 감정을 진정시켰다. 그리고 미희에게 잠시 호흡을 같이 해 보자고 권하며 자신이 시범을 보였다.

"제가 긴장될 때, 심장이 두근거릴 때 이 방법을 쓰는데, 효과가 좋아요. 이렇게 주먹을 꽉 쥐며 힘을 가득 주면서 숨을 깊게 들이마시고, 3초 후 숨을 내쉬면서 손의 힘을 탁 풀어주는 거예요. 이렇게 딱 3번만 저랑 같이 해보실까요? 자, 해볼게요."

유경과 미희는 함께 호흡하며 몸과 마음을 이완했다.

"아… 도움이 되는 거 같아요."

"호흡하기 전과 후의 차이점이 느껴지시나요?"

"선생님께서 말씀하신 대로 긴장이 조금 풀린 거 같아요."

"미희씨는 긴장했다는 것을 어떻게 아시나요?"

"음… 몸이 딱딱해지고, 손이 떨리고요. 심장이 좀 빨리 뛰기도 하고요. 많이 긴장할 때는 여기 명치가 꽉 막힌 거 같아요."

미희는 자신의 가슴 아래를 가리키며 설명했다. 유경은 미희의 이야기에 고개를 끄덕이고, 그녀의 손을 따라 눈과 머리를 움직여주면서 그녀의 이야기를 잘 듣고 있다는 것을 알려주었다.

"네, 그러시군요. 미희씨는 주로 어떨 때 긴장을 많이 하시나요?"

유경의 질문에 미희는 잠시 생각을 하더니 대답했다.

"낯선 장소, 새로운 사람들 만날 때도 그렇고, 음… 사실 늘 긴장하고 사는 거 같아요."

"미희씨는 긴장하실 때 어떤 감정이 드세요?"

"아… 글쎄요. 늘 피곤함을 느끼거든요. 괴롭기도 하고요. 음… 답답함? 복잡한 거 같아요."

"늘 긴장하고 사신다면 피곤하고, 괴로운 감정이 드는 것은 당연할 거 같아요."

유경은 미희에게 그럴 수 있다고 공감을 해주었다.

"미희씨 언제부터 긴장을 하셨던 거 같나요?"

유경의 질문에 미희는 조용히 생각에 잠겼다.

"아주 어릴 때부터요."

그녀는 오래전 기억을 더듬으며 자신의 이야기를 털어놓기 시작했다.

"저에게는 두 살 차이 나는 여동생이 있어요. 동생은 저하고는 완전히 달라요. 현재 내과 의사거든요. 엄마 아빠는 시장 안에 있는 분식점을 하셨는데, 항상 바빠서 할머니가 우리를 키우셨어요. 우리를 낳고도 엄마는 항상 아빠를 도와서 분식점 일을 했기 때문에 늘 우리한테 너희가 돈 벌어서 우리 편하게 살게 해달라고 말했어요. 그래서 엄마는 우리 교육이라면 넉넉지 않은 살림에도 지원을 아끼지 않았어요.

동생은 어렸을 때부터 영재라는 소리를 많이 듣고 공부를 매우 잘했어요. 그리고 적극적인 성격이라서 학교에서는 늘 회장을 했구요. 같은 중학교, 고등학교를 다녔는데, 동생은 학교에서도 유명했어요. 하지만 저는 혼자서 책 읽는 거를 좋아하고 공부에는 관심이 별로 없어서 성적은 좋지 못해서 늘 동생과 비교를 당했어요. 학교에서도 그냥 조용히 지내서 같은 반 아이들도 저를 잘 모를 정도였죠. 근데 사실 동생이 워낙 잘나고 비교가 되어서 그냥 조용히 지낸 것도 있어요.

엄마는 아빠하고 자신이 많이 못 배워 고생하는 거라며 우리한테 기대를 많이 했는데, 동생은 어렸을 때부터 1등을 놓친 적이 없고 회장에 뭐에 늘 자랑거리였죠. 그런데 저는 동생하고 너무 비교가 되니까 항상 너는 왜 그 모양이냐, 뭐가 되려고 그러냐 라고 혼나는 게 일상이었죠. 결혼해서 독립하기 전까지 집에서 살 때는 눈치를 안 본 적이 없어요.

그래도 할머니는 동생이나 저나 똑같이 대해주셔서 저한테는 할머니밖에 없었는데, 고등학교 때 할머니가 돌아가셨어요. 그때 하늘이 무너진 것 같았죠. 그 후로 교회에 더 열심히 나갔어요. 이야기를 들어주고, 함께 해주는 친구들이 있어서 너무 의지가 되었거든요. 그런데 엄마의 반대로 교회에도 못 나가게 되었어요. 대학 입시 때문에 교회 다닐 시간이 어디 있냐고, 공부하라고 닦달을 해서요.

저는 책을 좋아해서 국문과에 가고 싶었는데, 엄마는 돈 많이 벌 수 있는 과에 가라고 반대를 했죠. 공무원 시험봐서 공무원이 되라고 행정과에 가라고 했어요. 그런데 그것도 처음에는 떨어져서 재수를 해서 간신히 들어갔어요. 대학에 입학하고 나서는 집에서는 동생 의대 공부시켜야 해서 제 학비는 제가 벌어야 해서 돈을 벌면서 대학에 다녔어요."

미희는 자신의 이야기를 하고 있지만 마치 남의 이야기를 하는 것처럼 덤덤히 이야기를 이어나갔다. 유경은 미희가 집안의 장녀로서 잘나고 자기 대신 부모님의 소망을 충족시켜주는 동생이 자랑스럽고 고맙기도 하면서, 한편으로는 동생으로 인해 늘 비교당하고 실패자 취급을 당하는 것이 힘들어 동생에게 복잡한 감정을 갖고 있음을 알 수 있었다.

"선생님, 근데 우리 엄마가 제가 한 일에 찬성한 것이 딱 한 가지가 있어요. 그게 뭔지 아세요?"

"글쎄요."

"남편하고 결혼이요. 엄마가 공무원이 되라고 했지만, 학비를 벌면서 대학을 다니다보니 공무원 시험 준비할 시간도 별로 없었어요. 오로지 그것만 준비해도 붙을까 말까인데 시험 준비할 시간도 별로 없었고, 대학도 간신히 졸업했죠. 대학을 졸업하고 계속 돈을 벌어야 해서 아르바이트를 알아보다가 제가 책 읽는 거를 좋아하니까 출판사 쪽을 알아볼까 싶어서 뒤지다가 행정법 관련 수험서와 대학교재를 만드는 출판사에서 수습 편집자를 구하길래 지원해서 합격을 한 거예요.

그 출판사가 사장과 편집자 한 명이 있었는데, 그 한 명이 남편이었어요. 저는 수습이라 일도 전혀 모르고 제가 조금 느리다보니 사수인 남편의 도움을 많이 받아야 했어요. 그런데 친절하게 잘 알려주고, 그리고 일 때문에 야근을 밥 먹듯이 해서 둘이 늦게까지 참 많은 일을 했죠. 남편의 도움으로 3개월 뒤에 정직원이 되어 열심히 일했어요.

출판사 들어간 지 2년쯤 되었을 때 아빠가 돌아가셨는데, 엄마 혼자서 너무 힘들어 해서 주말에는 분식점 일을 도왔어요. 그렇게 1년을 엄마를 도왔는데, 하루는 엄마가 진지하게 너가 이 분식점 물려받아라, 이러더라구요."

"와, 어머니께 인정을 받으신 건가봐요?"

"그건 아니구요. 엄마가 30년 동안 분식점을 운영했는데, 넉넉하지는 않았지만 그래도 분식점 운영으로 우리 식구 먹고살고 저와 동생 교육도 시키고, 또 동생 의대도 졸업시키고 했죠. 우리 분식점 떡볶이가 유명해서 분식점이 유지가 된 건데, 엄마가 나이도 들고 힘들어서 더 이상 혼자서 분식점 운영이 어렵다고 생각하는데, 또 그렇다고 다른 사람에게 넘기기는 아까운 거였죠. 30년 넘게 운영을 했으니 단골고객도 있고, 시장에서 자리잡고 살아남은 거니까요. 근데 보니까 내가 돈을 많이 버는 것도 아니고, 앞날이 걱정되니까 차라리 분식점 해서 먹고살라고 한 거죠. 그리고 그때 사실 남편이랑 사귀면서 결혼도 약속하기는 했지만, 서로 돈도 없고, 또 동생이 의대 커플이어서 남편에 대해 말하면 엄마가 또 뭐 그런 놈을 데리고 왔냐고 할까봐 결혼할 사람 있다고 말도 못하고 있었어요.

그런데 엄마가 분식점을 물려받으라고 하니까 용기를 내서 사귀는 사람 있다고 말했죠. 사실 당시 남편과 나도 미래에 대해서 많이 고민하고 있었거든요. 우리가 박봉에 사십이 넘으면 써주는 출판사도 없어서 차려야 하는데, 둘 다 그럴 주제도 못 되니 그 일을 계속해야 하나 둘 다 고민하고 있었어요.

내가 엄마한테 남편 얘기를 하면서 둘이서 분식점 열심히 해서 키워보겠다고 하니까 엄마가 기뻐하더라구요. 엄마가 나를 인정해준 건 그때가 처음인 거 같아요. 그래서 우리는 결혼을 하고 출판일을 관두고 둘이서 엄마한테 분식을 배워서 열심히 엄마 분식점을 운영했어요. 요리 관련 책도 열심히 보고 연구도 하면서 메뉴도 젊은 사람들 입맛에 맞게 늘리고 하면서 다행히 엄마가 운영할 때보다 매출이 늘게 되었죠.

그러다 애가 생겨서 저는 집에서 아이를 키우고 남편이 분식점을 운영했어요. 첫째 낳고 2년 뒤에 또 둘째를 가져서 저는 계속 집에서 아이를 키우며 살았죠. 그러다 아이들이 유치원 들어가고 그러면서, 또 동생이랑 비교가 되더라구요. 동생 부부는 둘 다 의사여서 조카들 유치원도 영어 유치원을 보내고, 또 초등학교 들어갔을 때는 영어 원어민 과외도 시키고, 방학 때는 영어 캠프도 보내고 그랬어요.

사실 분식점으로 먹고살 만큼은 되어서 크게 걱정은 없었지만, 우리 형편에 동생네처럼 아이들 영어 유치원 보내고 영어 캠프 보내고 그럴 정도는 못되니까 비교가 되더라구요. 우리 애들과 조카들 만나면 또 확실히 환경이 다르구나 느끼기도 하구요. 사실 동생이 잘났으니 내가 동생과 비교 당하는 것은 그냥 참고 살았는데, 아이들이 비교 당하니까 속에서 불이 나더라구요. 너무 비참하다는 생각도 들고. 그래서 너무 속상해서 밤에 혼자 술을 마시기 시작했어요. 그래도 술에 취하면 답답한 현실을 잊게 되니까 자꾸 마시게 되더라구요. 그러다 술 중독이 된 거죠."

내담자들은 누구나 삶의 서사를 갖고 있다. 객관적인 잣대로 잘났든 못났든 각자 자신의 인생사에서 주인공은 그들 자신이며 주체적인 존재인 것이다. 유경은 자신을 실패자라고 생각하는 미희가 자신에게 던져진 삶을 얼마나 고군분투하며 건너왔고, 또 건너가고 있는지 느낄 수 있었다. 미희는 자신의 이야기를 이어갔다.

"어렸을 때부터 항상 외로웠는데, 그래도 남편 만나고는 많이 위로를 받았죠. 제 인생에 남편이 없었으면 얼마나 힘들었을까 라는 생각도 많이 했구요. 그런데 제가 술을 마시고 나면서부터 남편의 태도도 변했어요. 견디기 힘들었던 거는 남편이 저를 쳐다보는 눈빛을 보면 엄마가 떠오르는 거예요. 그리고 남편이 나를 버릴까봐 너무 무서워요."

"남편분이 떠날 거라고 생각하시나요?"

"네. 그래서 무서워요."

미희는 남편이 벌써 떠나버린 것처럼 이야기했다.

"남편분이 미희씨에게 떠날 것이라고 말씀하셨나요?"

"말하지 않았어요. 근데, 남편 눈빛을 보면 알아요. 엄마가 저를 쳐다보는 것처럼 보거든요."

"그게 어떤 거죠?"

"한심하다는 것처럼 봐요. 세상에서 가장 못난 사람을 보듯이요."

"그런 생각이 들면 미희씨는 어떻게 하나요?"

"그래서 제가 열심히 교회를 다니는 거예요. 떠나지 않게 하기 위해서요. 그 덕분에 술도 줄였어요. 정말 열심히 기도하고 있어요."

"남편이 떠나지 않도록 하기 위해서 미희씨가 선택한 것은 교회를 다니면서 열심히 기도를 하는 것이군요."

"네. 제가 막을 수 없으니깐요. 하지만 목사님은 자신을 믿으면 어떤 것도 다 된다고 했거든요. 제가 못하는 것을 해주시고, 또 실제로 그런 기적적인 경험을 한 사람이 정말 많아요, 선생님."

미희는 어렸을 때부터 느꼈던 큰 좌절감과 수치감을 누군가에 의존해서 또는 무엇인가에 의지해서 해결하고 싶어 했다. 자신의 힘으로는 해결할 수 없다고 생각하는 것이다. 미희가 첫 번째로 의지한 것이 술이었다. 술을 마시는 것으로 부정적인 감정으로부터 도망쳤지만, 이로 인해 남편과 갈등이 생기자 이번에는 종교에 의존하게 된 것이다. 그녀에게는 절대적인 존재, 그녀의 문제를 다 해결해줄 누군가가 필요했고, 그 바람이 컸기에 쉽게 사이비 종교에 빠지게 된 것이다. 유경은 미희가 현실적인 판단력이 현저하게 떨어진 상태로 자신의 모습을 객관적으로 인식하는 순간 자책과 죄책감으로 자신을 해하는 방법을 선택하지 않을까 라는 걱정이 들었다.

주어진 상담 시간이 끝나자 미희는 지난번과 똑같이 교회 일정이 있다며 상담일정을 한참을 고심하며 약속을 정하고 상담실을 나갔다.

유경은 미희를 배웅하고 책상으로 가서 미희의 상담일지를 기록했다.

'애착외상, PTSD, 중독, 우울, 불안, 병원연계 필요.'

유경은 미희가 상담만으로 치료 효과를 거두기는 어렵다고 판단해서 약물치료를 연계해야겠다고 생각했다. 미희의 병원

연계를 위해서 국내 중독전문가인 하은주 정신과 전문의에게 곧바로 전화를 걸었다.

"원장님, 안녕하세요. 이유경입니다. 잘 지내시죠?"

"안녕하세요. 소장님, 오랜만이네요. 요즘도 많이 바쁘시죠?"

"네 열심히 상담을 하고 있습니다. 원장님, 바쁘실 테니 용건을 말씀드릴게요. 다름이 아니라 제 내담자와 관련해 문의드릴 게 있어요."

유경은 미희가 정확한 진단과 약물치료 병행이 필요할 것으로 보여 국내에서 가장 유명한 알코올 중독 치료자인 하은주 원장의 일정을 물어보았다. 알코올 중독 치료와 관련된 진행 기간과 예상되는 어려움들에 대해서도 자문을 받았다. 하은주 원장은 중독과 관련된 환자를 잘 치료하는 것으로 유명하다. 환자를 세심하게 살피는 그녀는 알코올 중독 환자의 개인심리상담과 자조집단상담을 병원에서 자체적으로 운영하지 않고 유경의 상담센터로 연계했다.

유경의 상담센터는 각 분야의 전문적인 상담사가 협업을 하며 운영되고 있어 중독 관련 상담사도 있다. 중독 관련 전문상담사인 이병훈은 20대 때 알코올 중독으로 입원과 정신과 진료를 오랫동안 경험했다. 그리고 치료를 통해 이를 극복한 뒤 심리상담을 전문적으로 공부했다. 이후 그는 자신의 중독 극복 경험을 바탕으로 알코올 중독과 관련된 개인 상담, 자조 집단을 운영하며 국내 중독전문가로 활발하게 활동하고 있다.

이병훈 상담사로 인해 하은주 원장도 유경의 상담센터로 중독의 어려움을 겪는 내담자들을 연계해 환자들이 약물치료와 상담을 병행하도록 하고 있다. 하은주 원장이 가장 고려하는 것은 꾸준한 병원 치료와 상담을 병행하는 것이다. 그렇게 해야 확실한 치료 효과를 볼 수 있기 때문이다. 그러나 많은 내담자가 치료를 중단해 다시 중독에 빠지는 경우가 많다. 유경도 수없이 경험하는 부분이어서 미희의 경우에도 중간에 포기하지 않도록 하기 위해 상담 과정을 잘 설계해야겠다고 생각했다.

유경이 병훈의 상담실 문 앞에서 똑똑 노크를 했다.

"들어오세요."

유경은 문을 열며 병훈을 향해 활짝 웃어 보였다. 책상에 앉아 있던 병훈은 자리에서 일어나 목발을 짚고 유경에게로 다가왔다. 병훈은 20대에 교통사고로 다리를 심하게 다쳐 하반신을 거의 쓰지 못한다. 그 정도의 외상이면 대부분 휠체어를 타고 다니지만, 병훈은 목발을 고집한다. 병훈이 당시 겪은 사고는 뉴스에도 날 만큼 떠들썩했다. 그 교통사고로 인해서 목숨을 잃은 사람이 다수였다. 현장에서 겨우 살아남은 병훈은 다리를 쓰지 못하게 되었다. 그 후로 병훈은 외상후 스트레스 장애를 심각하게 앓았으며, 자신이 장애인으로 살아야 한다는 사실을 받아들이기 어려워 오랜 기간 술에 의존했다.

"선생님, 바쁘시죠?"

"제가 뭘 잘 모르니깐 자꾸 늦네요."

유경의 말에 병훈은 농담 삼아 앓는 소리를 했다.

"선생님, 상담이 많으시죠? 벌써 6개월 예약까지 다 찼다고 들었어요. 얼마 전에 하은주 원장님과 통화했거든요."

"제가 뭘 잘 몰라서 진도가 늦습니다, 하하. 저보다 소장님 께서 더 바쁘시죠. 사실, 요즘 중독과 관련된 문제가 해가 거듭 될수록 크게 늘어나고 있어요. 최근 들어서는 이 스마트폰 중 독까지 더해져서 새로운 양상이 많아요."

"저도 많이 느끼고 있어요. 선생님, 자조집단상담은 어떤가 요?"

"제가 현재 3그룹을 진행하고 있어요. 매주 수요일, 토요일, 일요일에 3시간씩 진행해서 10회를 목표로 총 30시간으로 된 프로그램입니다."

"선생님께서 진행하시는 프로그램이야 이미 효과가 검증된 것이니 내담자분들이 참여만 잘 하신다면 예후가 좋잖아요. 새로운 집단은 언제 다시 시작될까요?"

"현재 진행되는 집단이 5회기까지 왔으니 앞으로 5주 후 다 시 진행될 거 같아요. 집단에 참여하실 내담자분이 있으세요?"

"네. 근데 시간이 좀 필요할 거 같아요."

"중독 내담자들의 특징이죠. 치료받는 것도 어려워하고, 치료 유지도 어렵고요. 하지만 완치되어 일상에서 잘 지내시는 모습을 보면 정말 감동이죠. 그 맛에 이 일을 하는 거 아니겠습니까?"

병훈의 말처럼 중독 상담은 오랜 기간 내담자의 인내와 연습을 요구한다. 그 과정을 혼자서 이겨내기란 결코 쉽지 않다. 그래서 자조 집단을 참여해 비슷한 경험을 한 사람들과 치료하는 과정을 서로 지지해주고, 응원해주면서 서로가 서로에게 힘이 되어준다. 이 집단이 끈끈하게 응집되도록 도와주는 것이 바로 상담사의 역할이다. 병훈이 진행하는 집단은 중도 탈락률이 가장 낮다. 병훈의 열정에 더해 그 자신의 경험도 큰 역할을 하기 때문이다.

같은 상담센터에서 일하지만 각자의 상담일정이 바빠서 서로 얼굴 보기도 힘든 병훈과 유경은 그동안 쌓인 이야기와 함께 정신질환자들의 범죄가 늘고 있는 사회적 현상을 이야기하며 상담사의 역할에 대해 심도 있는 의견을 주고받았다.

오늘은 미희의 상담날이다. 똑똑 노크 소리가 들리고 곧바로 상담실 문이 열렸다. 유경은 미희가 처음 상담센터를 찾아왔을 때 그녀의 모습이 떠올랐다. 그녀의 얼굴에는 어둠과 긴장감만이 감돌았었다. 상담이 진행되고 시간이 흐르면서 변할 것 같지 않던 미희에게도 조금씩 변화가 찾아왔다. 상담 초기에 미희가 상담실 문을 열 때는 마치 누구에게 혼이 날까봐 두려운 듯 조심스럽고 눈치를 보느라 들어오기까지 시간이 걸렸다. 그런데 이제는 상담실 문을 여는 태도부터 자연스러워졌고, 노크 소리와 함께 그녀의 얼굴이 보일 정도다. 늘 긴장하고 위축되는 미희에게는 작지만 또 큰 변화였다. 유경은 미희의 변화된 모습을 보면서 저절로 미소가 떠올랐다. 유경은 반갑게 미희를 맞으며 자리를 권했다.

"일주일 동안 어떻게 지내셨어요?"

"선생님 지난주 주말에 선생님이 권하신 집단상담에 참여했었어요."

유경은 미희가 개인상담에 익숙해질 무렵 집단상담에 대한 프로그램을 설명해주었다. 그리고 프로그램을 운영하는 이병훈 상담사를 안내하며 참여를 권했다. 선택하고 결정하는 데 시간이 걸리는 미희는 고민해보겠다는 말만 남겼었다.

"그러셨군요. 어떠셨나요? 다른 이야기는 비밀일 테니, 미희 씨의 소감만 말씀해주세요."

"처음에는 낯설고 좀 창피하기도 했는데, 서로에 대해서 이야기를 하다 보니 편안해졌어요. 저와 비슷한 경험을 한 사람도 있고, 또 저만 그런 것이 아니라는 생각이 드니까 안심이 되더라구요."

"좋은 시간이었다니 다행이에요. 주말인데 교회시간은 어떻게 조정하셨나요?"

"사실은 상담 진행하면서 남편과 대화를 많이 하게 됐어요. 선생님도 아시는지 모르겠지만, 저 상담실 올 때 남편이 매번 데려다주거든요. 제가 교회 갈 때는 데려다주지 않는데, 상담 올 때는 꼭 저를 데려다주고, 또 끝날 때까지 기다렸다가 함께 가요."

"아! 그러셨군요."

"네. 그래서 지난 시간에 집으로 가는 길에 이야기했더니, 남편이 저한테 하고 싶은 대로 하라고 편하게 결정하라고 하더라고요. 그 말이… (눈물) 그 말이… 너무 따뜻하게 들렸어요. 그게, 그게 예전에 저한테 했던 그 모습이거든요."

"예전에 미희씨에게 했던 모습이라는 것은 어떤 의미인가요?"

"제가 남편에게 사랑받는 느낌이요. 남편이 저를 존중해주고, 제가 이해받고 있구나란 생각을 했어요. 남편이 예전에 저에게 늘 그랬거든요."

"그러셨군요. 미희씨가 그 순간 행복감과 안도감을 느끼셨군요."

"네, 선생님. 참 따뜻했어요."

남편이 자신을 버릴 것이라고 생각하며 불안해했던 미희는 그 감정으로부터 멀리 도망가기 위해 자신이 의존할 무언가를 찾아 종교에 심취했다. 유경은 미희가 자신이 타인에게 지나치게 의존하고 있다는 사실을 스스로 알아차리는 데는 시간이 좀 더 걸릴 거라고 생각했다.

유경은 의존적인 그녀가 의존할 대상이 미희에게 좋지 않은 영향을 주는 술, 사이비 종교는 되지 말아야 한다고 생각했다. 대상은 미희 옆에 있는 가족, 그리고 미희를 힘이 나게 하는 취미 활동 등이 되어야 한다. 그 과정까지 가기 위해서는 긴 여정이 되겠지만, 미희가 남편에게서 느낀 따뜻한 감정은 미희에게 건강한 선택을 하는 동기가 되어준 셈이다.

"미희씨 집단상담에 참여하기로 한 결정은 어떻게 하시게 되었나요?"

"선생님, 남편과 이야기를 한 후에 생각해봤어요. 정말 나와 비슷한 고민을 하는 사람들이 있을까? 그들은 어떻게 살고 있을까? 너무 궁금하기도 하고, 왠지 다녀와야 남편에게 덜 미안할 거 같았어요."

"그렇군요. 교회는 어떻게 하셨어요?"

"선생님, 그 교회는 나쁜 곳이 아니에요. 거기 있는 사람들이 얼마나 저를 걱정하고 위로해주는데요. 정말 따뜻하고, 제가 기댈 수 있는 곳이에요. 그곳에서 아픈 사람도 건강해졌다는 증언들이 정말 많아요."

미희는 유경이 교회에 대해서 자신의 남편처럼 오해하지 않도록 단단하게 보호막을 쳤다. 미희에게는 아직 자신이 믿고 있는 존재가 잘못되었다는 사실을 받아들이는 것이 매우 버거운 일이다. 유경은 미희가 자신의 진짜 모습을 마주하면 자신의 못난 점이 상기되고 그런 감정을 감당하기 힘들어 다시 술로 도망가게 될 것임을 잘 알고 있었다. 지금으로서는 이것이 미희가 살고자 선택하는 일종의 방어기제임을 유경은 느낄 수 있었다.

"미희씨는 기댈 수 있는 따뜻한 안식처가 필요하신 거군요."

"네?"

미희는 유경의 말에 되물었다. 그리고 이내 멍한 표정으로 탁자 위에 놓인 찻잔을 바라보았다. 그리고 아무 말도 하지 않았다. 유경은 미희를 상담하면서 그녀가 감정적으로 마주하고 싶지 않은 순간에 순식간에 증발하듯이 자신을 내려놓는 듯한 패턴을 보이는 것을 발견했다. 일반적인 내담자가 침묵을 통해서 생각을 정리하는 것과는 다른, 마치 거북이가 겁이 나서 순식간에 얼굴을 숨겨 버리는 것처럼 미희가 그렇게 획 사라지는 느낌이었다.

그럴 때마다 미희는 눈동자의 초점이 살짝 흐려지고, 마치 현재에서 생각들이 도망이라도 간 것처럼 감각을 느끼지 못하는 듯한 멍한 표정을 지었다. 유경은 미희의 그런 모습을 처음 보게 되었을 때, 그녀가 약간의 해리를 경험하고 있다고 판단했다. 해리는 자신이 신체에서 분리된 듯한 느낌으로, 충격적인 사건을 겪거나 고통스러운 경험으로 인해 유발된다. 인간은 불안한 심리상태를 내적으로 억압하고 방어함으로써 불안으로부터 자신을 보호하고자 한다. 유경은 미희가 감각을 깨워 다시 제자리로 돌아오도록 하기 위해서 그녀와 연습했던 것을 요청했다.

"미희씨, 주먹을 꽉 쥐고 숨을 크게 들이마셔볼까요?"

유경은 미희가 따라서 하도록 시범을 보여주었다. 유경을 따라서 천천히 움직이는 미희의 눈의 초점이 다시 유경을 향했다.

"미희씨, 방금 어떤 것이 떠올랐나요?"

유경의 말에 미희는 천천히 심호흡을 하며 고등학교 때를 떠올렸다.

"그때 저는 고등학교 3학년이었고, 동생은 고등학교 1학년이었어요. 고3이라서 모의고사를 봤는데, 제가 좋아하는 국어는 점수가 잘 나왔는데, 영어와 수학은 점수가 너무 낮았어요. 그래서 모의고사 점수상으로 서울에 있는 대학을 가기 힘든 등수였죠. 그런데 동생은 학교시험에서 전교 1등을 한 거예요.

성적표를 엄마에게 절대 보여주기 싫었는데 안 보여 줄 수도 없어서 보여주었죠. 안 보여줬다가 들키는 날에는 집에서 쫓겨나니까요. 엄마가 성적표를 보더니 집어 던졌어요. 동생 앞에서요. 엄마는 이게 뭐냐고, 이러면 대학을 어떻게 가냐고 마구 소리를 질렀어요. 엄마는 자신이 못 배운 게 한이 된다고 우리한테는 꼭 훌륭한 사람이 되야 한다고 어렸을 때부터 노래를 불렀거든요. 그래서 공부와 대학에 집착했어요.

그러면서 앞으로 동생한테 수학하고 영어를 배우라고 했어요. 동생은 1학년 때 이미 3학년 국영수까지 다 예습하고 공부하고 있었거든요. 너무 창피하고 슬퍼서 마구 눈물이 났어요. 세상에 태어난 게 한스럽기까지 했어요."

"그때 엄마가 어떻게 해주기를 바라셨나요?"

"공부를 못해도 이해해주고 동생만큼은 아니더라도 나도 좀 예뻐해줬으면 좋겠다고 생각했어요. 그리고 동생 앞에서 그렇게 혼내지 말아줬으면 하고 간절히 바랬어요."

"그때 미희씨는 엄마에게 어떻게 하고 싶으셨나요?"

"사라지고 싶었어요. 내가 사라지고 난 후 엄마가 평생 후회하길 바랬어요. 그리고 엄마에게 그만하라고 소리치고 싶었어요. 공부가 인생의 전부가 아니지 않느냐, 내가 못 하고 싶어서 못하는 게 아니라고 소리치고 싶었어요."

미희는 한 번도 엄마에게 하고 싶은 이야기를 해본 적이 없었다. 동생은 잘난 아이, 자신은 못난 아이라고 당연하게 생각하며 살아왔다. 그리고 못난 자신이 그런 대우를 받는 것을 감수하면서 감정을 억눌렀다.

"선생님, 제가 그날의 기억을 이렇게 생생하고 깊게 가지고 있었는지 오늘에서야 알았어요. 저는 생각하고 싶지 않은 날이거든요."

"오늘처럼 미희씨 자신에 대해서 알아가는 시간을 계속 갖도록 해요."

상담실을 찾는 내담자들은 아무에게도 말하지 못하고 가슴 깊숙이 억누르고 있던 사건이나 안 좋은 감정들을 소환하고 입 밖으로 꺼냄으로써 스스로를 조금씩 치유해갈 수 있다. 미희는 그동안 자신을 짓누르며 괴롭히던 억눌렸던 기억을 꺼내면서 자신과 마주할 수 있는 첫걸음을 내딛기 시작했다.

"선생님, 다음 주 이 시간에 올게요."

교회 스케줄을 따지며 한참 실랑이를 벌였던 미희는 그럴 필요가 없다는 듯 유경에게 다음 상담을 먼저 약속하고 상담실을 나갔다. 그런 그녀를 바라보면서 유경은 아주 조금씩 가고 있지만 미희는 분명 앞으로 나아가고 있다고 확신했다.

수화기를 내려놓으며 유경은 모니터 화면을 응시했다. 미희와 관련해 상담기록을 쓰고 있었던 유경은 병훈으로부터 미희가 집단상담에 한 번도 결석 없이 총 9회기까지 27시간을 잘 참석했다는 이야기를 들었다. 1주 후면 미희의 집단상담도 마무리될 것이다. 미희가 여기까지 오는 데 슬럼프가 없었던 것은 아니다. 유경의 머릿속에는 상담의 중반을 넘어섰을 때의 사건이 떠올랐다.

그날은 이른 아침에 휴대폰으로 정철에게서 전화가 왔다. 그는 다급하게 상담 약속을 잡고 유경을 찾아왔다. 정철은 화가 잔뜩 난 모습으로 흥분해서 마구 말을 쏟아냈다.

"선생님, 집사람이 어제 또 술을 잔뜩 마셨습니다. 예전처럼요. 아이들 전화를 받고 가게를 급하게 닫고 집에 가보니 여기저기 소주, 와인, 맥주 할 것 없이 술병이 널브러져 있고, 술에 취한 아내가 그 난리 속에서 잠을 자고 있더군요. 너무 화가 나서 참을 수가 없었습니다. 저도 모르게 아내에게 소리를 질렀습니다. 그런데 아내는 잔뜩 취해서 제가 화를 내도 도통 정신을 못 차리더라구요. 정말 너무 지겹습니다."

정철은 유경과의 상담을 통해서 아내가 제자리에 돌아올 수 있도록 몇 개월을 함께 노력했다. 미희가 집단상담을 다니는 것도, 약물 치료를 병행한 것도 정철이 병원과 상담센터를 늘 함께 다녀주었기에 가능했다. 그러나 가게일도 병행해야 했기에 미희가 상담소 치료를 시작한 뒤로 정철은 늘 새벽까지 다음 날 영업 준비를 하며 시간을 쪼개며 살았다. 그가 미희 옆에서 했던 노력들을 지켜봐온 유경은 그가 왜 이토록 분노하고 절망하는지 충분히 이해할 수 있었다.

유경은 정철과 미희에게 처음부터 한 가지를 신신당부했다. 분명히 실패라고 생각되는 슬럼프가 왔을 때, 또 술을 중간에 다시 마시게 되는 상황이 생길 경우 절대 포기하지 말라는 당부였다. 상담과정에서 내담자도 상담사도 슬럼프를 겪는 시기가 한 번쯤 오게 된다. 유경은 지금까지의 경험을 통해 치료가 잘되고 있다고 생각해 마음을 놓을 때, 모두가 긴장을 내려놓고 이제 정말 다 나았다고 생각해 편안하고 안정된 상태에서 슬럼프가 온다는 것을 잘 알고 있었다. 이런 슬럼프는 상담의 중반기가 되면 어김없이 나타났다. 그래서 유경은 상담 초기에 이 부분에 대해서 두 사람에게 계속 강조하면서 두 사람과 약속을 했다. 그 순간에도 상담을 포기하지 않고, 반드시 함께 그 과정을 넘기자는 약속이었다. 정철은 그것을 기억하고, 치료를 계속 해나갈 것인지, 결단을 내려 이혼을 선택할 것인지 큰 갈등 속에서 유경을 찾아온 것이다.

"정철씨께서 지금 어떤 심정이실지 다 이해하기도 어려울 거 같아요. 하지만 제가 말씀드렸던 것을 기억하고 이렇게 오신 것에 대해 정말 다행이라는 생각이 들어요."

유경의 말에 정철은 한숨을 크게 내쉬었다. 그는 상담실을 들어섰을 때보다 긴장이 다소 풀어졌다. 유경에게 오는 길에는 어젯밤 미희의 모습을 떠올리며 이제는 이혼을 해야 할 거 같다는 말을 하려고 했었다. 그는 미희보다 자신이 더 상담이 필요한 심정이었다. 그래서 아침이 되자마자 전화를 걸고 마음서고로 달려온 것이다. 그러나 유경의 이야기를 들으며 미희와 함께 유경 앞에서 굳게 다짐했던 기억이 떠올랐다.

"솔직히 말씀 드리면 너무 지쳐서 저도 상담이 필요한 지경이었습니다. 정말 이제는 다 내려놓고 이혼을 하고 싶다는 생각이 들었거든요. 참을 만큼 참았고… 맞아요. 그 말씀 하셨었죠? 슬럼프요. 다시 그럴 수 있다고 하셨죠. 사실 우리한테는 오지 않길, 아니 안 올 줄 알았어요. 다시는 그 꼴을 보고 싶지 않았거든요."

"그 기대만큼 되지 않아 실망도 더 크셨을 거예요. 또다시 예전처럼 돌아가면 어떻게 하지 라는 두려움도 크셨겠죠."

"네, 지긋지긋한 이 과정을 빨리 끝내고 싶었습니다."

정철은 기대했던 만큼 실망감이 크다는 것을 실감했다. 유경은 정철이 생각을 정리하도록 그의 이야기를 들으며 기다려 주었다. 정철은 유경에게 자신이 어떻게 해야 하는지에 대해서 물었다.

"선생님, 저는 어떻게 해야 하나요?"

정철이 유경에게 묻는 것은 자신이 이 사건을 어떻게 대처해야 하는지와 자신이 앞으로 어떻게 살아야 하는지가 뒤섞인 혼란스러운 마음을 보여주는 질문이었다. 정철은 마치 밑 빠진 독에 물을 붓는 것처럼 채워 넣어도 구멍으로 빠져나가는 것만 같은 이 상황을 이제는 끝내고 싶은 심정이었다. 내려놓고 싶을 때는 아이들이 떠오르고, 도망가고 싶을 때는 미희와의 좋았던 순간들이 떠올라 버티고 버텼지만, 이제는 그 기억들만으로 버티기에는 한계에 다다랐음을 느꼈다. 마구 흔들리고 있는 정철의 심정을 알아차린 유경은 정철에게 되물었다.

"미희씨가 어제 술을 마신 것에 대해 어떻게 해야 하는지에 대해서 물으시는 건가요?"

혼란스러워하는 정철의 마음이 더 복잡해지지 않도록 유경은 하나의 문제로 초점을 맞췄다. 당장은 미희가 술을 마신 것이 가장 큰 문제였다. 우선 이 문제를 해결해야 그다음으로 정철의 마음속에 있는 문제들도 그가 정리를 해나갈 수 있다고 유경은 생각했다.

"네. 제가 아내에게 어떻게 해야 하는 건가요?"

이혼을 상담해야 하나 라는 심정으로 유경을 만나러 왔지만 막상 유경을 만나니 또다시 이번이 마지막 한 번이라고 정철은 다짐했다. 유경이 정철에게 말했다.

"미희씨가 다시 술을 마시게 된 어떤 계기가 있을 거예요. 그리고 미희씨는 해결할 수 없다고 생각해서 다시 술을 마셨을 겁니다. 그 상황이 무엇인지를 파악해 그런 선택을 했다는 것을 미희씨가 알 수 있도록 해야 합니다. 미희씨도 지금쯤 다시 술을 마신 것에 대해서 죄책감과 실망감으로 자책하며 자신을 비하하고 있을 것이 분명해요. 그러면 순간 자살충동이 일어날 수 있어요. 그러니 최대한 빨리 상담일정을 잡는 게 시급해요."

정철은 미희가 술을 마셨다는 것만 생각했지 그런 위험성이 있는지는 상상하지도 못했기에 놀람과 동시에 마음이 급해졌다. 정철은 유경에게 미희를 만날 수 있는 시간이 언제인지 물었다. 유경은 정철에게 저녁 식사 시간을 안내해 주었다. 정철은 시계를 본 뒤 서둘러 자리에서 일어났다.

정철이 떠난 뒤 유경은 미희의 상담 기록지를 살펴보았다. 미희의 상담 효과는 꽤 좋은 편이었다. 교회를 가는 횟수가 확연하게 줄었고, 몇 개월이 넘도록 술도 마시지 않았다. 하은주 원장도 약물치료 효과가 긍정적이라고 말했었다. 유경이 초보 상담사였던 시절, 오늘과 같이 내담자에게 슬럼프가 오면 큰 좌절감을 느끼곤 했었다. 그러나 그것이 내담자도, 상담사도 성장 과정에서 겪는 진통임을 알게 된 뒤로 그 과정을 넘기는 방법을 배우게 되었다. 이럴 때는 비우는 것이 가장 좋은 방법이다. 센터를 열기 전에 정철을 만나기 위해 출근한 유경은 시간을 확인하고 마음을 다잡기 위해 운동화를 신고 상담실을 나섰다.

급하게 잡힌 저녁 상담 시간이 되자 미희가 마음서고로 들어섰다. 유경의 상담실 문 앞에서 미희는 손잡이를 잡고 쭈뼛거렸다. 심장이 뛰어 손잡이를 돌리기도 버거웠기 때문이다. 미희는 천천히 손잡이를 돌리고 간신히 유경의 상담실 안으로 들어섰다. 유경은 머뭇거리며 상담실 안으로 들어오는 미희를 쳐다보았다. 유경은 다른 날과 다름없이 미소를 지으며 자리를 안내했다. 미희의 자리 앞에는 예쁜 찻잔이 놓여 있었다. 유경은 미희에게 인사 대신 차를 권했다.

"미희씨, 천천히 차 한잔하세요."

유경은 미희가 상담실에 오는 것이 절대로 쉽지 않을 거라고 이미 짐작하고 그녀의 긴장을 풀어주기 위해서 차를 준비한 것이다.

"네. 감사합니다, 선생님."

"미희씨, 오늘 이렇게 오신 이유가 있으실 거 같아요."

"선생님… 저는 다 망했어요. 제가 어제 술을 마셨어요. 예전처럼 아주 많이요."

미희는 아침에 눈을 뜨자 천장이 눈에 들어왔다. 순간 자신이 어제 술을 샀던 기억이 떠올랐다. 소스라치게 놀란 미희는 거실로 나갔다. 주방과 거실은 이미 깨끗하게 치워져 있었다. 아이들도 학교에 가고 없었다. 그때 현관에서 비밀번호를 누르는 소리와 함께 문이 열리며 정철이 집으로 들어왔다. 정철을 본 순간, 미희는 숨이 턱 막혔다. 천천히 걸어서 들어오는 정철을 보고는 그 자리에 털썩 주저앉았다. 그 순간 머릿속이 하얗게 변하면서 무슨 말을 해야 할지 알 수가 없었다.

지난밤과 아침에 있었던 이야기를 유경에게 털어놓는 미희의 눈동자가 심하게 흔들렸다. 그런 미희를 본 유경은 서둘러 그녀와 함께 늘 연습했던 숨 쉬기 작업을 했다. 두 손을 편하게 펼치며 숨을 내쉬는 미희를 바라보며 유경은 미희에게 물었다.

"미희씨, 천천히 하나씩 풀어가 봐요."

"선생님, 제가 뭘 할 수 있을까요? 이미 다 망쳐버렸는데요.

다 끝난 거 같아요….”

“미희씨, 어젯밤에 미희씨가 술을 마시기 전에 어떤 일이 있었나요?”

유경은 미희에게 술을 마시기 전 술을 찾도록 만든 계기를 물었다. 유경의 질문에 미희는 흠칫 놀란 표정을 지었다.

“네? 술 마시기 전이요?”

미희는 술을 마시기 직전과 그 이후의 상황에 대해 정리가 되지 않았다. 자신이 왜 술을 마셨는지는 생각도 하지 않고 있었다. 그런데 유경이 갑자기 술을 마시기 전에 무슨 일이 있었는지를 묻자 어제 하루의 일이 조금씩 떠오르기 시작했다.

“그러니까, 아침에 아이들 밥을 챙겨주고 학교를 보냈어요. 그리고 운동을 다녀왔어요. 남편은 일찍 가게를 간 상태였고요.”

미희는 하루를 평온하게 시작했다. 상담과 약물 치료를 병행하면서 그녀는 천천히 건강한 루틴으로 생활하기 시작했고, 정상적인 생활로 돌아가는 것에 뿌듯하고 만족스러운 마음이었다. 또한 아이들과 맞이하는 매일 아침이 행복하게 느껴졌다. 그것은 몇 년 동안 느끼지 못했던 편안함이었다. 그 평화가 깨진 것은 엄마에게서 전화가 온 뒤부터였다. 휴대폰에 ‘엄마’라는 글자가 보이자 미희는 갑자기 심장이 뛰고 손이 떨리기 시작했다. 엄마의 전화는 늘 피하고 싶은 마음이지만, 그녀는 받지 않을 생각은 해본 적이 없었다. 미희는 통화 버튼을 누르고 기어들어가는 목소리로 전화를 받았다. 미희가 전화를 받자 미희 엄마는 다짜고짜 물었다.

"너희 아이들 요즘 공부는 어떻게 하고 있니?"

"갑자기 왜요?"

"네 동생은 아이들 조기유학 보낸다고 유학원과 설명회 쫓아다니고 난리던데, 너희 아이들은 어떻게 할 건지 궁금해서 전화했다."

"미영이가 애들 조기유학 보낸대요?"

"그래, 요즘 유학은 기본이라고 고등학교하고 대학교는 미국에서 가르친다고. 초등학교부터 준비시킨다고 지금부터 난리더구만. 걔는 어렸을 때부터 뭔가 남다르더니 아주 지 자식들도 똑부러지게 키워."

"미영이네는 부부가 의사니까 둘 다 유학 보낼 여유가 충분하니까 그러겠죠. 우리 애들은 그냥 한국에서 잘 가르칠 거예요."

"너는 그게 문제야. 애들이라도 잘 가르쳐서 일류대 보내고 성공시켜야지. 정신 차리고 살아라, 니 동생처럼. 이 답답한 인간아."

다시 시작된 엄마의 잔소리와 비교는 미희를 미치게 했다. 더욱이 자식 교육에 대해서까지 간섭이 들어오자 미희는 참을 수가 없었다. 순간 엄마의 말은 소음으로 들리고, 감각이 무뎌지며 마치 꿈속에 있는 것처럼 느껴졌다. 미희는 엄마의 이야기가 저 멀리서 들리는 소리로 들리면서 온몸이 굳어졌다. 해리 증상이 미희에게 또 불쑥 찾아왔다. 미희는 순간 전화를 그냥 끊어버렸다.

"선생님, 아무것도 할 수가 없었어요. 상담에서도, 집단상담에서도 연습했어요. 근데 제가 아무것도 못 하겠더라고요. 그 순간 제가 너무 미웠어요. 바보 같았어요. 미치게 제가 답답했어요. 저는 엄마 말대로 그냥 안 되나봐요."

미희는 상담에서 연습한 것들을 아무것도 엄마에게 하지 못했다는 사실에 좌절했다. 그리고 또다시 엄마의 말에 상처를 받는 자신과 비수를 쏟아붓는 엄마에 대한 화를 도저히 참을 수가 없었다고 말했다. 유경은 미희가 자신의 마음을 들여다보도록 질문을 던졌다.

"미희씨 엄마에게 어떤 말을 하고 싶으셨나요?"

"제발 그만 좀 하라고 하고 싶었어요. 그런데 그런 말은 못하고 너무 화가 나서 술을 사러 갔어요. 술을 마시면 그 순간은 잊을 수 있으니까요. 그런데 오늘 아침 남편의 모습을 보고는 술을 마신 것을 너무 후회했어요. 남편과 아이들에게는 절대 실망시키고 싶지 않은데, 그냥 다 망쳤어요. 이제 어떡해요."

"어떻게 하시고 싶으세요, 미희씨?"

유경은 미희가 자신의 삶에서 도망가지 않도록, 스스로 자신의 삶을 지킬 수 있도록 무엇보다 자신이 원하는 것들을 선택하길 바라면서 미희에게 물었다.

"제가 할 수 있는 게 없어요, 선생님."

미희는 자신은 아무것도 할 수 없다고 생각했다. 만약 할 수 있었다면 여기까지 오지 않았을 거라고 생각했다. 미희는 항상 자신은 아무것도 할 수 없다고 생각하며 살았다. 유경은 자신이 아무것도 할 수 없다고 믿는 것이 미희가 넘어야 할 가장 큰 과제임을 미희에게 알려주었다.

"그럼, 누가 할 수 있나요, 미희씨?"

유경의 질문에 미희는 순간 머리를 세게 얻어맞은 느낌이 들었다. 자신은 언제나 아무것도 할 수 없는 인간이라고 생각했다. 그래서 교회를 다니며 목사님께 매달렸고 자신의 문제를 해결해 달라고 간절히 빌었다. 자신은 절대로 엄마를 바꿀 수 없기에 엄마의 딸로 태어난 이상 죽어야 이 인연이 끝날 거라고 생각했다. 다시 태어나지 않는 이상 가족은 바꿀 수 없는 존재이기에 자신은 할 수 있는 게 없다고 생각하며 살아왔다.

"제가 엄마를 바꿀 수 없잖아요. 선생님."

미희는 유경을 향해 체념하듯이 말했다.

"네, 미희씨를 낳아준 엄마를 바꿀 수는 없어요. 하지만 엄마를 대하는 나의 행동은 내가 바꿀 수 있어요."

"엄마와 인연이라도 끊으라는 건가요, 선생님?"

미희는 쏘아붙이듯이 말했다. 유경의 말이 마치 엄마와 인연을 끊으라는 말로 들렸기 때문이다. 미희는 엄마가 아무리 미워도 자신의 가족이 먹고살 수 있도록 가게도 물려주었는데 그런 부모와 연을 끊으라는 말에 불쑥 화가 났다.

"미희씨, 지금 화가 나신 거처럼 보여요."

유경은 미희가 자신에게 불편한 감정을 느끼는 것을 감지했다. 정확하게 말하면 유경에게 화를 내고 있는 것이 아니라 자신이 그동안 믿어왔던 신념을 흔든다고 생각해서 나타나는 현상이다. 유경은 미희가 자신의 감정을 스스로 알아가도록 거울이 되어 미희의 감정을 비춰주었다.

"네. 선생님께서 제가 할 수 없는 것을 하라고 하시는 것 같아서요."

"좀 자세하게 말해주실 수 있나요, 미희씨?"

"엄마는 우리 가족의 생계를 위해서 분식점도 물려주셨어요. 그 덕에 저희 남편과 아이들이 잘 살고 있어요. 그리고 부모잖아요. 아무리 미워도 부모인 엄마를 제가 어떻게 연을 끊을 수 있어요. 선생님, 저도 엄마인데요. 엄마가 저한테 그러는 것은 물론 화가 나지만 그렇다고 제가 엄마에게 똑같이 할 수 없잖아요. 제가 엄마와 인연을 끊는다고 치더라도, 그럼 가게는요. 엄마 성격에 당장 달려와서 다 내놓으라고 할 것도 분명한데요. 그럼 우리 가족은 당장 뭐 먹고사나요?"

미희는 평소의 그녀답지 않게 목소리에 힘을 잔뜩 주며 유경에게 이야기했다. 자신의 의견과 생각을 좀처럼 말하지 못했던 상담 초기의 모습과 다르게 똑 부러지게 자신의 생각을 말하고 있었다. 특히 이런 사건이 있을 때 미희는 약간의 해리

증상을 보이곤 했지만, 오늘은 그런 모습도 보이지 않았다. 유경은 미희의 변화된 모습을 관찰하면서 그녀가 자신의 이야기를 마음껏 쏟아내도록 들어주었다.

"미희씨, 아이들이 달리고 있는데 아이들 앞에 장애물이 나타났어요. 그럴 때 아이들에게 어떻게 하라고 말해주실 건가요?"

"피해가라고요. 장애물을 피해서 돌아가라고 할 거예요."

미희는 유경이 너무 당연한 이야기를 묻는다고 생각하며 간결하게 대답했다.

"제가 미희씨에게 드리고 싶은 말이에요. 우리는 걸려 넘어질 것이 뻔한 것을 일부러 선택하지 않아요. 아프고 다칠 결과가 보이잖아요. 아프고 다칠 것이 분명하다면 피하는 방법을 선택해서 자신을 보호하는 것은 너무나 당연한 일이죠."

유경은 미희의 생각과 감정들을 하나씩 하나씩 풀어주기 시작했다. 우리는 아이였을 때는 부모를 절대적인 존재로 생각하고 바라본다. 그러나 어른이 되면서 그들도 실수를 하고 부족한 존재라는 사실을 알게 된다. 그 과정에서 부모를 향한 부정적인 감정도 자연스럽게 갖게 된다. 사랑하는 부모님이지만 나와 가치관이 충돌할 때는 화가 나기도 하고, 이해할 수 없기도 하다. 서로 다른 감정을 동시에 가지게 되는 것은 지극히 자연스러운 현상이다. 하지만 미희의 경우에는 이런 감정을 품었다는 사실만으로도 큰 죄책감에 시달렸다. 우리가 그 순간 부모를 미워했다 하더라도 부모에 대한 존중감이 없는 것이 아님에도 미희는 마치 해서는 안 될 도덕적 결함을 가진 것처럼 느꼈다.

"부모라고 다 옳고, 완벽하지 않아요. 미희씨."

미희는 유경의 말을 마음속으로 되뇌었다. '부모라고 다 옳고 완벽하지 않다.' 미희는 늘 '나는 우리 엄마 같은 사람이 되지 말아야지'라고 생각했다. 그래서 자신의 아이들에게 비교와 경쟁에 대해서, 특히 공부에 대해서는 일절 말하지 않았다. 그런데 어느 순간부터 자신은 엄마보다 더 못난 모습만 아이들에게 보여주고 있었다.

"선생님, 저 역시 아이들에게 부족한 엄마네요. 엄마 같은 엄마는 되지 말자고 다짐했는데."

미희는 자신이 해결하지 못한다고 한 것은 문제를 회피하기 위한 자신의 변명이었다는 사실을 받아들였다. 그리고 자신의 문제를 누군가가 대신 해결해주기를 바라기만 하는 자신의 모습도 깨닫게 되었다.

"술을 마셨던 것도, 교회를 다닌 것도 결국 도망간 거였어요. 제 문제를 누군가가 해결해 주길 바랬어요. 남편에게 기대고, 목사님께 매달리고, 술에 의존했죠. 어제 술을 마신 뒤에 자포자기하는 그런 마음이었어요. 사실 오늘도 남편이 가자고 하지 않았다면 혼자서 선생님을 만나러 오지 않았을 거예요. 저는 제 문제를 스스로 해결할 생각을 하지도 못하고 살았네요."

미희는 유경이 비춰준 거울을 통해서 자신을 객관적으로 바라보았다. 자신은 언제나 피해자라고 생각하며 오랫동안 억울한 마음으로 살아왔는데 그것은 자신의 착각이었음을 깨달았다. 미희는 자신이 스스로 아무것도 해결하려 하지 않았던 여전히 덜 자란 미숙한 사람임을 받아들였다. 있는 그대로의 자신을 마주하게 된 미희는 마음이 아렸다. 그 순간 아이들과 남편의 얼굴이 떠올랐기 때문이다.

"아이들과 남편에게 정말 미안하고 고맙네요. 흑흑….."

몇 개월의 치료 과정 동안 미희는 꽤 단단해져 있었다. 어제의 사건은 결국 미희가 자신을 객관적으로 이해하는 중요한 계기가 되었다.

"미희씨, 자신이 바꿀 수 있는 것과 그렇지 않은 것을 생각해보세요. 다음 시간에 그것들을 이야기해보기로 해요."

미희는 유경을 바라보며 고개를 끄덕였다. 그리고 눈물을 흘리며 한 마디를 건넸다.

"선생님, 감사합니다."

미희가 다시 술을 마시고 상담을 하고 나서 3주 뒤 미희의 집단상담을 맡고 있는 병훈이 유경의 상담실로 찾아왔다.

"소장님, 바쁘세요?"

활짝 웃으며 들어오는 병훈을 유경은 반갑게 맞이했다.

"아니에요. 선생님, 무슨 일 있으세요? 연락주셨으면 제가 갔을 텐데요."

"소장님, 이미희 내담자께서 집단자조 프로그램을 연장해서 하시겠다고 하네요. 그래서 상의 좀 드리려고 왔습니다."

"프로그램 마무리가 된 것으로 아는데, 다시 참여하고 싶다고 하셨군요."

미희는 지난번 슬럼프를 겪은 이후 적극적으로 치료에 임하고 있었다. 그 사이에 미희는 입원치료도 잘 마치고 퇴원했다.

"입원치료도 잘 마치고, 지난번 집단 상담 프로그램도 적극적으로 잘 참여하셨는데, 다시 참여 의사를 물어보니 자신이 술을 다시 마시게 될까 걱정하는 거 같았어요. 술을 끊는 것에 대해 아직도 자신이 없다고 하더군요."

병훈은 미희가 집단 상담을 더 참여하려고 하는 이유를 유경에게 설명했다. 병훈의 이야기를 듣고 있는 유경은 미희에게 입원을 권유했던 일을 떠올렸다. 미희의 주치의 하은주 원장은 일주일간의 병원 입원을 제안했다. 약물치료도 잘되었고, 개인 상담, 집단 상담까지 성실하게 참여했던 미희가 다시 술을 마셨던 한 번으로 그동안의 노력들이 허사로 돌아가지 않도록 하기 위함이었다. 당시 하은주 원장의 의견에 유경도 공감했다.

알코올 중독 치료를 하는 도중 내담자가 다시 술을 마시는 경우는 매우 흔한 일이다. 그러나 그 한 번으로 그간의 노력이 물거품이 되는 경우가 많았다. 한 내담자는 술을 끊고 상담을 잘 받는 중간에 갑자기 사라졌다가 며칠이 지나서 거리에서 술에 취해 쓰러진 채 경찰에게 발견되기도 했다. 또 이러한 과정을 여러 번 반복해 가족들이 내담자를 1년 이상 입원하도록 한 경우도 있었다.

알코올 중독의 경우 내담자가 입원치료를 하도록 하기가 쉽지 않다. 상담실을 찾은 내담자들은 대체로 입원치료를 거부한다. 입원치료 비용이 부담스럽다는 이유도 있지만, 그보다 정신병원에 입원해야 한다는 사실에 더 거부감을 보인다. 특히 중독환자들의 경우는 더욱 높은 거부감을 보인다.

유경과 하은주 원장은 미희에게 입원치료를 단기간이라도 하도록 제안했고, 미희와 정철 두 사람의 동의하에 미희는 일주일간 입원치료를 하게 된 것이다.

"미희씨가 생각보다 입원치료에 긍정적이고, 또 남편분도 적극적으로 협조를 해주셔서 경과가 정말 좋았죠."

유경은 다시 한 번 미희의 상황을 정리해 병훈에게 말했다.

"네. 미희씨가 집단 상담에 열심히 참여하면서 매주 그녀가 달라지는 모습을 볼 수 있었어요. 자신을 객관적으로 돌아보는 좋은 기회를 얻은 거 같다는 생각이 들었어요."

병훈은 집단 상담을 통해 관찰했던 미희의 상태를 이야기했다. 유경과 병훈은 미희가 치료에 대한 의지가 확고한 만큼 집단 상담에 다시 참여하는 방향으로 이야기를 나누었다.

미희의 상담은 이후로도 계속 이어졌다. 중독 상담인 만큼 상담 기간도 장기적으로 진행되었고, 상담 회기가 늘어날수록 미희에게는 여러 가지 변화들이 생겼다. 가장 먼저 교회에 대한 중독을 끊었다. 미희는 스스로 그들에게 가지 않겠다는 자신의 의사를 명확하게 해야 하는 필요성과 그 방법에 대해서 유경과 상담 시간에 이야기를 나누고 연습을 했다. 미희가 교회를 나가지 않자 교회 사람들이 지속해서 미희에게 연락을 하고 급기야 미희의 집까지 찾아오기도 했다. 그들은 미희가 교회를 나오지 않는다면 구원받지 못할 거라는 등의 온갖 협박을 하기도 했다. 비록 그들과 관계를 정리하는 데 시간이 걸리기는 했지만, 정철의 도움으로 미희는 결국 그들과 관계를 정리했다.

다음으로 남편과 아이들과의 관계도 안정화되었다. 육아로 인해 중단했던 가게일도 다시 시작해 남편을 적극적으로 도왔다. 몸을 바쁘게 움직이며 쓸데없는 생각을 줄이고 남편과 많은 시간을 함께하며 둘 사이의 관계도 많이 개선되었다.

마지막으로 미희는 엄마와의 관계도 재정립했다. 미희는 자신을 방어하기 위해 엄마와 거리를 두기 시작했다. 엄마에게 전화가 와도 받지 않고, 몇 개월간 친정 가족들과의 만남을 자제했다.

미희는 자신의 문제가 엄마와의 관계에서 시작된 것임을 스스로 인식하게 되었다. 엄마에게 인정받고 싶지만 그렇지 못했던 과거와 어른이 되어서도 그 상처에서 벗어나지 못하고 있다는 것을 이해하게 되었다. 또한 자신이 술에 중독된 근본 원인은 엄마로부터 받은 질책과 비난 때문임을 알게 되었다. 미희는 스스로 자신을 책임져야 한다고 깨달은 이후로 엄마와 적당한 거리를 유지했다. 그리고 상담을 통해 아무리 가까운 가족도 적당한 거리를 유지하는 것이 필요하다는 사실을 알게 되었다. 8개월의 시간이 지나는 동안 미희는 중독을 치료하는 것과 자신의 가족에게 집중했다. 변화의 결과들은 그녀의 상담이 마무리되어감을 알려주는 신호였다.

길고 긴 상담의 여정은 어느덧 마지막 날에 이르렀다. 정철과 미희가 함께 유경의 상담실로 찾아왔다. 정철은 진심을 담아 감사의 말을 전했다.

"선생님, 오늘이 마지막이라서 정말 아쉽습니다. 처음 여기 상담실을 찾았을 때 선생님께서 그러셨죠. 치료가 마지막이 아닌 새 삶을 열어주는 계기가 되도록 노력하자고요. 그때는 그게 정말 가능하기나 할지 그냥 암담했습니다. 정말 다 포기하고 싶은 마음만 있었거든요. 그 뒤에도 다시 원점으로 돌아가는 거 같았을 때 역시 안 돼라는 생각이 앞섰는데, 선생님과 함께해서 여기까지 온 거 같습니다. 말씀대로 이렇게 새 삶이 시작된 게 믿기지 않을 정도입니다. 앞으로는 지금대로만 가면 바랄 게 없다는 마음입니다. 정말 감사합니다."

"모두 두 분의 노력 덕분이지요. 그리고 정철씨께서 미희씨 옆에서 지지해준 덕분이기도 하고요. 중독치료는 가족의 지원과 지지가 절대적입니다. 두 분의 행복한 모습을 보니 저도 정말 기쁩니다."

"저는 상담을 통해서 치료된 것도 기쁘지만, 선생님께 한 가지 더 감사한 마음이 들어요."

미희가 밝은 표정으로 유경에게 말했다.

"그게 뭘까요?"

"저는 어떻게 살아야 할지를 몰랐던 거 같아요. 어렸을 때부터 엄마한테 좋은 소리를 들은 적이 없으니 항상 주눅이 들고 제 자신에 대한 믿음이 전혀 없었어요. 그래서 어떤 일에 대해서 어떻게 대처해야 하는지 선택이나 판단을 할 줄도 몰랐어요. 그냥 모든 게 내 잘못이고 내가 못나서 그런 거라고만 생각하며 산 거죠. 그게 저를 병들게 하고 할퀴는데도 나 자신을 지키는 법을 전혀 몰랐어요.

그런데 선생님께서 그러셨죠. 변할 수 있는 것과 그렇지 않은 것이 무엇인지 판단해 변하지 않는 것들에 대해서는 내려놓으라고요. 제가 예전에 그거를 알았더라면 엄마를 대처하는 법을 알고 나 자신을 방어하고 보호할 수 있었을 거예요. 그랬으면 중독에 시달리며 살지는 않았을 거라는 생각이 들더라구

155

요. 그리고 정말 엄마와 거리를 두고 나 자신을 지키니까 많은 것이 변했어요. 내게 정말 소중한 거는 내 남편과 아이들이고 이것을 지키기 위해서 내가 강해지고 잘 살아야 하는구나 라는 사실을 알게 되었어요. 물론 엄마를 사랑하지 않는 게 아니에요. 그런데 가족이라도 나를 지키기 위해서는 거리가 필요하다는 거를 선생님을 통해서 배웠죠. 저는 중독을 치료하면서 살아가는 법을 배웠다는 생각이 들더라고요. 그 점이 너무 감사해요."

유경은 미희의 말을 들으며 왠지 모를 뿌듯함과 환희를 느꼈다. 미희는 지금까지 몸만 큰 어른아이였지만, 이제는 한 사람의 아내로서 또 두 아이의 엄마로서 진정한 성인이 되어가고 있는 것이다.

"미희씨 말은 정말 상담사로서 들을 수 있는 최고의 찬사가 아닌가 싶어요. 더 열심히 해야겠다는 책임감이 마구 솟네요. 저는 여기에 있을 거예요. 그럴 일은 없겠지만, 또 어려운 일이 생기시면 언제라도 찾아와주세요."

그 후로 한 시간이 넘도록 정철과 미희, 유경은 끝없는 이야기를 나누며 마지막 상담의 아쉬움을 달랬다.

돈과 결혼한 여자,
희진

유경은 오전에 외부에서 일이 있어 점심시간에 맞추어 심리 상담센터로 돌아왔다. 상담센터로 들어서자 접수담당 유진이 혼자서 도시락을 먹으며 열심히 모니터를 들여다보고 있었다. 유경은 센터에 혼자 남아 도시락을 먹고 있는 유진을 보고 그녀에게 물었다.

"유진 선생님, 다른 선생님들은 점심 먹으러 다 나가신 거 같은데 왜 혼자 도시락을 드시고 계세요? 그리고 점심시간인데 뭘 그렇게 열심히 보고 계신 거예요?"

"소장님, 오셨어요? 너무 보고 싶은 드라마가 있어서 점심시간에 보려고 도시락을 싸왔어요. 다른 선생님들은 모두 점심 드시러 가셨는데, 점심 드셨어요?"

"그냥 간단하게 먹으려고 샌드위치와 커피 사왔어요. 그런데 무슨 드라마인데 그렇게 열심히 보는 거예요?"

"소장님, '누가 더 행복한가?'라는 드라마 보셨어요?"

"아니요. 바빠서 드라마 볼 시간이 있어야 말이죠."

"아직 안 보셨구나. 요즘 한창 인기 있는 드라마예요. 강남의 청담아파트 주부들이 서로 누가 더 행복한지 겨루는 내용인데요. 막장 스토리이기는 한데, 심리묘사가 치밀하고 또 여성의 여러 가지 유형을 볼 수 있어서 저는 빠져서 보고 있어요."

"그렇게 재미있어요? 그럼 샌드위치도 사왔으니 저도 한번 봐야겠는데요. 우리 하는 일이 또 사람들의 여러 가지 유형과 심리를 파악하는 것이 중요하잖아요."

"네, 꼭 보세요. 다 보시고 같이 토론해요, 소장님."

유경은 유진을 향해 그러자는 의미로 손가락으로 동그라미를 그려 보이고 자신의 상담실로 들어갔다. 유경은 모니터를 켜고 유튜브에서 검색해 '누가 더 행복한가 2시간 몰아보기'를 클릭했다.

'누가 더 행복한가?'는 강남의 청담아파트에 사는 다섯 가지 유형의 주부들이 주인공이다. 첫째는 원래 금수저 출신으로 상류층 집안과 결혼해 상류층으로 사는 여성이다. 둘째는 대기업에 다니는 중산층의 여성으로 아이의 학군과 평소 동경하던 상류층에 진입하기 위해 은행에서 크게 대출을 받아 청담아파트에 전세로 사는 여성이다. 셋째는 쇼핑몰 사업으로 큰돈을 벌어 자수성가한 여성으로 백수 남편과 아이들을 자신이 먹여 살리는 유형이다. 넷째는 로펌 대표와 결혼한 여성으로 남편의 상습적인 외도를 참으며 성공한 남편의 지위에 위안을 삼으며 사는 여성이다. 다섯째는 가난하지만 뛰어난 외모로 성공한 성형외과 의사와 결혼한 신데렐라 유형이다. 그런데 이 여성은 비밀을 간직하고 있었다. 원래 룸살롱 출신으로 과거를 숨기고 남편과 결혼했는데, 남편이 결국 이 사실을 알게 되고 그때부터 가정폭력을 행사했다. 그러나 이 여성은 대외적으로는 남편의 폭력을 철저히 숨기며 행복한 가정인 척하며 살고 있다.

유경은 다섯 번째 유형의 주부를 보면서 2년 전 상담을 했던 김희진이 자연스럽게 떠올랐다. 김희진은 마치 연예인을 연상시킬 만큼 뛰어난 외모의 여성이었다. 그녀는 아버지가 사업에 크게 성공해 어렸을 때 매우 부유하게 살았다. 그런데 그녀가 고등학교 때 아버지 사업이 망하면서 빚더미에 올라앉았고, 그 충격으로 아버지가 쓰러져 희진의 어머니와 희진은 병간호와 빚을 떠안아야 하는 신세가 되었다.

원래 부유한 생활이 몸에 배어 있던 희진에게 가난은 끔찍한 악몽이었다. 그녀는 집안 형편 때문에 대학을 포기하고 고등학교를 졸업하고 돈을 벌기 위해 생활전선에 뛰어들었다. 스물세살 때부터는 돈이 많은 남자를 만나겠다는 일념으로 열심히 선을 봤고, 결국 강남에 빌딩을 갖고 있는 집안의 막내인 남편을 만나게 되었다. 남편은 한 번 이혼 경력이 있는 남자로 희진보다 여덟 살이 많았다. 그리고 집안의 돈으로 두 번 사업을 했지만, 두 번 다 실패하고 집안의 빌딩을 관리하는 일을 하며 집에서 주는 월급을 받아 생활했다.

희진에게는 남편의 이혼경력이나 뚜렷한 직업이 없는 것은 문제가 되지 않았다. 돈 많은 집안에 들어가 편안하고 부유하게 사는 것이 그녀의 최대 목표였기 때문이다.

그러나 그녀의 결혼생활은 그녀가 바라던 것과는 여러 가지로 거리가 멀었다. 남편을 제외한 남편의 형제들은 변호사, 의사 출신으로 아내들도 모두 좋은 집안과 좋은 학벌을 가진 부류였다. 그래서 남편과 희진은 집안에서도 인정을 받지 못하고 겉도는 신세였다. 또한 희진 부부는 집안에서 주는 돈으로 생활했기에 희진은 바라던 물질적인 욕구를 충족하는 데도 눈치가 보였다. 더욱이 남편은 결혼하고 나서 본색을 보이며 술에 취하면 희진에게 폭력을 휘둘렀다.

그런 여러 가지 스트레스가 쌓이며 희진은 결혼 6개월 만에 임신을 했지만 유산을 하고 그 뒤로 아이가 생기지 않았다. 희진은 돈을 목적으로 한 결혼이기에 모든 것을 참으며 버텼지만, 결혼 5년 차에 접어들자 심신이 망가지기 시작했다.

'매 맞는 아내 증후군'이라는 것이 있다. 물리적, 심리적인 폭력으로 오랫동안 고통을 당한 여성들 사이에 나타나는 심리적인 후유증을 말한다. 이들은 폭력을 벗어나려는 생각보다는 폭력 안에서 생존하는 방법만을 생각한다. 또한 오랜 폭력으로 인해 낮은 자존감과 우울감을 갖고 있다. 희진도 불면증과 우울증에 시달리다 더 이상 견딜 수 없어 유경의 상담실을 찾았다.

유경은 첫 상담에서 상담실을 들어서는 희진을 보며 순간 그녀의 미모에 감탄했다. 희진은 길에서 보면 한 번쯤 돌아볼 만한 몸매와 미모의 소유자였다. 또한 구입 실적이 없으면 사기 힘들다는 에르메스 가방을 들고 샤넬 투피스로 치장을 하고 짙은 샤넬 선글라스를 쓰고 있어 어디를 가든 눈에 띌 만한 모습이었다. 유경은 마치 방송에서 보는 연예인을 만난 듯한 느낌이었다.

"안녕하세요. 이쪽으로 앉으세요."

유경의 인사에 희진은 고개를 숙이며 자리에 앉았다. 희진은 선글라스를 벗어 길게 웨이브 진 머리 위로 얹으며 유경을 바라보았다. 선글라스를 벗은 희진의 얼굴은 정말 아름다웠다. 하얗고 깨끗한 피부, 짙은 쌍꺼풀이 진 큰 눈, 오뚝한 콧날, 어느 곳 하나 흠잡을 곳이 없는 외모였다. 그녀를 바라본 유경은 유진의 말이 떠올랐다.

'소장님, 김희진님은 불면증과 우울증이 심하다고 하셔서 빠른 상담이 가능한 다른 선생님을 안내해 드리려고 했는데, 꼭 소장님과 상담을 하겠다고 하셨어요. 몇 개월을 기다려야 한다고 말씀드렸는데도요. 근데 정말 미인이던데요. 처음에는 연예인이 온 줄 알고 누구지 하고 한참을 생각했다니까요.'

유진이 희진의 미모에 대해 한참을 이야기해서 유경은 웃어 넘겼지만, 희진을 보고 나니 왜 그랬는지 충분히 이해가 갔다.

161

그리고 부족함이 없어 보이는 희진이 왜 굳이 자신과 상담을 하겠다는 것인지 매우 궁금해졌다.

"상담까지 오래 기다리셨죠?"

유경은 희진이 자신을 기다려준 것에 대해서 감사의 마음을 담아 물었다.

"네. 선생님께 상담받고 싶어서 기다렸어요."

희진은 유경을 반드시 만나려고 했다는 자신의 의지를 유경에게 전달했다.

"불면증과 우울증으로 힘들다고 말씀하셨는데, 어떠세요?"

유경은 희진의 증세가 어떤지 궁금해서 그녀의 안부를 물었다.

"견디기 힘들었을 때는 병원에 가서 약을 처방받았어요. 수면제는 열심히 먹었는데, 우울증약은 먹으면 너무 멍해져서 먹기가 싫어지더라고요. 그래서 먹다 안 먹다 했어요."

희진은 자신의 상태를 자세하게 설명했다.

"병원은 필요하실 때만 가셨다는 말씀이군요."

"네, 그런 셈이네요."

희진은 유경의 말처럼 자신이 필요할 때만 병원을 갔다. 의사는 희진에게 꾸준하게 병원을 내원하라고 했지만, 희진은 그 말을 따르지 않았다. 게다가 의사의 처방대로 약을 먹지도 않았다. 유경은 희진과 같은 내담자들을 수없이 보았기에 몇마디를 들어보면 내담자가 약물관리를 어떻게 했을지 금세 파악이 가능했다.

"지금 수면은 어떠신가요?"

유경은 희진의 현재 상태를 물었다. 유경의 이어지는 질문에 희진은 수면도 불규칙하고 여전히 우울하지만, 그런 상태가 이미 몇 년간 계속되어 이제는 익숙해졌다고 말했다.

"제발 잠도 잘 자고, 우울증도 없어졌으면 좋겠어요. 꼭 끝이 없는 어두컴컴한 동굴로 더 깊이 들어가는 느낌이에요."

"잠도 제대로 못 주무시고, 우울감도 꽤 오랫동안 느끼셨다니 희진씨께서 그동안 많이 힘드셨을 거 같아요."

유경의 위로에 희진은 아주 오랫동안 느껴보지 못한 편안함을 느꼈다.

"어디서부터 말씀을 드려야 할지 모르겠네요."

유경은 누군가에게 위로를 받고 싶어 하는 희진의 마음을 읽을 수 있었다. 희진은 자신의 이야기를 솔직하게 털어놓을 수 있는 누군가가 절실해 보였다.

"우울감과 불면은 언제부터 시작되셨나요?"

유경은 희진에게 증상이 언제부터 시작되었는지부터 물었다. 일반적으로 내담자가 가진 신체적, 생리적 변화들은 어느 날 갑자기 일어나지 않는다. 이 현상들 앞에는 필연적인 사건들, 정확하게는 내담자에게 의미 있는 경험들이 존재한다.

"남편과 사이가 좋지 않았을 때부터요. 몇 년 됐네요."

유경의 질문에 희진은 남편이 자신에게 폭력을 행사했던 장면이 떠올랐다. 술에 잔뜩 취한 남편은 물을 한 잔 달라고 했다. 조용히 지나가고 싶었던 희진은 남편에게 물을 가져다주었고, 남편은 물을 마시다 말고는 컵을 바닥으로 던지며 왜 세상에 맘대로 되는 게 하나도 없냐고 화를 냈다. 또다시 시작되는 밑도 끝도 없는 남편의 말에 희진이 황당하다는 표정으로 쳐다보자 너도 날 무시하냐며 남편이 희진을 밀쳤다.

가정폭력의 가장 큰 문제는 한 번 시작되면 시간이 지날수록 횟수가 늘어난다는 것이다. 희진도 남편의 폭력을 견디는 것에 이미 익숙해졌다. 희진은 요령이 생겨 남편이 술을 마시고 오는 날은 최대한 숨을 죽이거나 술을 마신 남편의 비위를 맞추려고 노력했다. 하지만 희진은 유경에게 자신이 맞고 산다는 말을 차마 할 수가 없었다. 상담을 시작하면서 유경이 자신에게 상담사 비밀 보장 예외상황에 가정폭력을 당하고 있는 경우 신고할 수밖에 없다는 안내를 해주었기 때문이다. 희진은 자신이 가정폭력의 희생자라고 누구에게도 말하고 싶지 않았다.

"남편과 결혼 5년 차인데, 결혼 초에 유산을 했어요. 그 이후 아이도 생기지 않고, 남편과 사이가 점점 멀어졌어요."

희진은 가장 중요한 핵심은 전부 숨긴 채 주변의 이야기만 꺼냈다.

"그러셨군요. 희진씨께서 매우 힘드셨겠어요. 또 지금 말씀하시는 순간에도 고통스러우실 거 같고요."

"네. 힘들었죠. 그렇다고 그 뒤로 남편과 제가 노력을 하지 않은 거는 아니에요. 서로 노력했지만, 아이가 잘 생기지 않더 군요. 남편이 저보다 여덟 살이 많아서 제 마음이 많이 조급해 지더라고요."

"아이를 빨리 가져야 한다고 부담을 느끼셨겠네요."

"네. 근데 시부모님도, 남편도 저에게 전혀 부담을 주지 않 아요. 되게 좋으신 분들이거든요. 시부모님은 천천히 가지라고 하시고, 남편도 우리 둘이 행복하게 살면 그만이라고 하는데, 제 마음은 그렇지 않더라고요."

남편과 갈등이 있다고 한 희진은 정작 남편과 시댁에는 아 무런 문제가 없다고 말하고 있었다. 그런 희진을 보면서 유경 은 그녀가 지금 자신의 모습이 어떻게 보일지를 매우 신경 쓰 고 있음을 알아차렸다.

우울증을 앓고 있는 내담자들은 외모에 신경을 쓰며 치장하 기가 쉽지 않으며, 오히려 씻는 것조차도 버겁고 힘들어하는 경우가 대부분이다. 그런데 우울증을 앓고 있다고 한 희진은 상담실을 오는데 외적으로 흠잡을 곳이 없을 정도로 화려하게 치장을 하고 있었다. 우울증이 아니더라도 희진처럼 완벽하게 꾸미고 상담실을 찾아오는 내담자들은 어김없이 그들 마음속 에 두려움이 존재했다. 우울한 자신의 진짜 모습을 화려한 치 장으로 감춰 불행을 숨기고 싶은 심리다. 자신의 내적 조절력 을 잃은 이들은 자신의 삶에 대한 주도권을 잃어버린 상태라

할 수 있다. 유경이 보기에 희진도 자신에 대한 내적 통제력을 놓아버린 상태로 보였다. 희진은 높디높은 마음의 방어벽을 쌓고 그 안에 자신을 가두고 있는 상태였다.

유경은 희진과 이야기를 나누면서 그녀와 라포를 형성하는 것이 무엇보다 중요하다고 생각했다. 희진은 변하고 싶은 마음과 현실에 안주하고 싶은 마음 사이에서 어디로 가야 할지 아직 선택하지 못한 상태임을 유경은 느낄 수 있었다.

"근데, 제가 괜찮지 않다 보니 우울해지고, 잠도 오지 않게 된 거 같아요."

희진은 자신의 이야기를 마치고 유경을 바라보았다. 그런데 자신을 쳐다보는 유경의 눈빛을 보고 내심 놀랐다. 그것은 자신이 결혼 이후 한 번도 받아보지 못한 것이었다. 술에 취해 자신을 때리는 남편의 눈빛, 무시와 경멸로 가득한 시부모님의 시선, 자신을 세워두고 오만한 표정으로 자신들의 권위를 자랑하며 바라보는 시댁 식구들의 눈빛과는 전혀 달랐다.

"충분히 이해가 갑니다. 고대했던 아이를 잃은 슬픔이 어떤 것으로 위로가 되겠습니까. 너무 가슴 아픈 일이네요."

아이를 잃고 난 뒤에 남편 포함 시댁 식구 그 누구도 희진에게 유경과 같은 위로의 말을 해주지 않았다. 희진은 자신의 잘못이라고 비난받던 그 일이 자신이 위로받아야 할 일이라는 사실을 유경을 통해서 비로소 알게 되었다. 유경의 말에 희진은 아무런 대답도 할 수 없었다. 유경은 희진에게 우울감과 불면증에 대한 약을 임의대로 중단하지 말고 꾸준하게 진료를 받고 의사의 지시대로 먹으라고 권유했다. 상담이 끝날 시간이 다 되어가자 유경은 희진에게 물었다.

"희진씨, 오늘 첫 상담을 하셨는데, 지금 마음이 어떠세요?"

유경의 질문에 희진은 순간 경직되었다. 지금 이렇게 복잡한 자신의 마음에 대해 뭐라고 대답을 해야 할지 표현이 떠오르지 않았기 때문이다.

"아, 잘 모르겠어요. 뭐라고 해야 할지요."

"네, 앞으로 천천히 희진씨 마음을 살펴보는 시간을 갖도록 해요."

유경은 희진에게 다음 약속을 정하도록 안내해주었다. 유경은 희진과 인사를 나눈 뒤 책상으로 돌아와 상담일지에 '우선 라포 형성이 중요'라고 기록했다.

"좋은 아침입니다. 주말 잘 보내셨어요?"

유경은 출근하면서 데스크에 있는 유진을 향해서 인사를 건넸다.

유진도 유경을 향해서 인사를 건넸다.

"네. 소장님도 잘 보내셨어요?"

유진은 말을 마치자마자 유경 쪽으로 다가와 옆에 바짝 붙어서 작은 목소리로 속삭이기 시작했다.

"소장님, 저 어제 가족들과 호텔에서 식사를 했는데, 그 김희진님을 봤어요. 근데 분위기가 너무 이상했어요."

유진의 말에 유경은 눈을 동그랗게 뜨고 그녀를 쳐다보았다. 유경의 상담실까지 따라온 유진은 문을 꼭 닫은 뒤 다시 말을 이어나갔다.

"소장님, 왜 그 인형처럼 생기신 내담자분이요. 그분을 호텔에서 봤는데 분위기가 되게 묘했어요. 남편으로 보이는 분과 시부모님으로 보이는 노부부와 함께 1층 로비커피숍에 앉아 있었거든요. 시어머님으로 보이는 분이 계속 이야기를 하고 희진님은 계속 고개를 숙이고 듣고 있더라구요. 근데 표정이 별로 좋지가 않았어요. 꼭 혼나는 것처럼 보였어요."

"심각한 이야기가 오갔을 수도 있죠. 혼나는 건지 아닌지는 모르는 거잖아요. 우리는 내담자분들을 객관적으로 봐야 하니 유진 선생님은 희진씨 그날 본 거 그냥 혼자 알고 계시면 좋을 거 같아요. 희진씨께는 절대 아는 척하지 마시구요."

상담사의 의무 중 하나는 내담자의 상담실 밖에서의 삶을 존중하고 보호해야 하는 것이다. 유경의 말에 유진은 자신이 실수했다는 것을 눈치채고 멋쩍은 웃음을 띠고 말했다.

"아 소장님, 제가 좀 너무 앞섰죠. 직접 들은 것도 아닌데요. 희진님께는 절대 아는 척 안 할게요."

유진이 나가고 유경은 뭔가 짐작 가는 부분이 있어 유진이 한 말이 마음에 걸렸다. 유경은 스케줄표를 보고서 오전 시간에 희진의 상담이 있다는 것을 확인하고 그녀를 기다렸다.

상담 시간이 되자 희진은 여전히 머리부터 발끝까지 화려한 명품들로 잔뜩 치장한 모습으로 상담실을 들어섰다. 자리에 앉은 희진은 무표정한 얼굴로 뭔가 기분이 좋지 않은 모습이었다. 유경은 희진의 기분을 살피며 안부를 물었다.

"일주일 동안 잘 지내셨나요?"

"아니요. 잘 지내지 못했어요, 선생님."

희진은 간결하게 대답했다. 그러나 마치 화산이라도 터질 듯한 긴장감이 상담실을 메웠다.

"희진씨 어떤 일이 있으셨나요?"

"아주 기분 나쁜 일이 있었어요."

희진은 잔뜩 인상을 찌푸리고는 이야기를 시작했다.

"선생님, 남편과 시부모님이 저를 무시하는 것을 참아야 한다는 것이 너무 치욕스러워요."

유경은 희진의 갑자기 달라진 강렬한 표현에 놀랐다. 지난번 첫 만남에서의 이야기와는 많이 달랐기 때문이다. 유경은 희진이 자연스럽게 자신의 이야기를 꺼내놓도록 고개를 끄덕이며 들었다.

"제가 지금까지 어떻게 버텨냈는데요. 제가 이제 와서 포기하면 너무 억울하잖아요. 그래서 어떻게든 버티려고 하는 거예요. 근데 남편과 시댁 식구들의 태도에 정말 너무 화가 나요."

희진의 얼굴에는 화난 표정을 넘어 독기가 서려 있었다. 그녀는 지금까지 혼자서 수없이 다짐해왔던 말을 유경에게 쏟아냈다.

"남편분의 무엇을 참고 버티는 건가요?"

유경은 희진의 마음속에 오랫동안 쌓여 있는 감정들을 알기 위해 질문을 던졌다.

"저를 무시하는 거요. 남편이 시댁 식구들 앞에서조차 제 편을 들어주지 않는 거요. 보통 남편들은 시댁 식구들 앞에서 아내 편을 들어주지 않나요? 그리고 남편이 저를 막 대하는 거도 너무 화가 나요."

희진은 감정이 매우 격앙되어 얼굴이 붉어졌다.

"남편분이 희진씨를 어떻게 무시하나요?"

"제 말에 귀 기울여주지 않아요. 그리고 시댁 식구들 앞에서는 저를 없는 사람 취급하고 무시해요. 또 집에서 화를 낼 때 물건을 던져서 저를 위협하기도 해요."

"남편분이 희진씨를 사람 취급하지 않는다는 것은 어떤 것인가요?"

유경의 물음에 희진은 그동안 마음속에 쌓였지만 아무에게도 말하지 못했던 이야기들을 쏟아냈다.

"가끔 시댁 행사가 있을 때 아무도 저한테 알려주지를 않아서 참석 못할 때도 많아요. 저번에 시누이네 집들이를 했는데 남편도 말을 해주지 않아서 저는 몰랐어요. 시댁 식구한테는 아예 기대도 안 하지만요. 그런데 어머님이 전화를 해서 다짜고짜 시누이 집들이도 오지 않는다고 뭐라고 하시는 거예요. 그래서 연락을 못 받았다고 하니까 얼마나 못났으면 남편에게 그런 이야기도 듣지 못하냐고 저를 혼내시는 거예요. 그날 남편한테 왜 말해 주지 않았냐고 따졌더니 남편은 비웃음만 짓고 피곤하다는 식으로 그냥 지나가는 거예요. 집안 행사에 이런 적이 몇 번 있었어요. 시부모님 생신은 날짜를 정확하게 알고 있으니 꼭 참석하지만요.

만약 저희 친정이 부자였다면 남편 같은 사람을 만나지 않았겠죠. 또 그들이 저를 무시하지도 않았을 거예요."

희진은 남편과 시댁 식구들이 자신을 무시하는 이유가 가난 때문이라고 생각했다. 희진은 가난에서 벗어나기 위해서 남편을 선택했고, 어떻게든 시댁의 지원을 받아서 경제적으로 편해지고 싶었다. 생활 전선에 뛰어들어 아버지 병원비를 보태고 자신 한 몸을 건사하기 위해 몸부림 치던 삶에서 벗어나고 싶었다. 그러나 결혼생활은 자신이 꿈꾸던 것과는 너무나 달랐다. 전문직 종사자인 형제들과 달리 남편은 두 번의 사업 실패로 집안의 건물을 관리하는 일을 하며 생활비조로 월급을 받았다. 희진이 사는 강남의 고급빌라도 시부모님 소유의 집이었다. 그래서 시댁에서 남편의 위상은 모자란 자식, 부족한 사람이었고 그의 아내인 희진은 그 밑이었다. 문제는 희진의 남편은 희진을 희생양 삼아서 자신의 열등감과 분노감을 그녀에게 투사하고 있었다. 유경은 희진을 대하는 남편의 행동을 통해 그녀의 남편이 희진만큼이나 상처가 많을 것이라고 짐작했다.

"남편분이 희진씨를 사람 취급하지 않거나 무시한다는 생각이 들 때, 어떤 감정이 드시나요?"

"남편을 죽여버리고 싶을 정도로 밉고 증오스럽죠."

희진의 눈에는 분노와 증오가 가득 담겨 있었다.

"죽여버리고 싶을 만큼 밉고 증오스러운 남편에게 희진씨가 바라는 것은 무엇인가요?"

"돈이죠. 남편이 돈을 많이 벌거나 시댁으로부터 받는 거죠."

희진은 유경의 질문에 당연한 것을 묻는다는 듯이 거침 없이 대답했다.

"돈, 중요하죠. 생계를 꾸려 나가려면 당연히 돈이 필요하죠. 하지만 희진씨에게 돈은 더 큰 의미가 있는 거 같아요."

유경은 희진에게 돈의 의미와 그것이 그토록 중요한 이유가 무엇인지 궁금했다.

"선생님, 돈만 있으면 뭐든지 할 수 있어요. 이런 명품, 선생님 만나는 것도 다 돈이 있어야 가능해요. 돈으로는 세상일의 90% 이상이 가능해요. 굳이 힘든 일 어렵게 하면서 살 필요도 없죠."

희진에게는 삶의 목표, 목적, 방향, 관계에서의 중요한 가치

등 모든 것이 오로지 돈을 향해 있었다. 그녀가 이처럼 돈에 맹목적일 수밖에 없는 데에는 그녀만의 다 하지 못한 이야기가 있을 것이라고 유경은 생각했다. 가난이 주는, 정확하게 돈이 없어서 생기는 불편함은 희진의 말처럼 매우 많다. 돈이 많거나 부자라면 선택의 폭도 다양하고 넓어서 삶이 편안해지고, 좋은 경험들도 무수히 할 수 있다. 유경도 시부모님의 경제적 지원으로 심리상담센터를 지속적으로 운영할 수 있으니 희진의 말이 일면 이해가 갔다. 하지만 희진의 경우 돈으로 그녀의 상처에 대한 보상이 이루진다는 것이 문제였다. 희진은 삶에서 1순위가 돈이므로 삶의 가치나 행복 등 삶에서 중요한 것들을 전혀 보지 못하고 있었다.

"제가 너무 속물로 보이세요?"

희진은 유경을 향해서 단도직입적으로 물었다.

"제가 희진씨를 어떻게 보는지 궁금하신 건가요?"

희진의 질문은 유경이 자신을 어떻게 생각할지 궁금해서 한 것이 아니라 희진 스스로 자신을 검열하는 말임을 유경은 알고 있었다.

"아니요. 시댁 식구들이 돈 자랑을 할 때 제가 그들을 그렇게 생각하거든요. 그런데 저도 그들과 똑같이 말하고 있어서요."

"지금 희진씨가 느낀 감정은 무엇인가요?"

유경은 희진이 스스로를 천천히 들여다보도록 질문을 했다.

"너무 바보 같아요. 병신 같아요. 제가요."

희진은 한 시간 동안 자신에게 일어난 부정적 사건들을 이야기하며 자신의 생각과 감정을 객관적으로 들여다보고는 자신을 자책했다. 첫 상담에서 높은 방어벽을 쌓고 있던 희진이 두 번째 상담에서는 많은 것을 보여주고 있다고 유경은 느꼈다. 그래서 유경은 희진에게 일주일 동안 그녀가 해야 할 과제를 내주었다.

"희진씨, 다음 시간까지 희진씨가 해야 할 과제가 있어요. 일주일 동안 희진씨께서 돈 때문에 기쁘거나 편해졌던 순간을 기억하셨다가 다음 상담 시간에 알려주세요."

희진이 유경의 과제에 살짝 당황하는 눈치를 보이자 유경은 상담치료를 위한 과정이라고 설명해주었다. 희진은 자리에서 일어나 왼편에 놓인 샤넬백을 들고 상담실을 나섰다. 그 모습을 지켜본 유경은 고가의 핸드백이 그녀에게 얼마만큼의 기쁨을 주고 있을까 라고 생각했다. 개인이 원하는 이상과 현실의 차이가 너무 클 때, 또 그 이상이 지나치게 현실을 반영하지 않을 때 삶을 지탱하기가 힘들어진다. 상담에서는 무엇보다 현재에 머무는 것이 중요한 이유가 바로 그 때문이다. 희진도 지금, 여기에, 내 자신이 온전히 집중하는 일이 무엇보다 중요했다.

✦ ✦ ✦

일주일이 지나고 오후 시간에 유경과 희진의 세 번째 상담이 진행되었다. 유경은 지난 시간에 희진에게 내주었던 과제에 대해 희진이 어떤 답변을 할지 기대하고 있었다. 여전히 화려하게 차려입은 희진은 그녀의 의상과 달리 어두운 기색으로 상담실을 들어섰다. 유경은 희진의 얼굴 표정을 보고 분위기를 살피며 안부를 물었다.

"잘 지내셨어요, 희진씨?"

"아니요. 사는 게 힘드네요."

희진은 유경을 바라보며 넋두리를 하듯 이야기를 시작했다.

"선생님, 남편이 너무 싫어요."

희진은 걸친 가디건을 벗고 블라우스를 내리며 오른쪽 어깨 부분을 유경에게 보여주었다. 그녀의 팔에는 피멍 자국이 있었다. 초록빛과 빨간색이 섞인 자국은 마치 희진의 복잡한 마음을 대변해주는 듯했다. 유경이 놀라서 어떻게 된 거냐고 자초지종을 묻자 희진이 울먹이며 말했다.

"남편이 이렇게 만들었어요. 남편이 자정이 넘어서 술을 마시고 집에 왔어요. 저는 일을 만들고 싶지 않아서 계속 자는 척을 했죠. 그런데 남편이 자고 있는 저에게 물을 떠오라고 하더라구요. 그래서 잠에서 깬 척하면서 물을 떠왔죠. 순간 물에 수면제라도 타고 싶은 심정이었어요. 남편이 물을 마시고 컵을 탁자에 탁 하고 내려놓더니 저를 강제로 침대에 눕혔어요. 저는 정말 너무 끔찍했어요. 원치 않는 잠자리를 하는 것도 싫었지만, 내 몸을 함부로 만지는데 무슨 변태 같았어요. 제가 마치 그 사람의 순간적인 욕정을 해소하기 위한 도구로 쓰이는 기분이 들더라구요. 그래서 남편을 밀치고 마구 저항을 했죠. 너무 혐오스러웠거든요. 그랬더니 움직이지 못하게 팔을 누르며 욕을 해대더라구요. 그렇게 한참을 실랑이를 하다가 남편이 쓰러져서 코를 골며 자더라구요. 저는 그날 한잠도 못 잤어요. 거실로 나가서 한참을 울었어요. 계속 이렇게 사는 것은 불가능하다는 생각만 들어요."

"희진씨 남편, 정말 나쁜 인간이네요. 어떻게 아내를 그렇게 함부로 대할 수가 있나요? 희진씨 너무 힘드셨을 거 같아요."

유경은 희진의 편을 들면서 그녀의 마음을 다독여주었다.

"선생님, 지난주 저에게 돈 때문에 기쁘거나 편해졌던 순간이 언제인지 기억하고 이야기하라고 하셨죠? 돈이 있으면 저는 혼자일 필요가 없어요. 돈이 있으면 사람들이 저에게 관심을 주거든요. 제가 명품을 들고 가면 다 저를 쳐다봐요. 굳이 물건을 사지 않아도 절 대접해 주기도 하고요. 서비스도 매우 좋아요. 제가 가난하게 살았던 때는 전혀 받아보지 못한 차원이 다른 대접을 받아요."

유경의 앞에 있는 희진은 여전히 홀로 거실에 앉아 울고 있는 그날의 희진처럼 보였다. 아내이자 여자로서 희진이 겪은

176

일은 치욕스럽고, 불쾌한 경험인 것은 분명하다. 남녀관계에서의 성관계, 특히 부부 사이에서의 섹스는 사랑과 신뢰를 나누는 시간이다. 한 사람의 일방적인 욕정을 해소하기 위한 경험이 아닌 두 사람이 정신적 육체적으로 대화를 나누는 행위이며, 부부가 서로에게 존중을 보여주는 과정이다. 건강한 성생활을 하는 부부는 정신적, 육체적으로도 건강한 신뢰 관계를 맺는다.

유경이 보기에 희진 부부의 관계는 갑과 을, 상하관계나 마찬가지였다. 약자인 희진이 원하는 것은 표면적으로는 돈이지만, 궁극적으로는 따뜻한 관심과 사랑이다. 하지만 희진은 관심과 사랑을 돈으로만 얻을 수 있다고 생각했다. 희진의 남편은 그녀가 돈에 대한 욕구가 매우 크다는 것을 알고 있기에 모든 것을 돈으로 보상하면서 그녀에게 복종을 원하는 것이다. 그러나 희진의 남편은 돈을 잘 벌 수 있는 능력이 없다. 그는 시댁 식구 중에 유일하게 직업이 없으며, 건물 관리인이라는 명목으로 부모님께 생활비 조로 월 2000만 원을 받아서 생활했다. 평범한 사람들에게 월 2000만 원은 매우 큰 금액이겠지만, 허영심이 큰 희진과 돈에 대해 개념이 없는 그녀의 남편은 월 생활비로 2000만 원 이상을 소비했다. 희진의 남편은 받는 2000만 원을 희진에게 선사하면서 그 대가로 자신의 열등감과 식구들에 대한 분노감이 담긴 감정 쓰레기를 희진에게 쏟아붓고 있었다.

"선생님, 남편 얼굴은 쳐다보기도 싫어요."

그날 이후 희진은 남편을 생각하기만 해도 역겨웠다.

"희진씨, 남편과 서로가 좋았던 때는 언제였나요?"

혐오감을 가득 담아 토로하는 희진에게 유경은 물었다.

"조건을 보고 결혼하는 것이 다 비슷하죠. 남편을 사랑해서 한 결혼은 아니에요."

"그럼, 희진씨가 남편과 결혼하면 어떤 점이 좋을 거 같아서 선택하셨나요?"

유경은 희진이 이 결혼을 선택한 그녀에게 중요한 결정적 이유가 무엇인지 알고 싶었다.

"제가 선을 본 남자 중에 남편 집안이 돈이 가장 많아서요. 저는 가난하게 살고 싶지 않았거든요. 가난이 너무 지긋지긋 했어요."

희진의 대답에 유경은 이어서 다시 물었다.

"돈 이외에 남편과 결혼하고 싶을 만큼 희진씨의 마음을 움직인 것은 무엇인가요?"

유경의 질문에 희진은 도리어 유경을 향해 되물었다.

"제가 결혼을 결심할 만큼 마음을 움직인 다른 것이요?"

돈 말고는 다른 이유가 정말 없었던 것인지, 아니면 시간이 지나 기억 저편의 과거라서 잊고 있는 것인지 유경은 희진의 진심이 무엇인지 궁금했다.

"네, 어떤 사람들은 자신을 세상에서 가장 아끼고 사랑해주는 사람이 그 사람이어서 결혼을 결심하죠."

유경의 말에 희진은 입꼬리를 살짝 올리고 피식하며 웃으며 대답했다.

"선생님, 그런 거 다 필요 없어요. 그런 사랑 같은 것으로는 아무것도 할 수가 없어요. 좋은 집, 좋은 차, 비싼 음식들을 그런 것들로 가질 수가 있나요? 선생님이 가난하게 살아보지 않아서 모르고 하시는 말씀이에요."

희진은 세상 물정 모르는 철없는 아이를 보는 듯한 눈빛으로 훈계하듯이 유경에게 말했다. 감정이 격양된 희진을 향해서 유경은 좀 더 깊이 그녀를 탐색하기 위해서 질문을 던졌다.

"희진씨에게 가난은 어떤 것인가요?"

"죽음과도 같죠. 절대로 가난하게는 살고 싶지 않아요."

가난은 곧 죽음과도 같다는 그녀의 표현에 유경은 희진이 가진 왜곡된 사고를 이해할 수 있었다. 가난이 불편한 것이라고 생각하는 사람과 가난이 곧 죽음이라고 생각하는 사람의 선택은 차원이 다를 수밖에 없다. 죽음은 곧 공포와 두려움이라는 감정과 연결되며 꼭 피해야 하는 것이 된다. 희진처럼 거꾸로 세상을 바라보는 사람은 세상이 똑바로 보이질 않는 법이다.

"결혼 전 가난했던 과거의 희진씨와 결혼 후 지금의 희진씨는 어떤 차이가 있나요?"

유경의 질문에 희진은 순간적으로 멈칫했다. 희진은 가능하다면 아버지의 사업이 망해서 가난해진 순간부터의 모든 기억을 지우고 싶었다. 꾸벅꾸벅 졸면서 했던 편의점 아르바이트, 짙은 화장을 하고 마트 앞에서 춤을 췄던 날들, 온갖 욕설을 들으며 응대했던 서비스센터 전화 업무 등 그녀는 먹고살기 위해 안 해본 일이 없었다. 또 편안한 사무직 일을 구해서 취직을 하면 늙은 사장이 그녀에게 잠자리를 요구해서 그만둔 직장이 여러 군데였다. 어쩌다 점잖은 사장을 만나면 사장의 아내가 나타나 예쁘게 생긴 그녀를 남편 옆에 두지 않으려고 온갖 이유를 갖다붙여서 해고했다.

부잣집에서 자라는 동안에는 결코 겪어보지 못했던 온갖 고생은 모두 돈 때문에 생긴 일들이었다. 자신을 도와준다며 텐프로를 제안한 사람도 여럿 있었다. 병원에 누워 있는 아버지와 줄지 않는 빚들, 남겨진 빚 때문에 치러야 하는 소송들을 겪으며 희진은 몇 년을 악착같이 버티고 또 버텼다. 험악한 세상을 이리저리 구르면서 돈이 있다면 이런 일도 없을 거라는 인생사를 배웠다. 그래서 희진은 무조건 돈 많은 남자를 만나야겠다고 결심한 뒤 외모를 무기로 삼아 맞선을 보러 다니기 시작해서 여기까지 온 것이다.

그런데 그때와 지금이 어떤 차이가 있냐는 유경의 질문을 듣자 희진은 순간 허탈감을 느꼈다. 그러나 유경에게 둘 다 똑같이 죽음과 같다고 말하고 싶지는 않았다. 자신이 그렇게 말을 하면 5년을 지옥 속에서 버틴 결혼생활은 무의미해지고 삶을 다시 시작해야 할 것 같기 때문이다. 희진은 자신의 선택이 잘못된 것이라는 사실을 인정하고 싶지도, 마주하고 싶지도 않았다. 희진은 이를 악물고 대답했다.

"선생님, 당연히 지금이 더 낫죠. 훨씬 낫죠."

유경은 희진이 솔직하지 못한 대답을 했다고 생각했다. 만약 그녀의 삶이 과거보다 지금이 더 나았다면 자신을 찾아올 필요가 없음을 유경은 누구보다 잘 알고 있었다. 유경은 희진을 바라보며 그녀에게 시간이 더 필요함을 인지했다. 누구나 자신을 있는 그대로 바라보는 데에는 용기가 필요하다. 상담실 안 내담자가 자신이 한 선택이 잘못되었다는 것을 인정할 때는 더 큰 용기를 필요로한다. 유경은 희진 또한 현실을 조금씩 받아들이는 과정이 필요하다고 생각했다.

"과거보다 지금이 어떤 것이 더 나은가요?"

희진은 어색한 미소를 지으며 유경에게 말했다.

"이렇게 보시는 것과 같이 물질적으로 훨씬 낫죠. 또, 뭐 결혼해서 남편도 있고요. 사실 제 친구들은 저를 신데렐라라고 생각해요. 저만큼 돈 있는 집안에 시집간 사람이 아무도 없거든요."

희진은 자신의 몸에 걸친 명품들을 가리키는 듯한 손짓을 하며 이야기했다. 유경은 그런 희진의 표정에서 어색함을 느꼈다. 그것은 행복하고 만족스런 감정이 아니라 스스로 가장하고 있는 거짓 감정이었다.

"희진씨가 가난했던 시절을 감정으로 표현한다면 무엇일까요?"

희진은 유경의 질문을 듣고 망설임 없이 대답했다.

"절망감이죠."

"희진씨의 절망감은 어떤 의미인가요?"

"아무것도 할 수 없다는 의미요. 제가 하고 싶은 것, 갖고 싶은 것, 그 어느 것도 불가능하다는 의미요."

"그렇다면 희진씨, 지금은 어떤 감정인가요?"

희진은 유경의 질문에 절망과 다른 감정을 찾기 시작했다. 그녀는 차마 똑같은 단어를 사용할 수가 없었다. 왜냐하면 과거와 지금은 분명히 달라야 한다고 생각하기 때문이다.

"실망이요."

유경은 앞서 했던 질문처럼 실망이 어떤 의미냐고 물었다.

"하고 싶은 것과 가지고 싶은 것을 이제는 모두 할 수 있게 되었지만, 그래도 바라는 대로 되지 않는다는 의미요."

유경은 희진에게 바라는 것이 무엇이냐고 물었다. 희진은 여전히 돈이라고 했다. 남편이 돈을 더 벌어오거나, 시댁으로부터 유산을 빨리 받는 것이라고 말했다. 희진은 자신이 바라는 것이 돈이라는 사실을 끊임없이 말하고 있다는 것을 비로소 알아차렸다.

모래시계가 흘러내리는 한 시간 동안 희진이 수없이 많은 감정을 만나는 것을 유경은 지켜보았다. 유경은 희진에게 오늘 상담이 어땠는지 소감을 물었다.

"오늘, 잊고 있었던 것들을 많이 생각했어요. 뭐라고 설명할 수 없이 복잡하고 그러네요."

희진의 소감에 유경은 앞으로도 희진이 스스로 솔직해지기 전까지는 이 혼란스러운 다양한 감정들이 계속될 것이라고 생각했다. 사람들은 누구나 자신에게 솔직해질 때 비로소 자유로워질 수 있기 때문이다.

희진은 유경과의 상담을 꾸준히 이어나갔다. 그녀는 집으로부터 받는 각종 스트레스를 유경과의 상담을 통해서 조금씩 해소할 수 있었다. 희진은 남편이 경제적으로 자립할 수 있는 능력이 없다는 사실과 자신을 향한 남편의 마음을 자신이 바꿀 수 없다는 사실을 조금씩 이해했다. 희진은 여전히 돈에 집착했지만, 남편이 자신의 욕구를 채워줄 수 없다는 것을 조금씩 받아들이게 되었다.

그러던 어느 날 희진이 얼굴을 반쯤 가리는 커다란 선글라스를 쓰고 상담실로 들어섰다. 자리에 앉은 희진은 선글라스를 쓴 채 인사를 건넸다. 유경은 선글라스를 벗지 않는 희진을 보며 의아하게 생각되어 농담을 건넸다.

"잘 지내셨어요? 희진씨, 혹시 눈에 다래끼라도 나신 거 아니죠?"

희진은 당황하면서 선글라스를 계속 만지작거렸다.

"네, 눈이 좀 불편해서요."

희진은 무엇인가를 주저하는 듯 계속 선글라스를 만지작거리다 천천히 선글라스를 벗었다. 그 순간 유경은 크게 놀랐다. 희진의 오른쪽 눈 주변, 광대뼈 부분에 시퍼렇게 멍이 들어 있었기 때문이다.

"희진씨 무슨 일이 있으셨어요?"

유경은 희진에게서 뜻밖의 이야기를 듣게 되었다. 희진은 꽤 오래전부터 남편의 폭언과 폭력을 견디며 지냈다. 희진은 처음에는 남편이 자신에게 하는 행동이 나쁜 술버릇 때문이라고 생각했다. 술을 마시지 않은 날에는 그러지 않았기에 술 때문이라고 생각해온 것이다. 하지만 시간이 지날수록 그 강도가 더 심해지고, 점점 횟수가 늘어났다. 희진의 남편은 폭력을 행사한 다음 날에는 어김없이 명품이나 고가의 선물, 돈을 희진에게 주었다. 물품을 받은 희진은 그래도 남편이 자신을 사랑하는 것이라고 스스로를 세뇌했다. 문제는 둘 사이에 이런 일이 반복되자 남편은 선물이나 돈을 주면서 자신의 폭력에 대한 죄책감을 씻어버렸다. 희진은 유경에게 남편으로부터 폭력을 당해왔던 사실과 그 대가로 명품과 돈을 받아왔다는 둘 사이의 행동들을 그동안의 상담에서는 말하지 않았다. 희진은 남편이 폭력을 휘두르고 난 뒤에 제공하는 금전적인 대가가 곧 용서를 구하는 행동으로 착각하며 지낸 것이다. 그녀는 부부 사이에 이 정도의 갈등은 있을 수 있고, 다른 부부들도 모두 겪지만 자신처럼 창피함 때문에 말하지 못하고 숨기는 것이라고 생각했다.

희진의 이야기를 들은 유경은 그녀가 폭력 속에서 계속 결혼생활을 유지하려는 마음과 그런 선택을 할 수밖에 없는 상황이 그대로 느껴져 같은 여자로서 가슴이 미어지는 것 같았다. 하지만 희진이 점차 자신의 상황을 객관적으로 보기 시작하면서 앞으로 삶의 방향을 제대로 잡게 될 것이라고 생각했다. 유경은 희진이 견뎌온 시간을 그녀의 입장이 되어 이해하고자 조심스럽게 이야기를 이어나갔다.

"희진씨, 남편에게 받은 그 명품들을 보면 어떤 감정이 떠오르나요?"

유경은 희진에게 남편의 사랑이 그 명품들 속에 담겨 있는지를 물었다. 희진은 대답하지 못했다. 한 번도 생각해보지 않았기 때문이다. 유경의 질문에 희진은 순간 남편이 그것들을 선물하기 전에 어떤 말을 했고, 어떻게 폭력을 행사했는지에 대한 장면이 떠올랐다. 매 맞는 자신과 모욕적인 말을 들으며 괴로워하는 자신의 모습이 보였다. 유경과 희진 사이에 정적이 흘렀다.

희진은 설명할 수 없는 혼란스러움을 느꼈다. 그리고 자신의 몸을 휘감고 있는 고가의 명품들을 하나씩 들여다보았다.

그것은 남편의 폭력을 참고 살고 있는 대가들이었다. 희진은 성매매를 하는 이들과 자신이 다를 것이 없다는 생각까지 들어 소름이 끼쳤다. 순간 당장이라도 옷들을 다 찢어버리고 싶은 충동이 일었다. 그러나 자신을 방어하기 위한 어떤 합리적인 변명을 찾고 싶었고, 남편이 술을 마시지 않으면 그러지 않았다는 나름의 이유를 찾아냈다.

"선생님, 남편이 술을 마셔서 그랬어요. 술을 마시지 않으면 저에게 그러지 않아요."

희진은 매 맞는 아내들이 자신은 폭력의 희생양이 아니라는 것을 증명하려고 할 때 하는 변명을 똑같이 내세웠다. 희진은 자신이 선택한 결혼생활이 실패라는 사실을 받아들일 수가 없었다.

술 때문이라는 이야기를 하는 희진을 바라보며 유경은 아무 말도 하지 않았다. 이어서 유경은 지금 희진이 어떤 생각과 감정이 드는지를 물었다. 그러나 희진은 한참 동안 대답하지 못했다. 유경은 희진이 건네는 침묵의 답변에 함께 침묵했다. 이윽고 희진이 입을 열었다.

"정말 믿어지지가 않아요. 지금 이 모든 것들이요."

희진의 말은 내담자들이 자신이 믿고 있었던 진실, 신념들이 깨졌을 때 내뱉는 말이었다. 유경은 내담자들이 자신의 왜곡된 신념들을 재정의하는 과정을 수없이 보았다. 희진도 이제 그 과정의 첫발을 내딛게 된 것이다.

"어떤 점이 믿어지지 않나요?"

혼란스러움에 빠져 있는 희진의 마음을 다독이며 유경은 희진이 말한 믿어지지 않는 것이 무엇인지를 물었다.

"제가 가정폭력의 피해자라는 사실이요. 남편은 내가 얼마나 돈에 집착하는지를 알기 때문에 돈으로 자신의 폭력을 무마했던 거예요. 왜 요즘 한창 난리 난 가스라이팅 있죠. 생각해보니 저는 지금까지 가스라이팅을 당해온 거 같아요."

희진은 마침내 자신의 돈에 대한 집착이 자신의 삶에서 많은 것들을 잘못 선택하도록 했음을 인지하기 시작했다. 희진은 현재 비극적인 영화 속의 불행한 삶을 살고 있는 여주인공이나 마찬가지였다. 유경은 희진의 앞으로의 삶이 해피엔딩으로 끝나기 위해서는 그녀가 올바른 선택을 하고 그에 따른 책임을 지는 것이 중요하다고 생각했다.

유경은 희진이 가정폭력을 당해온 것을 알게 된 이상, 그녀의 안전에 대해서 경계를 세울 수밖에 없었다. 유경은 희진에게 남편이 술을 마시고 돌아오는 날에는 집에 있지 않기를 권했다. 필요하면 경찰의 도움을 받도록 안내하면서 더불어 가정폭력 신고 절차도 알려주었다. 유경의 이야기에 희진은 신고를 하더라도 지금이 아니라며 당장 신고할 생각이 전혀 없다고 말했다.

유경이 상담을 진행해오면서 인지한 사실은 가정폭력과 같은 위기에 노출된 내담자들은 보호를 받아야 하는 상황임에도 대부분 처음에는 보호 절차를 거부한다는 것이다. 내담자의 안전에 있어서 상담사가 개입하려면 내담자를 설득하는 데 오랜 시간이 필요했다. 내담자들은 대부분 자신의 안전에 대해 경제적, 정신적으로 전혀 준비가 되어 있지 않은 상태여서 안전 문제를 거론하면 상담을 중단하거나 연락을 하지 않는 내담자도 많았다. 그런 상태에서는 상담사의 개입이 오히려 내담자를 위험으로 내모는 것이나 마찬가지다. 혼자가 된 내담자는 이후의 과정들을 전부 혼자서 견뎌내야 하며, 가정폭력의 경우 많은 경우 이혼으로 연결된다. 그래서 준비가 되지 않은 여성은 경제적인 부담까지 떠안게 된다.

희진도 마찬가지였다. 유경은 앞으로 상담하는 동안 희진이 남편에게 폭력을 당했다는 사실을 알게 된다면 즉각 신고하겠다고 희진에게 설명했다. 희진은 유경이 어떤 의미로 말하는지 잘 알고 있었지만, 지금은 아무런 대책이 없는 상황이었다. 희진은 남편에게 폭력을 당했지만, 현재 그것을 증명할 만한 어떤 증거자료도 없었다. 또한 그 대가성으로 물품이나 돈을 받았다. 돈 많고 영악한 시대 식구들을 어설프게 건드리면 오히려 자신이 불리해질 것임을 희진은 분명히 알고 있었다. 그녀는 아무런 준비도 없이 움직이는 것은 오히려 악수를 두는 것이라고 생각했다.

희진은 유경의 이야기에 남편에게 폭력을 당하는 상황을 적극적으로 피하겠다고 약속했다. 그리고 가정폭력과 관련된 시설들에 연락해서 도움받을 방법도 문의하고 준비를 하겠다고 말했다. 유경은 희진의 가정폭력을 알게 된 이상 그녀를 계속 폭력에 희생되게 할 수는 없었지만 희진은 계속 강경한 태도를 보였다. 희진이 상담실을 나간 뒤 유경은 희진의 맹목적인 돈에 대한 집착이 사랑을 잃고, 자신의 가치를 놓아버린 반작용을 만들어냈다고 생각했다.

그러나 모든 것은 동전의 앞뒷면처럼 명과 암이 함께 존재한다. 희진은 비로소 자신의 상황을 깨닫고 희망을 향해 나아가려고 하고 있었다. 희진과의 상담은 이제 그녀의 안정된 독립을 준비하는 과정을 목표로 다음 단계로 향하고 있다고 유경은 생각했다. 유경은 희진이 종속이 아닌 독립과 자아를 찾아가는 과정으로 나아가도록 최대한 돕겠다고 결심했다.

유경 앞에 앉은 희진은 9개월 전 처음 만났을 때와 많이 달라져 있었다. 머리에서 발끝까지 명품으로 한껏 차려입던 그녀의 모습은 이제는 마치 무거운 짐을 벗어버린 것처럼 옷차림도 소박하고 간소해져 그녀의 몸에서 명품은 찾아볼 수가 없었다.

"한 달 만에 뵙네요. 그동안 잘 지내셨어요?"

희진은 약간 흥분된 목소리로 대답했다.

"선생님, 저 제과제빵 자격증 시험 합격했어요."

"오, 정말 축하드려요."

유경은 자신의 일처럼 크게 기뻐하며 작게 박수를 쳤다. 유경이 희진을 처음 만났을 때 희진은 오로지 돈이라는 목적을 따라서 자신의 삶을 선택했다. 그러나 상담을 하면서 큰 변화가 일어나 자신이 하고 싶은 일들과 자신이 잘하는 일들을 찾아서 독립적인 자신의 삶을 선택하기 시작했다. 그 선택으로 디저트 카페를 차리겠다는 목표를 세우고 제과제빵 학원을 등록했고 몇 개월 과정을 마치고 자격증까지 취득했다. 이것은 매 맞는 아내의 지옥에서 탈출하기 위한 첫 번째 계획이었다.

희진이 처음 학원을 등록하겠다고 했을 때 그녀의 남편은 비웃었다. 한껏 치장하고, 비싼 곳에서 분위기를 즐기던 희진이 직접 빵을 만드는 것을 배우겠다는 것이 너무 어울리지 않았기 때문이다. 그러나 희진은 자신의 삶을 찾겠다는 명확한 목표가 있었기 때문에 최선을 다해서 학원 수업에 임했다. 또 이후에 카페를 차릴 것을 염두에 두고 자신이 만든 빵들의 사진을 인스타에 올리고, 유튜브 계정을 만들어 디저트를 만드는 과정을 영상으로 찍는 등 적극적으로 활동했다. 평소에 값비싸고 좋은 곳에 가서 많이 먹어본 덕분에 그녀의 데코레이션은 센스가 넘쳐 반응이 뜨거웠고 높은 조회수와 구독자 수를 기록하기 시작했다.

사람들의 뜨거운 반응과 호응은 다시 그녀에게 지속할 수 있는 원동력이 되었다. 희진은 이 과정을 통해 돈으로도 살 수 없는 성취감을 느끼기 시작했고, 삶에서 돈이 주지 못하는 가치와 만족감을 느꼈다. 희진은 개인적으로는 성장하고 있었지만, 남편의 폭력과 시댁의 냉대는 지속되었기에 결혼생활은 여전히 불행했다. 그러나 자신의 삶을 쌓아갈수록 이전에는 인정하고 싶지 않고 받아들이지 못했던 자신의 실수와 문제점을 명료하게 파악할 수 있었다. 그녀는 자신을 불행하게 한 것은 남편이나 시댁이 아니라 자신의 선택임을 깊이 깨닫게 되었다.

자기 삶에 대한 책임감을 갖게 되면서 희진은 남편의 폭력에 대해 이전과는 달리 대처하기 시작했다. 희진은 지난주에 있었던 일을 유경에게 말했다.

"선생님, 저는 이제 더 이상 예전의 제가 아니에요. 지난주 남편이 술을 마시고 들어와서 또 손찌검을 하려고 하더라구요. 저는 곧바로 준비해둔 가방을 들고 호텔로 가서 잤어요. 그리고 다음 날 집으로 갔어요. 남편은 거실에 앉아서 저를 기다리고 있었어요. 저를 보자 제정신이냐고 화를 내더라구요. 그러면서 한쪽에 신상 샤넬백을 준비해놨더라구요. 저는 솔직히 역겨움을 느꼈어요. 여전히 저를 노예 취급하는 것을 보면서요. 그래서 말해줬죠. 만약 앞으로 당신이 날 때리려고 하면 무조건 경찰에 신고할 거야 라고요."

"희진씨, 쉽지 않으셨을 텐데 위기 상황에서 자신을 잘 보호하셨네요."

유진은 당당하게 자신을 보호하는 희진의 행동에 대해 칭찬의 말을 건넸다.

"사실 속으로는 무섭고 떨렸지만, 한편으로 정말 가슴이 뻥뚫리는 느낌이었어요. 왜 지금까지 이 말을 못했을까 라는 생각이 들었어요. 그러자 남편이 정말 마치 귀신이라도 본 듯한 표정으로 놀라서 쳐다보더라구요. 그래서 제가 다시 한 번 못을 박았어요. 만약에 당신이 다시 나를 때리면 그 자리에서 경찰에 신고할 거니까 명심하라고요."

희진이 가정폭력의 피해자라는 사실을 알게 된 뒤부터 유경은 희진에게 스스로를 보호하는 방법을 준비하도록 했다. 희진이 선택한 방법은 남편이 때리려는 시도를 하거나 그런 낌새가 조금이라도 보이면 무조건 피하는 것이었다. 그 방법을 통해 남편의 폭력을 피할 수 있어 큰 문제가 벌어진 적은 없었다. 하지만 희진은 매번 피하는 방법으로는 결국 한계가 있음을 알게 되었다. 남편으로부터의 폭력 피해를 줄일 수 있으나 매번 집 밖으로 도망가는 것을 지속하기는 어렵다는 것을 알게 된 것이다. 그래서 두 사람이 다음으로 선택한 방법은 적극적으로 상대에게 자신을 함부로 대하지 못하도록 명확하게 의사를 전달하는 것이었다. 유경은 적극적인 방법으로 대응하겠다는 희진의 의사를 남편에게 분명하게 밝혀야 한다고 조언했다. 그리고 무엇보다도 희진이 남편의 폭력 때문에 큰 고통을 받고 있다는 것을 남편에게 알려야 한다고 당부했다.

"왜 이제야 알게 되었을까요, 선생님?"

"희진씨가 미리 알았으면 한 것은 무엇인가요?"

자신의 선택에 대한 후회는 살면서 누구나 경험하게 된다. 하지만 그 후회마저도 책임을 지는 것이 바로 어른이 되어가는 과정이다.

"전부 다요. 남편을 선택한 것, 남편이 저를 함부로 대하도록 한 것, 지금까지 제가 아무런 대응도 하지 않은 것, 시댁이 나를 마구 무시하도록 한 것, 어느 것 하나 후회되지 않는 것이 없어요."

희진은 크게 한숨을 내쉰 뒤 말을 이었다.

"이 모든 것이 제가 돈이 전부라고 생각하며 살아온 결과라는 것을 이제야 알게 된 것도요. 좀 더 일찍 깨달았다면 빨리 제가 제대로 살지 않았을까요?"

"희진씨, 지금까지의 삶이 후회된다면 앞으로 후회하지 않으려면 어떻게 해야 할까요?"

"과거처럼 살지 않는 것이요."

희진은 상담을 받기 전 자신의 모습으로 다시는 돌아가고 싶지 않았다. 유경의 질문은 희진에게 앞으로 어떻게 살아가야 할지에 대한 나침반이 되어주었다.

"과거처럼 살지 않고 어떻게 살고 싶으세요?"

희진에게 지금까지는 지난 과거일 뿐이다. 바꿀 수 없는 것들을 붙잡고 후회하면서 살면 또다시 후회할 날들이 쌓일 뿐이다. 지금, 오늘도 내일이면 과거가 되기에 지금 현재 후회가 남지 않을 것들을 선택하고 책임지면 되는 것이라는 사실을 유경은 희진에게 알려줄 필요가 있었다.

"누군가에게 의존해서, 정확하게는 남편 집안의 돈에 기대서 살고 싶지 않아요. 저만의 빵 레시피로 레스토랑, 아니 처음부터 크게 시작할 수 없으니 작은 카페를 운영하고 싶어요. 그리고 더 이상 매 맞는 아내로 살고 싶지도 않아요."

"희진씨의 삶에 대한 중요한 가치와 의미가 많이 변한 거 같아요."

그동안 희진은 돈만 있으면 모든 것이 해결될 수 있다고 생각하며 살았다. 하지만 남들은 쉽게 가지 못하는 비싼 레스토랑, 호텔 등을 다녀도 늘 허기가 지고 마음이 고팠다. 먹어도 먹어도 배가 부르지 않았고, 오히려 더 비싼 것으로 채우고자 하는 욕망만 커졌다.

"제가 진짜 원하는 것은 돈이 아니었어요. 돈을 쓸 때 주는 사람들의 관심이었죠. 하지만 상담을 통해 제 삶을 살게 된 뒤로 타인으로부터 위로와 신뢰를 받는 경험을 했어요. 그래서 알게 됐죠. 제가 저를 믿지 못하다보니 저 자신이 아닌 돈을, 그리고 돈을 가진 사람들에게 의존했다는 것을요."

희진은 긴 상담 과정을 거치며 스스로에 대한 믿음을 키워갔다. 그리고 그녀에게는 자신이 선택한 것들을 실행하고 거기에서 결과를 얻는 경험들이 차곡차곡 쌓여갔다. 그 단단한 씨앗이 하나하나 싹을 틔우며 그녀에게 변화들을 가져왔다. 예전의 희진은 자신이 밀가루 반죽을 빚으면서 빵을 구울 것이라고 상상도 하지 못했다. 하지만 이제 그녀는 앞치마를 매고, 하얀 밀가루를 손으로 빚으면서 자신이 원하는 대로 빵을 만들고 있다.

"제가 원하는 빵을 만드는 것처럼 이제 제 삶도 제가 원하는 대로 만들어지지 않을까요?"

유경은 희진이 빵을 만들면서 그녀가 삶을 스스로 만드는 연습을 하는 것이라고 생각했다. 어느덧 약속된 한 시간의 상담시간이 다 되어갔다. 유경은 혹시 또 발생할 수 있는 위기상황인 남편의 폭력에 대해서 어떻게 대비할 것인지 희진에게 물었다. 희진은 단호하고 간결하게 말했다.

"선생님, 남편이 다시는 저를 때리지 못하도록 할 거예요. 지금까지 제가 저를 보호한다는 이유로 피하기만 했지만 이제는 남편이 저를 때린다면 곧바로 경찰에 신고할 거예요."

희진은 자신에게 주어진 어려운 문제를 어떻게 해결할지 결정했다. 자신의 선택과 결정에 책임질 수 있는 사람은 스스로에 대한 신뢰가 높은 사람이다. 희진의 단호한 모습은 희진이 얼마나 단단하고 성숙해졌는지를 그대로 보여주는 대단한 변화였다. 유경은 희진의 이야기를 이해했다는 의미로 고개를 끄덕였다. 희진이 지금처럼 자신을 믿고, 자신의 삶에 중요한 결정을 내리기까지는 기나긴 여정이었다.

오전 일찍 출근한 유경은 희진과 있을 오후의 상담을 준비하며 그동안의 상담기록을 다시 읽는 중이었다. 긴 시간 동안 진행된 희진의 상담 중에서 특히 유경에게 유독 생생하게 떠올랐던 상담일이 있었다. 이날의 상담 이후로 희진에게 큰 변화의 바람이 불었다.

한번은 희진이 급히 상담실로 들어서며 자리에 앉았다. 희진은 가쁜 숨을 내쉬며 쿵쾅대는 심장을 진정시키려고 눈을 감고 심호흡을 했다.

"희진씨, 괜찮으세요?"

유경의 물음에 희진은 빨리 유경을 만나고 싶어서 걸음을 서둘렀다고 말했다. 그리고 숨이 차도록 달려온 이유를 털어놓기 시작했다.

"선생님, 제가 남편을 신고했어요."

"신고라면⋯."

"선생님도 아시죠? 제가 남편에게 경고하고 난 뒤에는 남편이 저를 때린 적이 없었어요. 제가 바빠지니 자연스럽게 남편과 마주할 일이 줄었고, 또 별로 남편에게 신경을 쓰지 않았고요. 어제 남편이 술에 취해 집으로 돌아와서는 예전처럼 저에게 하더라고요."

유경은 이런 일이 더 이상 생기지 않기를 마음속으로 바랐지만, 폭력가정의 경우 남편의 폭력은 한 번 시작되면 쉽게 멈추지 않는 것을 유경은 많이 보아왔다. 희진의 말대로 그녀의 강경한 경고 이후로 희진의 남편은 한동안 술을 마시고 와서도 폭력을 행사하는 일이 없었다. 하지만 희진의 남편은 아내를 때린 사실에 대해서 잘못을 뉘우친 것이 아니었기에 그것은 소강상태일 뿐이었다. 그래서 다시 폭력이 시작된 것이다.

"신고 후 몇 분 되지 않아서 집으로 경찰분들이 오셨어요. 경찰이 와서 조사가 시작되니 술에 취한 남편이 술이 확 깨는 거 같았어요. 제가 정말 신고할 줄은 몰랐던 거죠."

"희진씨는 괜찮았나요?"

"네, 선생님. 여자 경찰관이 저에게 와서 제 보호를 위해서 말씀을 해주셨어요. 필요하면 병원을 데려다주겠다고 했어요. 그래서 심한 상처가 아닌데 어떻게 할까 고민하다가 경찰차로 병원에 가서 간단하게 진료를 받았어요. 그리고 저는 그냥 호텔로 가서 자겠다고 했구요."

긴박했던 지난밤의 사건을 희진은 덤덤하게 말했다.

"희진씨, 크게 다치신 게 아니어서 다행이에요. 어제와 같은 일이 일어나지 않기를 바랐셨을 텐데 신고해서 희진씨가 매우 힘들었겠어요."

유경은 혼자서 고생한 희진을 위로했다. 희진 부부는 소통이 전혀 되지 않았다. 유경은 앞으로 두 사람이 함께 살아가기 위해서는 수직적 관계가 아닌 수평적 관계로 부부관계를 다시 세우는 일이 필요하다고 생각했다. 그래서 유경은 상담 시간에 희진이 남편과의 대화를 시도하는 방법을 함께 연습했다. 하지만 희진의 실제적인 노력에도 희진의 남편은 그녀의 이야기를 듣지 않으려고 했고, 그녀가 하는 도전들을 비아냥거리고 무시했다.

또한 유경이 희진의 남편이 부부상담에 참여하도록 제안했지만, 희진의 남편은 희진에게 말도 안 되는 소리를 하지 말라며 일언지하에 거절했다. 그는 희진을 배우자가 아닌 아랫사람처럼 대했기에 희진의 변화를 원치 않았다. 희진이 자신에게 종속되어 있어야 자신이 마음대로 할 수 있기 때문이다. 그래서 부부상담은 더더욱 원치 않았다.

유경은 이 과정을 지켜보았기에 희진이 신고를 한 것은 결코 쉽지 않은 일임을 잘 알고 있었다. 유경이 희진에게 신고를 실행한 이유에 대해 묻자 희진은 비웃는 표정을 띠면서 대답했다.

"선생님, 남편이 경찰 앞에서는요 아무 말도 못 했어요. 제 앞에서는 그렇게 강한 척하던 사람이 마치 사자 앞의 쥐처럼 얼마나 벌벌 떨고 주눅이 들었는지 몰라요. 그 꼴이 얼마나 우습던지 정말 한심하더라구요."

희진은 예전처럼 남편에게 순종하는 삶도, 돈만 좇는 삶도 더 이상 원하지 않았다. 그래서 남편이 변하기를 간절히 고대하고 관계 개선을 위해 노력했다. 그러나 그녀의 남편은 전혀 변화가 없었고, 또 변화를 원하지 않았다. 희진은 마침내 남편이 개선할 마음이 전혀 없음을 깨닫고 자신이 그를 바꿀 수 없다는 사실을 받아들였다. 이후 희진은 자신을 찾는 일에 집중했다. 그리고 유경은 항상 상담 마무리에는 희진 스스로 위기 상황을 대비하는 것을 잊지 않도록 상기시켜주었다.

"마음속으로 계속 다짐했어요. 더 이상은 도망가지 않겠다. 남편이 날 때리면 곧바로 신고하자. 매일 되뇌었어요. 그래서인지 신고하는 것은 어렵지 않았어요."

"그날 남편분은 어떻게 되었나요?"

유경은 신고를 당한 희진의 남편이 아무 일 없었던 것처럼 그냥 지나갈 리가 없을 거라고 생각했다. 그는 어떻게 해서든지 신고를 한 희진에게 화풀이를 할 것이라고 짐작했다. 지금까지 가정폭력을 행사하는 남편들이 신고를 당하면 아내에게 곱절의 분풀이를 하는 경우를 많이 보아왔기 때문이다.

"남편이 술 취한 상태라서 당일에는 간략하게 조사를 했어요. 제가 경찰에 신고를 했고, 현장으로 경찰이 왔기에 남편은 경찰서로 가서 조사를 받아야 했어요. 제가 신고 취하를 하지 않으면 조사를 잘 마쳐야 한다고 하더라구요."

"희진씨, 앞으로 경찰분이 여러 차례 연락을 해올 거예요.

희진씨가 받을 수 있는 보호조치에 대해서 자세하게 안내해 줄 거고요. 필요한 것들을 다 받도록 하세요."

유경의 이야기가 끝나자 희진의 핸드폰 진동음이 울렸다. 유경은 희진에게 경찰일지 모르니 확인을 해보라고 했다. 희진이 휴대폰을 꺼내서 발신처를 확인해보자 경찰이 아닌 그녀의 시어머니에게서 온 전화였다.

"남편이 제가 경찰에 신고했다고 시어머니에게 말했나 보네요."

희진이 전화를 받지 않자 진동음이 끊어졌다가 다시 울렸다. 희진은 핸드백 속으로 핸드폰을 던져넣었지만, 진동음은 계속 이어졌다.

"희진씨 혼자서 감당할 게 많아졌네요."

"선생님, 이미 예상했던 것들이잖아요. 제가 신고하면 어떤 일들이 생길지요."

희진은 한숨을 크게 내쉬며 유경을 향해서 쓴웃음을 지어 보였다. 희진이 신고를 하면 남편과 시댁 식구들의 강력한 대응은 이미 예정된 수순이었다.

"이혼할 생각으로 신고한 거예요."

유경은 희진에게서 이혼이라는 단어를 이때 처음으로 들었다. 희진은 지금까지 참은 것이 아까워 어떻게든 버텨서 돈으로 보상을 받겠다고 말했었다. 그래서 그녀가 돈으로 보상을 받기 위해서라면 남편을 신고하지 않았어야 했다. 그녀의 신고는 사실상 결혼생활의 끝을 의미하는 것이나 마찬가지였다. 그래서 희진이 이혼이라는 말을 했을 때 지금까지 희진의 결혼생활을 보아온 유경은 다른 부부들과는 달리 이혼을 하는 것이 희진에게 더 나은 선택이라고 생각했다. 폭력은 중독성을 갖고 있어 쉽게 고칠 수 있는 것이 아니다. 그러나 유경은 자신의 생각이 희진의 나아가는 방향에 어떤 영향을 끼치지 않게 하기 위해 최대한 객관적으로 말했다.

"이혼을 결정하셨다니, 희진씨께서 그 전과는 다른 선택을 고려하셨네요."

"선생님, 이혼에 대한 생각과 마음은 늘 마음속에 있었지만, 너무 두렵고 무서웠어요. 경제적으로 가장 두려웠거든요. 하지만 상담을 시작하고부터 무엇이 잘못되었는지를 알게 되면서 마음의 준비를 조금씩 했어요. 이젠 이 결혼을 지속해야 할 이유가 없다는 걸 확실하게 알게 됐어요."

희진의 이야기에 유경은 마음속으로 그녀의 앞길을 기대하면서도 한편으로 그녀가 겪어야 할 많은 난관이 예상되어 걱정이 되었다.

"희진씨, 당장 오늘은 어떻게 하실 생각이세요?"

"경찰서를 방문해서 남편과 시댁 식구들의 접근금지 신청을 하려고요. 사실, 예전의 상담 이후로 남편이 저를 폭행하고 나면 병원 진료를 받아서 증거도 충분히 모아놨어요."

희진은 자신의 결혼생활이 잘못되었다는 사실을 인지한 이후 이혼변호사 사무실을 찾아가서 상담을 받은 뒤 이혼 소송을 위한 자료를 준비해놓고 있었다. 그 자료들에는 시댁으로부터 온 문자들, 시부모님에게서 들었던 모욕적인 비난들에 대한 통화 녹음, 남편의 화풀이와 모독적인 말에 대한 녹음 파일들, 상처 치료를 위한 병원 진료기록, 정신과 약을 먹은 진료기록들이 포함되었다. 희진은 그 증거들이 쌓여갈수록 자신이 이 결혼을 유지할 이유가 전혀 없음을 확실히 알게 되었다.

"남편을 신고하는 것보다 이 증거자료를 모으는 과정이 저는 더 괴롭고 힘들었어요. 제 자신이 너무 비참했거든요."

"희진씨에게 결코 쉽지 않은 과정이죠."

"내가 남편에게 이런 이야기를 듣고 사는구나. 이 집 식구들은 나를 가족으로 보지 않는데 나는 그런 줄도 모르고 돈만 생각하고 명품이나 밝혔으니깐요. 그런 제가 얼마나 비굴하게 느껴졌는지 몰라요."

희진은 유경의 예상보다 더 빠르게 자신의 잘못된 선택들을 바로잡고자 노력했다. 처음 상담실을 찾았을 때의 희진은 삶에서 길을 잃고 헤매며 살아도 죽은 것과 같은 삶을 살았지만, 지금의 희진은 자신이 원하는 목적지에 가는 방법들을 찾았고, 또 목표에 도달하기 위해서 준비를 마친 상태다. 이제 희진에게는 이혼을 잘 마무리하고 진정한 자신을 찾는 길에 안착하는 과정이 남아 있었다.

✦ ✦ ✦

마지막 상담날, 희진이 유경의 상담실로 들어섰다.

"선생님, 안녕하세요."

희진은 밝은 목소리로 유경을 향해 인사를 건넸다.

"잘 지내셨어요? 2주 만에 뵙네요. 희진씨."

희진은 지난 몇 개월간 악몽같은 시간을 보냈다. 그녀는 험난한 이혼과정을 사전에 예상했음에도 실상은 더 고통스러워 시간이 빠르게 흘러가기를 간절하게 바랐다. 남편을 신고하고 난 뒤 조사가 시작되자 남편과 시댁 식구들은 온갖 방법을 동원해 희진을 괴롭혔다. 희진은 유경에게 말한 대로 남편에 대한 접근금지를 신청했고 이혼도 동시에 진행했다. 증거자료를 모으고 이혼에 대한 마음의 준비도 했던 희진이었지만 이혼과정에서 스트레스를 심하게 받았다. 수면도 불규칙해지고 식사도 제대로 하지 못할 정도로 희진은 극도의 불안 상태를 경험했다. 마치 태풍 한가운데 있는 것처럼 느껴졌고, 힘 있는 시댁 식구들에 비해 자신이 얼마나 약한 존재인지를 확인하는 시간이었다. 그 기간 동안 유경은 희진이 무너지지 않도록 주 1회 진행했던 상담 시간을 늘려서 2회씩 상담을 하면서 강한 태풍에도 무너지지 않도록 도왔다.

"선생님, 저 디저트 카페를 낼 매장 임대 계약했어요. 이혼하면서 받은 약간의 위자료와 은행대출금으로 작게 시작하려고요. 그리고 여태까지 모은 명품들을 모두 팔았는데, 이번에 크게 보탬이 되었네요."

"정말 축하드려요. 오픈 예정일은 언제인가요?"

"매장 공사는 2주면 끝날 거 같아요. 하지만 돈을 절약하기 위해서 매장 꾸밀 소품이랑 베이커리와 커피 관련된 기구들은 제가 발로 뛰면서 사야 할 거 같아요. 기계는 중고로 알아보고 있어요."

"희진씨, 준비할 게 많겠어요. 다시 시작하는데 기분이 어떠세요?"

"신기하기도 하고, 떨리기도 하고, 제가 잘할 수 있을까 걱정이 되기도 해요."

희진이 이혼을 하기까지는 5개월이 걸렸다. 희진의 부부가 이혼을 협의하는 과정에서 서로의 갈등이 극에 달했다. 시댁과 전남편은 치졸하기 짝이 없었고 그야말로 진흙탕 싸움이었다. 희진 부부 두 사람 명의로 된 재산은 아무것도 없었고, 모두 시부모님의 재산이었다. 이미 이혼 경험이 있는 남편은 이혼과정을 잘 알고 있었다. 결혼 파경의 유책은 희진 남편에게 있다는 것이 인정되었다. 희진은 변호사와 상의해서 남편에게 3억 원의 위자료를 요구했다. 한 푼도 줄 생각이 없었던 희진의 시댁에서는 어떻게든 위자료를 주지 않으려고 했다. 희진의 남편은 그 전 이혼에서도 변호사의 도움을 받아 위자료를 한 푼도 지급하지 않고 협의 이혼을 했었다. 희진이 민, 형사 소송도 불사하겠다고 강경하게 나가자 남편측은 희진이 모은 증거가 명백해서 소송이 시작되면 자신들이 불리하다는 것을 인지해 희진이 원하는 대로 협의 이혼을 하고 위자료를 주었다.

희진은 사실 협의 과정에서 위자료도 포기하고 모든 것을 빨리 끝내고 싶은 마음이 간절했다. 하루빨리 남편과 시댁이라는 지옥을 벗어나는 것이 목표였기 때문이다. 결혼에서 이혼까지 수많은 시간이 종이 한 장으로 끝이 나자 희진은 한동안 상담, 정확하게 말하자면 유경을 만나는 것 외에는 아무런 외부 활동도 하지 못했다. 유경은 희진이 감당해야 할 힘들고 슬픈 시간을 함께하며 그녀가 포기하지 않도록 지켜봐 주었다. 어느 정도 시간이 흐르자 희진은 마침내 일상을 회복하고 삶을 다시 시작했고, 유경은 그런 희진의 모습을 보며 누구보다 기뻐했다.

"희진씨, 지금까지 긴 여정이었죠?"

"감사합니다, 선생님. 제가 다시 일어설 수 있도록 도와주셔서요. 선생님이 아니었다면 여기까지 못 왔을 것 같아요. 정말 지나간 시간들이 그냥 꿈 같아요."

"저는 희진씨 베이커리 샵이 기대가 되는데요. 이제부터 정말 희진씨의 삶을 사시는 거예요. 기분이 어떠세요?"

"지옥을 벗어났다는 점에서 마치 꿈을 꾸는 거 같으면서도, 솔직히 많이 두려워요. 구멍가게 같은 작은 디저트 카페여도 사업은 사업이니 감당해야 할 것도 많고 망하지 않고 오래오래 해야 하니까요. 저 한 푼이라도 아끼려고 부모님집에 다시 들어 갔어요. 그리고 빨리 돈을 벌어 엄마 아빠 생활비도 드리고, 또 빚 갚는 데 도움도 드려야죠. 지금까지 정말 자식 노릇을 제대로 못했어요. 제 몸 하나 살아가기가 너무 힘들어서요."

"큰일을 겪으면서 희진씨는 내면적으로 많이 단단해지셨으니 앞으로 사업도 잘 해낼 거라고 믿어요. 그리고 또 자신의 재능을 발견해서 자신의 길을 찾았으니 누구보다 열심히 할 게 분명하구요."

"선생님, 감사합니다. 앞으로 또 힘든 일 생기면 선생님께 상담하러 올게요. 많이 도와주실 거죠. 나를 객관적으로 볼 수 있는 것이 곧 내 문제를 해결할 수 있는 길이라는 것을 선생님과 상담하면서 배웠어요. 이제는 무너지지 않기 위해서 어려운 일이 있으면 도움이 될 만한 사람을 찾아서 도움을 받을 거예요."

"희진씨, 물론이죠. 언제라도 연락주세요. 제가 도울 수 있는 일이라면 힘이 닿는 데까지 도와드릴게요."

드라마로 인해 희진과의 상담을 한참 동안 떠올리던 유경은 전화벨 소리에 현실로 돌아왔다. 공교롭게도 희진에게서 오랜

만에 걸려온 전화였다.

"선생님. 너무 오랜만에 연락 드리죠."

"그러네요. 무소식이 희소식이라고 잘 지내신다고 생각하고 있었어요. 어떻게 지내시는지 궁금했어요."

"선생님, 저 결혼할 사람이 생겼어요. 선생님께 알려드리고 싶어서 연락했어요."

"어머나, 희진씨 너무 축하드릴 일인데요. 결혼식은 언제인 가요?"

"사실 이 사람 베이커리 학원에서 만난 사람인데요, 제가 이혼한다는 거 알고 호감을 표시했었어요. 근데 아시잖아요, 저는 결혼생활 하면서 남편한테도 너무 질린 데다 이혼하면서 너무너무 힘들어서 이 사람의 마음을 도저히 받아들일 수가 없었어요. 그때는 무조건 남자를 벗어나 내 삶을 찾아야 한다고 생각했거든요."

"누구보다 잘 알죠. 그 당시 희진씨가 얼마나 힘들었는지요. 그리고 자신의 길을 찾으려고 얼마나 노력하고 애썼는지도요."

"그래서 저는 계속 거리를 두려고 했는데, 카페 개업하면서 혼자 운영하기에는 힘든 부분도 많았고, 또 부모님과 같이 살면서 부모님 부양하는 것도 힘든 점이 많았는데 이 사람이 옆에서 여러 가지로 너무 많이 도와줬어요. 특히 우리 부모님을 자기 부모처럼 챙겨주는 것 보고 제가 마음이 돌아서더라구요. 예전 남편이나 시댁에는 꿈도 꿀 수 없는 일이었거든요. 그렇게 돈이 많은 사람들이 제가 친정집에 한 푼이라도 줄까봐 감시하던 사람들이거든요."

"정말 인연을 만나신 거죠."

"선생님, 정말 그래요. 예전 남편과 시댁은 저를 마치 쓰레기 취급해서 제 자신이 혐오스럽게 느껴지고는 했거든요. 근데 이 사람은 저를 진심으로 아껴주니 제가 제 자신을 소중하게 생각하게 돼요. 이 사람 돈도 배경도 없지만, 저와 우리 부모님을 진심으로 아껴주니 저는 다른 거 하나도 안 부럽더라구요. 마치 다 가진 거 같구요. 이 사람은 초혼인데 저는 초혼도 아니고 해서 결혼식은 안 하고 그냥 혼인신고만 하려고요. 집은 우리 부모님집에서 같이 살기로 했어요."

"와, 이제 희진씨가 삶에서 가장 가치 있는 것들을 찾게 되신 거네요."

"네, 이젠 정말 알겠더라구요. 예전에는 돈이 없으면 불행한 삶인 줄 알았는데, 돈이 많아도 얼마나 지옥일 수 있는지를 경험하고 나니까, 돈보다 더 중요한 거를 찾게 돼요. 그리고 이제 찾은 거 같아서 다행이라는 생각도 들고요."

"여러 가지로 다행이에요. 카페는 잘되시는 거죠?"

"둘이서 열심히 하니까 다행히 우리 둘하고 부모님, 네 식구 먹고살기에는 충분해요. 집의 빚도 열심히 갚고 있어서 빚 다 갚고 돈 좀 더 모아서 넓은 집으로 이사도 가려고요."

"희진씨가 상담 마지막 시간에 힘든 일 생기면 연락하겠다고 했는데 그간 연락이 없어서 잘사시는 거라고 생각하고 있었어요. 더욱이 사랑까지 찾으셨으니 대성공인걸요."

"하하, 선생님과 상담 시작한 이래 하나하나 변화한 결과죠. 삶에서 단추 하나를 잘못 끼우면 그 이후의 삶이 얼마나 어그러질 수 있는지 이제는 알아요. 요즘에는 과거를 돌아보며 빨리 다시 끼운 것만 해도 저는 정말 감사드리고 있어요."

"희진씨는 젊고 창창한 나이이니 수많은 좋은 기회가 올 거예요. 한번 카페 놀러 갈게요. 맛있는 디저트와 커피 주실 거죠?"

"그럼요, 언제나 환영입니다."

"희진씨, 그럼 잘 지내세요."

유경은 희진과의 전화를 끊고 다시 '누가 더 행복한가' 드라마를 이어서 시청했다. 마치 비극의 여주인공 같던 예전의 희진은 이제 더 이상 존재하지 않았다. 유경은 드라마를 보면서 남자의 삶에 종속되어 비극같은 삶을 사는 많은 여성이 희진처럼 어느 순간 자기 자신을 발견해 그 비극같은 삶에서 스스로 벗어나기를 염원했다. 특히 매 맞는 여성들이 폭력을 참고 견디며 낮은 자존감과 우울의 굴레에서 고통받는 삶을 하루빨리 벗어나기를 진심으로 기도했다.

신데렐라가 되고 싶은 남자, 희준

모처럼 마음서고 상담사 10명이 모두 모여 회의를 하고 나서 다과를 먹으며 회의실 텔레비전을 보면서 이야기를 나누고 있었다. 상담사들이 요즘 한창 인기 있는 '나는 돌아온 싱글'이란 프로그램을 보면서 잡담을 나누고 있을 때, 한 남성이 자신의 이상형을 설명했다.

"저는 전문직 여성분을 원합니다. 키는 165센티미터 이상이시면 좋겠고, 센스 있는 분이면 좋겠습니다."

한참 설명을 하고 있는 남자를 보고 유경은 다시 한 번 그를 쳐다보았다. 그는 3년 전 자신과 상담을 했던 김희준이었기 때문이다.

유경은 마시던 차를 내려놓으며 다시 한 번 김희준이 맞는지 확인했다. 3년이 흘렀지만 멀끔한 외모는 여전히 변함이 없었다. 그리고 변함없는 것은 외모만이 아니었다. 유경은 희준이 방송에서 자기소개를 하는 모습에 웃음이 절로 났다. 첫날에 보았던 그 모습과 비슷했기 때문이다.

　희준이 상담실에 처음 상담을 받으러 왔을 때 그는 정장을 말끔하게 차려입고 깍듯하게 인사를 했다. 그는 예의가 바르며, 세심함이 느껴지는 사람으로 첫인상이 좋았다.

　"오시는 데 불편하지 않으셨어요?"

　유경이 자리를 안내하며 인사를 건넸다.

　"네, 괜찮았습니다."

　희준은 자리에 앉으며 두 손을 모았다.

　"희준씨께서는 어떤 어려움이 있으신 건가요?"

　상담신청서에 그가 상담을 신청한 이유가 적혀 있었지만, 유경은 다시 희준에게 물었다. 한국에서는 심리상담에 대한 인식이 낮고, 상담에 대한 편견이 선진국에 비해 높은 편이다. 마음서고 심리상담센터를 찾는 내담자들은 여성 내담자의 비율이 높다. 젊고, 말끔한 인상의 남성이 사비를 들여서 상담실을 찾는 경우는 그리 많지 않다. 그럼에도 희준처럼 직접 상담실을 찾는 남성들은 자신의 이야기를 털어놓을 대상이 없어서 상담실 문을 두드리는 경우가 대부분이다.

　"집에 혼자 있으면 너무 공허해요."

　공허하다고 호소하는 내담자들을 보면 자신이 무엇 때문에 힘든지를 잘 모를 때 자신의 감정을 그렇게 표현하는 경우가 많다. 공허함이 누군가에게는 허전함일 수도 있고, 누군가에게는 외로움을 느끼는 순간의 감정일 수 있다. 그래서 공허하다는 감정은 굉장히 모호하고 추상적이다. 유경은 구체적인 정보를 얻기 위해 질문을 했다.

"희준씨, 좀 더 자세하게 말씀해 주시겠어요?"

유경의 질문에 희준은 두 손을 잠시 풀었다가 다시 잡으며 말했다.

"일을 마치거나, 사람을 만나고 난 뒤에 집으로 들어가면 공허해요. 분명히 즐겁게 만났고, 별일이 없었는데도 마음이 너무 허하고 견디기가 힘들어요."

"언제부터 그러셨나요?"

"음. 아…."

희준은 언제부터 그런 감정이 시작되었는지를 떠올려보았지만, 딱히 언제부터라고 말하기가 어려웠다. 유경은 쉽게 대답하지 못하는 희준의 모습을 보고 좀 더 구체적으로 질문을 했다.

"최근 들어 희준씨께서 힘든 일은 없으셨나요?"

유경의 이야기에 희준은 뭔가 찾아냈다는 듯한 표정으로 말했다.

"네, 있었어요. 사실 최근에 좀 좋지 않게 이별을 했어요."

희준은 얼굴을 살짝 찌푸리며 대답했다. 유경이 어떤 일인지 말을 해줄 수 있냐고 묻자 희준은 약간 당황하는 모습을 보였다.

"꼭 그것에 대해 말을 해야 하나요?"

희준은 긴장한 듯한 목소리로 유경에게 물었다. 유경은 희준에게 말하기가 불편하냐고 되물었다.

"네, 조금⋯."

희준은 곤란한 이유에 대해서는 설명하지 않고 계속 말을 할지 말지 유경의 눈치를 살피며 고민했다. 유경은 희준의 모습을 보면서 그의 결정을 기다려주었다. 유경은 상담의 경험에 비추어 희준처럼 선뜻 말을 하지 못하는 이유는 내담자가 그것을 누구에게도 털어놓은 적이 없거나 털어놓은 경험이 없는 내용이기 때문임을 잘 알고 있었다. 그들이 한 번도 꺼내놓지 못한 이야기들은 결국 그들을 괴롭히고 고통스럽게 하는 원인이 된다. 그래서 그들에게 필요한 것은 자신의 문제를 객관적으로 바라보는 것으로, 이는 자신을 이해하기 위한 첫 번째 과정이다. 유경은 희준이 이 첫 단계를 받아들이기를 바라며 그의 망설이는 시간도 충분히 기다려주었다.

"제가 만났던 여자와 헤어졌어요. 꽤 오래 만났는데, 제가 많이 좋아했습니다."

"그러셨군요. 좋아했던 분과의 이별로 인한 상실의 아픔이 크셨겠어요. 얼마나 만나신 건가요?"

"사실 알고 지내던 사람인데, 사귄 것은 3년 정도고 중간에 헤어졌다 만났다를 반복했어요. 그래도 헤어지면 한 달 내로 다시 만났어요. 이번에도 그럴 줄 알았는데, 진짜 헤어졌어요.

6개월 정도 됐네요."

"오랜 만남 후의 이별이어서 희준씨께서 매우 힘든 시간을 보내고 있으시겠네요."

사랑했던 사람과 3년을 함께한 추억이 6개월 만에 정리될 리 없다. 희준이 집으로 돌아갔을 때 느끼는 공허함은 외로움, 그리움에 가까운 감정이 아닐까라고 유경은 생각했다.

"희준씨, 이별했다는 말씀이 하시기가 어려운 이유가 무엇 때문인가요?"

연인과의 이별로 인한 상실의 아픔은 각자 느끼는 정도와 그 의미가 다를 뿐 누구나 겪는 보편적인 문제다. 사랑하는 이와의 이별로 인한 상실의 아픔을 가진 이들은 대체로 상담에서 위로를 받고 슬퍼하는 시간을 갖기를 희망한다. 하지만 희준은 이별에 대해서 말하는 것을 곤란해하며 주저했다. 유경은 이별에 담긴 희준의 진짜 이야기를 살펴봐야겠다고 생각했다.

"아. 그게, 음…."

희준은 두 손으로 얼굴을 감싸더니 한숨을 크게 내쉬었다.

"상대가 아이가 두 명 있는 이혼한 여성이었어요."

희준은 어색한 표정으로 유경의 눈치를 살피며 유경을 바라보았다. 유경은 희준이 자신의 눈치를 살핀다는 것을 순간적으로 파악하고 표정의 변화 없이 말했다.

"말씀하시고 난 후 희준씨의 마음은 어떠세요?"

"제 마음이요? 솔직하게 말할 수 있겠다, 이런 생각을 하게 되네요."

희준은 안심이 된 듯 아무에게도 말하지 못한 자신의 인생사를 털어놓았다.

희준은 대학 후배와 결혼했고, 두 사람은 결혼 3년 만에 이혼했다. 이혼 사유는 희준의 외도 때문이었다.

"제가 준비가 안 되었는데 후배가 자꾸 결혼을 하자고 해서 외롭기도 하고 해서 결혼을 했죠. 그런데 결국 성급한 결정이 이혼의 원인인 거 같아요."

희준은 결혼생활과 전 아내에 대해 유경에게 아주 짧고 간결하게 말했다. 희준이 그것에 대해 별로 말하고 싶어 하지 않는 것을 유경은 느낄 수 있었다. 희준이 진정 하고 싶은 이야기는 헤어진 여자친구와 관련된 것이었다. 희준의 직업은 제약회사 영업사원으로 그가 하는 일은 병원이나 약국으로 영업을 나가는 것이다. 전 여자친구를 만나게 된 것도 약국 영업을 다니면서였다. 당시 그녀는 이혼한 상태로 전 배우자와의 사이에서 두 명의 아이가 있었다. 희준의 이야기에는 헤어진 여자친구에 대한 그리움과 이별의 아쉬움이 가득 담겨 있었다. 희준의 이야기를 듣고 있던 유경은 그가 전 아내와 전 여자친구와의 이별에 대해 크게 다른 감정을 갖고 있음을 알 수 있었다. 희준은 전 아내는 당연히 헤어져야 할 관계였고, 전 여자친구는 헤어지면 안 되는 사이였다는 듯이 말했다. 유경은 그런 그의 마음이 궁금해졌다.

"희준씨, 아직 이별을 받아들이는 것이 힘들어 보여요."

"네, 지금도 만약 되돌릴 수만 있다면 예전으로 돌아가고 싶어요. 하지만 그럴 수 없다는 것이 너무 힘들어요."

"그럴 수 없다는 것은 여자친구 분과 다시 잘 해볼 수 없다는 의미인가요?"

"여자친구가 저와 헤어지고 나서 세 달 만에 의사와 결혼을 했거든요."

인간은 갖고 싶은 것을 갖지 못하면 더욱 갈망하게 된다. 누구에게도 말하지 않았던 자신의 이야기를 많이 털어놓았다고 생각한 희준은 첫 상담을 마무리하며 자신의 느낌을 말했다.

"제가 이렇게까지 제 이야기를 하게 될 줄 몰랐네요."

유경은 조금씩 마음을 여는 희준을 보고 희망을 느끼며 희준과 다음 상담 날짜를 정했다.

상담실을 들어서는 희준의 모습은 언제나 머리에서부터 발끝까지 깔끔하고 단정했다. 그런 희준의 모습을 통해 유경은 그가 영업자로서 잘나가는 이유를 알 수 있었다. 희준은 외모를 철저히 관리하는 이유를 이렇게 설명했다.

"제가 영업을 하다 보니, 아무래도 외모를 잘 관리해야 하더라고요. 게다가 제가 만나는 사람들은 의사와 약사들이어서 그들의 수준에 맞춰야 하는 것도 있고요."

희준 회사의 영업사원들은 실적 때문에 서로 경쟁이 치열했지만, 희준은 외모 덕에 실적이 꽤 좋았다. 대학병원장 또는 개인 병원 원장이나 약사들은 학벌, 집안이 좋은 사람이 많았고, 함께 식사나 술자리를 하면서 납품계약을 따내려 해도 접대자리를 마련하는 것조차 쉽지 않아서 거절당하는 경우가 많았다. 그러나 인상이 좋고 평소에 고객관리가 철저한 희준의 경우 그들과의 만남이 크게 어렵지 않았다. 자신이 왜 다른 영업사원들보다 잘나갈 수 있는지 잘 알고 있는 희준은 자신의 외모와 인상을 십분 활용했다. 희준은 자신의 외모 관리에 늘 철저했고, 또 여성들에게 매우 매너 있게 행동해서 여성들에게도 인기가 많았다.

"지난주에는 병원에서 원장님을 만나고 돌아가려고 엘리베이터를 기다리는데 간호사가 나와서 저에게 말을 걸더라고요. 제가 줄곧 영업을 갔던 곳인데, 저에게 호감이 있다며 미술관 표가 있는데 같이 가지 않겠냐고 묻더군요."

"그래서 어떻게 하셨어요?"

"정중하게 거절했죠. 계속 영업을 가야 하는 곳인데 얼굴 붉힐 만한 일이 있으면 안 되니까요."

희준의 태도는 상식적인 대응이라고 유경은 생각했다.

"희준씨, 거절은 어떻게 하셨어요?"

새로운 연인을 찾고 있는 그가 여성의 데이트 신청을 거절한 이유가 무엇인지 유경은 궁금했다.

"제 스타일이 아니어서 아주 정중하게 같이 가고 싶지만 요즘 일이 너무 바빠서 시간이 안 된다고 거절했죠."

유경은 고백한 여성을 배려하는 듯한 그다운 거절법이라고 생각했다. 게다가 미안함을 가득 담아 표현했다고 하니 상대 여성도 거절에 대한 민망함보다는 아쉬움이 가득했을 것이다. 유경은 자랑스럽게 말하는 그의 말투를 통해서 그가 여성의 호감 표시를 꽤 즐긴다는 것을 알 수 있었다.

"희준씨의 이상형은 어떤 분인가요?"

"음, 외모는 일단 키는 165센티, 날씬해야 하고요. 안정적인 직업, 아니 전문직을 가진 여성이었으면 해요. 얼굴은 화장하지 않아도 예쁜 얼굴이요. 서로 대화가 통하는 사람이면 좋겠어요. 상식이 풍부해서 다양한 주제로도 소통이 잘 됐으면 하구요."

상당히 이상적인 여성을 꼽는 그를 보며 유경은 그의 전 아내는 이 기준에 미치지 못했을 거라고 생각했다. 전 아내를 말하는 그의 뉘앙스를 통해 충분히 느낄 수 있었다.

"희준씨가 말씀하신 이상형에 가까운 여성을 만난 적이 있으신가요?"

그는 주저하지 않고 전 여자친구가 그렇다고 대답했다.

"화장하지 않아도 이뻤어요."

희준은 다시 전 여자친구를 떠올렸다. 그는 명문대 약대 출신인 그녀와 함께하는 모든 순간이 즐거웠다. 그가 느끼기에 그녀는 대화 수준이 매우 높았다. 전 아내에게서는 결코 느낄 수 없는 소통의 시간이었다. 전 여자친구는 자신이 하는 일에 대해서도 잘 이해했다. 희준은 약사 가운을 입고 약국 일을 하는 그녀를 보면 마치 여신을 보는 것처럼 느껴졌었다.

희준은 전 여자친구를 생각하며 그녀를 만나며 자신이 얼마나 노력했는지 유경에게 이야기했다.

"3년 정도 만나면서 저는 모든 것을 그녀에게 최대한 맞추려고 했어요. 저는 아이가 없지만, 그녀는 아이가 있어서 아이들과도 가급적 많은 시간을 보내려고 했어요. 아이들과 함께 만날 때는 항상 선물을 준비해서 갔고요."

희준은 당연히 여자친구와 재혼할 거라고 생각했었다. 여자친구는 챙기지 않았지만 희준은 서로 만난 기념일에는 빠지지 않고 서프라이즈 이벤트를 벌였다. 또 함께 좋은 곳을 여행하고, 그녀가 아프면 그녀 곁을 지켜주었다. 희준은 결혼식을 올리지 않았을 뿐이지 마치 남편처럼 여자친구를 배려하고 챙겼었다.

"희준씨께서 전 여자친구와 새로운 출발을 생각하고 많은 시간과 마음을 쓰셨네요."

"네, 그 사람의 아이들도 함께 잘 키우려고 했어요. 그녀의 일부분이니 다 받아들이려고 했죠."

"희준씨께서는 그분의 어려움도 다 함께하실 생각이셨네요. 결정적으로 헤어지게 된 이유가 있었나요?"

유경은 희준이 무엇 때문에 여자친구와의 이별을 그토록 힘들고 괴로워하는 것인지 궁금했다. 여자친구가 이미 다른 사람의 아내가 되었는데도 그것을 받아들이지 못하는 이유를 알고 싶었다.

"제가 아주 잠깐 헤어졌을 때 다른 여자들을 만났다는 사실을 그녀가 알게 됐고, 저를 경멸했어요."

희준은 여자친구와 화해를 하자마자 이별을 했던 동안 만났던 여성들과의 연락은 일체 끊었다. 하지만 갑자기 연락이 끊긴 상대 여성은 영문을 몰라 희준에게 지속적으로 메시지를 보냈고, 이 사실을 여자친구가 알게 된 것이다.

"제가 잘못한 것은 맞아요. 그런데 언제나 제가 여자친구에게 다 맞춰줬던 게 지치기도 해서 홧김에 그냥 만난 거였어요."

억울하다는 듯이 당시의 상황을 설명하는 희준의 얼굴은 빨갛게 상기되었고, 미간에 주름이 생길 만큼 힘을 주었다. 그의 표정은 억울함보다 화가 난 것에 가까웠다.

"희준씨 그때 어떤 마음이 드셨나요?"

"제가 잘못한 것은 맞지만 헤어진 상태에서 다른 사람을 만난 거잖아요. 그게 그렇게 죽을죄인가요? 계속 사과를 해도 안 통하니깐 나중엔 저도 화를 냈죠."

희준의 목소리가 격양되었다. 희준의 반응을 통해 유경은 당시 두 사람의 의견차가 팽팽했음을 느낄 수 있었다.

"여자친구 분은 당시 희준씨에게 어떤 말들을 했나요?"

유경은 희준이 받아들이지 못하는 전 여자친구의 생각이 어떤 부분인지 살펴보고자 했다.

"제가 여자 없이는 못 사는 사람이고, 한 여자에 만족하지 못 하는 사람이란 듯이 말을 하더라고요."

희준은 그녀에게 자신이 얼마나 충실했는지를 전혀 이해하지 못하는 여자친구에게 화가 났고, 그가 화를 낼수록 여자친구와의 갈등은 더욱 깊어졌다. 한 번의 실수에 대해서는 극도로 분노하고, 그동안의 노력은 전혀 인정하지 않는 여자친구에 대해서 억울하다는 것이 희준의 마음이었다. 희준의 전 여자친구가 전 배우자와 어떤 이유로 이혼까지 했는지 유경은 알 수 없었지만, 한 번 관계에서 상처를 받은 경험이 있는 사람들은 다음 사랑에 대해 두려움과 불안이 클 수밖에 없음을 감안할 때 그녀의 행동이 이해가 되었다.

"그분이 희준씨를 만났을 당시 이혼을 하신 지 얼마나 되셨나요?

"3년이요"

그녀는 이혼 후 만난 첫 대상이 희준이었다.

"3년 후였군요. 그럼 희준씨는요?"

"아…. 저는 결혼생활 중에 그러니깐 외도 상대가 전 여자친구였죠."

희준은 화가 조금 사그라들고 민망해하는 모습을 보였다. 그는 유경의 눈치를 살피면서 유경과 눈 맞춤을 피했다가 다시 유경을 바라보았다. 유경은 그의 이야기를 통해 전 여자친구가 왜 희준을 경멸하듯 대했는지 이해가 되었다. 하지만 희준은 여전히 그 이유를 알지 못하고 있었다. 희준이 여자친구를 두고 다른 여자를 만난 것은 여자친구 입장에서는 자신도 그의 아내처럼 될 수 있다는 생각을 했을 것이다. 희준은 자신 이외의 타인의 입장을 생각하지 못했다.

"전 여자친구분도 희준씨가 유부남인 사실을 아셨나요?"

유경은 자연스럽게 두 사람의 과거 속으로 들어갔다.

"처음에는 몰랐어요. 나중에 알게 되었죠. 그때도 잠깐 이별을 했었어요."

희준은 오래전 기억들을 되살렸다. 지금의 시간을 보내느라 과거의 그 일은 까맣게 잊고 있었다. 사실 희준은 그 시기를 별로 기억하고 싶지 않았다. 전 여자친구와 사귀게 되기까지 둘 사이에는 많은 일이 있었기 때문이다.

"아내도 제가 외도를 하는 것을 알게 됐고, 그녀도 제가 유부남인 걸 알게 되었을 때, 저는 도망가고 싶었어요. 제 실수였지만, 저도 그렇게까지 될 것으로 생각하지 못했거든요."

두 여자에게 숨겨왔던 관계가 들통나자 결국 희준은 아내와는 이혼했고, 전 여자친구와도 헤어졌다. 하지만 희준은 아내와의 이혼에서는 후회가 없었지만, 전 여자친구에 대한 마음은 쉽게 사그라들지 않았다. 다시 그녀를 붙잡고 싶은 마음이 간절했다. 희준은 전 여자친구와의 관계에서는 어떤 점이 좋았는지에 대해서는 아주 잘 이해하고 있었지만, 아내와의 갈등과 불화의 원인에 대해서는 아내 탓을 했다.

"전 아내는 정리도 잘 못하고, 깔끔하지 못해요. 게다가 제 어머니도 잘 모시지 못했구요. 홀어머니께서 저를 부르거나 하는 것에 매번 불만을 표시했죠. 저는 둘 사이 중간에서 스트레스가 정말 컸어요."

희준의 아버지는 희준이 초등학교 때 돌아가셨다. 그때부터 두 형제를 홀로 키운 어머니는 공부를 잘하는 희준에 대한 기대가 컸다. 희준의 어머니는 희준이 대학까지 마치도록 도와주면, 고생도 끝일 거라고 생각하고 어려운 살림에도 희준의 교육을 위해서라면 지원을 아끼지 않았다. 어린 희준도 집안을 일으키기 위해서 명문대학 법대를 가서 변호사가 되겠다는 꿈을 갖고 열심히 공부했다. 어린 희준은 성인이 될 때까지 가난한 집과 어머니를 위한 삶을 사는 것이 익숙했다. 희준은 서울에 있는 대학에 합격했지만, 집안 형편상 서울에서 자취를 할 수 있는 처지가 아니어서 장학금을 받을 수 있는 지방 국립대를 선택했다. 가난하고, 돈이 없어서 늘 하고 싶었던 것들을 참아왔던 희준은 대학에 대한 미련이 가슴 깊이 남았다.

게다가 오랫동안 준비한 사법시험도 뜻대로 되지 않았다. 졸업 후 1년 더 어머니의 도움으로 사법시험을 준비했지만, 결과는 낙방이었다. 대학을 가야 할 동생과 집안 생계를 자신이 책임져야 한다는 생각에 희준은 사법시험을 계속 고집할 수 없었다. 그래서 변호사가 되겠다는 꿈을 접고 제약회사 영업직을 선택했다.

"어린 시절, 희준씨께서 하고 싶은 것들을 많이 참으셨네요."

자신의 욕구를 억누를 수밖에 없는 환경은 포기하는 것을 먼저 배우게 한다. 그래서 어린 시절 부모가 넘치지도 모자라지도 않게 욕구를 적절하게 받아주는 경험은 평생의 삶에 큰 영향을 미친다. 유경은 참고 억눌렸던 어린 시절을 회상하는 희준의 눈에서 커다란 외로움을 보았다.

"그때 그럴 수밖에 없었지만, 사실 지금도 변호사 꿈에 대한 아쉬움이 있어요."

"어린 시절부터의 꿈이었으니 아쉬움이 있을 거 같아요. 가장 후회되는 것은 무엇인가요?"

"제가 가고 싶었던 대학을 가지 않은 것이요."

"그 선택을 가장 후회하는 이유는요?"

"제가 이혼남이 되지 않았을 거예요. 후배였던 전처를 만날 일도 없었을 테니깐요."

유경에게는 희준이 자신에게 일어난 불행한 일들을 외부의 탓으로 돌리는 모습이 현실을 마주하지 못하는 그의 몸부림처럼 보였다. 유경은 희준이 자신의 상처를 스스로 치유하기 위해서는 불가피했던 그의 선택들을 깊게 들여다보는 작업이 필요하다고 생각했다. 희준과의 두 번째 상담을 마무리할 시간이 되자 유경은 희준에게 지금 기분이 어떠냐고 물었다. 그러자 희준은 잠시 생각에 잠기더니 대답했다.

"마음이 참 무거워지네요. 그래도 이렇게 이야기할 곳이 있어서 다행이에요."

희준은 주말 동안 캠핑을 갈 예정인데 오늘 상담에서 했던 이야기들을 차분하게 생각해보겠다고 말했다. 주관적일 수밖에 없는 자신의 이야기를 한 발짝 물러서서 객관적으로 볼 수 있게 된다면 아파서 멀리하고 싶은 상처를 좀 더 빨리 치유할 수 있는 길이 열린다. 유경은 희준이 주말 동안 자신의 이야기에 대한 관객이 되어 자신이 펼치는 삶이라는 연극을 객관적으로 바라보기를 바랐다.

상담을 이어가면서 희준의 심리 패턴들이 자연스럽게 나타나기 시작했다. 희준은 상담시간에는 늘 혼자 집에 있을 때 마음이 너무 공허하다며 서둘러 다른 여성을 만나겠다고 말했다. 그러면서 전 여자친구에 대한 미련과 원망의 감정을 토로하며 새로운 사람을 만나 그러한 감정을 잊고 싶다고 하소연했다.

"선생님, 저는 결혼하고 싶고 빨리 다른 사람을 만나고 싶어요.”

　유경은 희준에게 과거의 연애에 대한 상처를 충분히 치유하는 것은 더 나은 관계를 위해서 필요하다고 말하며 그 이후에 새로운 연애를 시작하는 것이 좋다고 설명했다. 사람은 혼자서 살 수 없는 존재이지만, 이미 성인이 된 희준이 혼자 있는 시간을 견디지 못하는 사실을 희준이 스스로 깨달을 필요가 있었다. 또한 희준은 결혼해서 안정된 가정을 가진 경험도 있다. 하지만 그 결혼생활에서 자신이 어떤 부분이 어려웠는지 전혀 알지 못하고 있기에 유경은 그가 혼자의 시간을 의도적으로 만들 필요가 있다고 판단했다. 유경의 제안으로 희준이 찾아낸 것은 다시 캠핑을 시작하는 것이었다.

　희준은 캠핑을 다녀온 다음에 상담실을 찾은 날은 혼자 있었던 시간 동안 자신이 어떤 생각을 했는지 유경에게 알려주었다. 그동안 몇 회기의 상담이 진행되는 동안 희준은 전 여자친구에 관한 이야기만 지속했다. 유경이 상담을 위해 전 아내와의 결혼생활에 대해 질문을 하면 희준은 짧게 답하고 주제를 돌렸다.

　“아내와는 캠핑을 가 본 적이 없어요. 그냥 영화를 보거나 쇼핑을 한다거나, 양가 부모님을 뵙는 등 주말에는 주로 그런 일을 해서 캠핑은 못 했어요.”

　희준은 결혼생활에서 외도의 잘못은 자신의 잘못이 아니라 아내의 탓이라고 생각했다. 자신이 다른 여자에게 눈을 돌릴 수밖에 없었던 것은 결혼생활이 만족스럽지 못했기 때문이라고 생각했다. 유경이 전 아내와의 결혼생활에 대해 이야기를 하면 희준은 사실 자신의 잘못이 느껴져서 피하고 싶었다. 오늘도 유경이 아내와 캠핑을 간 적이 있냐고 질문을 하자 희준은 아내와 가고 싶은 생각이 전혀 없었던 마음을 숨기고, 이런저런 일이 많아서 못 갔다고 둘러댄 것이다. 희준은 전 아내를 생각하면 죄책감이 밀려들어 최대한 이야기를 피하고 싶었다. 하지만 유경은 희준이 피하고 싶은 것들을 마주하도록 지속적으로 이끌었다.

"희준씨, 전 결혼생활에 대해서 질문을 하면, 대체로 말하고 싶어 하지 않는 것처럼 보여요. 지금 제 질문에도 그랬고요. 지난 회기에 제가 물었던 질문에서도 그랬어요. 전 결혼생활을 이야기할 때면 희준씨의 표정이 차가워지고, 그 질문을 피해서 다른 화제로 바꾸려고 해요."

유경의 단도직입적인 말에 희준은 순간 머리를 얻어맞은 기분이었다. 전 아내를 생각하고 싶지 않아서 피하려는 자신의 마음을 들키자 희준은 당황해서 얼굴이 빨개졌다. 그러나 유경은 희준이 피하고 싶은 것들을 마주하도록 계속 이끌었다.

"희준씨께서 전 결혼생활을 말씀하기에 어떤 점이 어려우신 건가요?"

유경은 희준이 질타받는 것처럼 느끼지 않도록 차분하고 다정하게 물었다. 내담자가 상담에서 무언가 밝히지 못하는 것은 부정적인 감정을 느끼고 싶어 하지 않기 때문이다. 내담자들에게 죄책감과 부담감은 피해 가야 하는 장애물처럼 느껴지게 마련이다. 그러나 그 부정적인 감정이 자신에게 어떤 영향을 주는지를 알아야 다음으로 나아갈 수 있다. 유경은 희준과 이 장애물을 함께 넘기 위해 희준을 출발선으로 데려왔다.

"결혼생활에서 어머니와 전 아내가 트러블이 생기는 상황이 힘들었어요."

희준은 떨리는 목소리로 조심스럽게 이야기를 시작했다. 서로 다른 문화와 가족 환경 속에서 오랜 시간을 보내온 두 사람이 결혼을 하고 가족이 되어 지내기는 쉬운 일이 아니었다. 홀어머니와 동생을 책임지는 가장으로서 살아가야 하는 희준은 그 책임이 항상 어깨를 짓눌렀다. 직장을 다니기 시작하면서 어머니와 동생에 대한 책임은 더욱 커졌다. 희준은 전 아내의 결혼 신청에 떠밀려 결혼했다고 했지만, 그 당시 희준은 부담스런 어머니의 그늘을 빨리 벗어나고 싶은 마음에 그녀와의 결혼을 선택했다.

"어머니는 제가 일찍 결혼하는 것을 좋아하지 않으셨어요. 결혼하고 주말마다 저희 부부를 호출하셨죠. 이 생활이 반복되니 아내는 쉬는 날마다 부르시는 것에 불만을 갖기 시작했어요."

희준의 어머니는 희준이 결혼을 하면 당연히 자신과 함께 살 거라고 기대했다. 희준은 아무런 준비도 없이 결혼했기에 아내가 모아 놓은 돈과 대출을 합쳐서 서울에 있는 전셋집을 얻어 신혼집을 마련했다. 이런 상황에서 희준은 어머니를 모시자는 말을 할 수가 없었다. 어머니의 희망을 들어주지 못하는 대신 희준은 매주 어머니를 찾아뵙는 것으로 모친의 서운함을 달래려고 했다.

희준의 아내도 처음에는 희준의 그러한 요구를 들어주었지만, 시간이 지나며 불만이 쌓이기 시작했다. 그래서 어느 순간부터 희준의 아내는 시어머니에게 싸늘해지기 시작했다. 아내와 어머니, 두 사람의 보이지 않는 감정싸움에서 희준은 숨이 막혔다. 본가를 다녀온 뒤 월요일이 되면 희준의 어머니는 언제나 희준에게 전화를 걸어 서운함을 토로했다.

"내가 혼자 되어서 온갖 일을 하면서 너를 키웠는데, 세상에 새아기는 그 태도가 뭐냐? 집에 와서 시어머니한테 말이라도 따뜻하게 해야지. 시큰둥한 게 뭐가 그렇게 못마땅한 거냐."

희준은 처음에는 모친의 서운함을 달래려 아내 몰래 용돈을 보내드리고는 했다. 하지만 시간이 갈수록 고부 갈등은 심해졌고, 아내와 모친 사이에서 희준의 불만도 커졌다.

"어머니, 주말마다 가는 것도 쉬운 게 아니에요. 그 사람도 최선을 다하는 거예요."

이렇게 아내의 편을 들면 희준의 어머니는 희준에게 결혼하더니 변했다며 자식 키워봐야 아무짝에 쓸모없다며 화를 냈다. 이런 일이 있는 날에는 희준은 어김없이 아내와 싸움이 생겼다.

"낮에 어머니께 전화가 왔는데, 당신한테 많이 서운해하셨어. 지난주에 당신이 너무 쌀쌀맞게 보이셨대. 이번 주 주말에는 잘 좀 해드려."

그런데 이런 희준의 말이 오히려 아내의 시어머니에 대한 불만을 더욱 키웠다. 게다가 희준의 아내는 그와 한바탕 싸움을 하고 난 뒤에는 본가를 가지 않았다.

"어머니와 전 아내가 도대체 저한테 어떻게 하라는 건지 미칠 거 같았어요."

희준은 두 사람 사이에서 어떻게 처신해야 할지 괴롭고 난감했다.

"두 분의 갈등 사이에서 희준씨가 혼란스러우셨겠어요."

"네. 도망가고 싶었어요."

유경은 희준의 도망가고 싶었다는 말은 당시의 그를 가장 솔직하게 표현한 것이라고 생각했다. 하지만 당시 갈등 상황에서 그가 실제로 도망을 갔는지, 갈등 상황을 어떻게 풀어갔는지 희준의 대처 방법을 알아볼 필요가 있었다.

"희준씨, 아내가 요구한 것 중에 감당하기 어려운 것이 무엇이었나요?"

"어머니가 지나친 것은 인정하지만 제가 결혼을 할 때 홀어머니에 대한 부분을 이야기했어요. 그때는 다 이해한다고 했는데, 이해는커녕 불만만 이야기하는 게 전 너무 싫었죠."

부부 사이에서 넘지 말아야 할 선 중의 하나가 상대 가족의 허물을 말하는 행위다. 반려자의 가족은 바꿀 수 없는 환경으로 이 선을 넘는 순간 갈등은 반드시 따라오게 된다. 유경은 희준이 가졌던 서운함을 공감해 주면서 그가 어떤 노력을 했는지 알아보았다.

"아내와의 갈등을 해소하기 위해서 희준씨는 어떤 노력을 하셨나요?"

"그게, 아내가 나중에 본가에 가고 싶지 않다고 해서 그때부터는 아내가 하고 싶어 하는 대로 했죠."

희준은 아내와 모친의 불만에 갇혀 두 사람 사이에서의 갈등을 조율하지 못했다. 그나마도 가만히 있었으면 화를 덜 키울 수 있었을 텐데 아내에게 모친의 서운함을 여과 없이 그대로 전달했다.

"희준씨의 전 아내분은 어떤 점이 가장 힘들다고 하셨나요?"

"제 어머니가 저를 너무 힘들게 하는 것이 싫다고 했어요."

"좀 더 구체적으로 말씀해 주시겠어요.?"

"제가 어머니가 연락해 올 때마다 아내에게 힘들다고 이야기를 하니깐 아내가 그렇게 말을 하더라고요."

부부 사이에서 넘지 말아야 할 선 중의 또 다른 하나는 원가족의 허물을 배우자에게 말하는 행위다. 당장 나의 속상함을 위로받기 위해서 배우자에게 말을 하는 것은 결국은 제 얼굴에 침을 뱉는 셈이다. 사실 이럴 때는 솔직함이 오히려 해가 될 수 있다. 부부 갈등으로 상담실을 찾아오는 사람들에게 유경은 그러한 말을 꼭 해주었다.

희준은 아내가 시어머니와의 갈등이 깊어지는데 그의 어머니에 대한 이야기가 영향을 주었다는 사실을 당시에는 전혀 모르고 있었다. 희준은 그때 아내의 이야기를 돌이켜보면서 자신이 쓸데없는 이야기를 아내에게 많이 전달했다는 자신의 실수를 발견했다. 내담자들은 과거에는 몰랐지만, 상담을 하면서 당시의 자신의 감정을 알게 되는 경우가 많다. 희준도 과거의 결혼생활 속에서 잘못되었던 점을 시간이 한참 지나고 나서야 조금씩 깨닫고 있는 중이다.

희준은 영업사원 일을 하면서 의사, 약사들을 자주 만나게 되었다. 그중에 친해진 의사와 약사들과는 사적인 이야기도 주고받았다. 희준이 그들과 친해질수록 자신이 갖지 못한 것이 커 보이기 시작했다. 그리고 그들과 비슷하게 살고 싶다는 욕망이 마구 자라기 시작했다. 그래서 친해진 의사, 약사들이 입고 갖고 다니는 옷, 신발, 시계, 지갑 등을 따라서 외형을 바꾸어갔다. 이러한 소비가 늘어나면서 아내와의 갈등은 더욱더 커졌다.

"제가 하는 일이 의사, 약사를 만나는 일이고, 영업사원들은 어쩔 수 없이 외형에 신경을 써야 해요."

희준은 아내가 자신의 직업 특성상 소비해야 하는 것들을 이해하지 못했다며 아내가 세상 물정을 너무 모르는 사람이라고 탓했다. 유경은 희준에게 어느 정도의 소비를 했는지 자세하게 물었다. 희준과 전 아내는 맞벌이로 서로의 급여를 각자 관리했다. 희준은 아내에게 생활비 명목으로 매월 얼마의 돈을 주었고, 나머지 월급은 희준이 관리했고, 아내도 그랬다. 통장에 모인 생활비로는 대출금과 공과금을 내기에 빠듯했다. 희준은 아내에게 자신의 월급이 정확하게 얼마인지 알려주지 않았고, 실적이 좋아서 성과금을 많이 받았지만 아내에게 일절 말하지 않았다. 좋은 옷, 고가의 상품들로 자신의 외모를 채워간 희준은 외제차까지 새로 뽑으려고 했다. 그러자 그의 아내는 자신들의 형편에 맞지 않는다고 난리를 쳤다. 희준은 영업상 필요하다고 말하며 자신이 알아서 한다고 아내의 반대에도 불구하고 외제차를 구입했다. 희준은 급여가 높지는 않았어도 성과금을 많이 받기는 했지만, 그렇다고 외제차와 명품을 살 만큼 넉넉한 것도 아니었다.

"제 친구들도 다 할부로 외제차를 구입해요. 선생님 요즘 차를 누가 일시불로 사요."

"친구분들은 다 어떤 일을 하시길래 외제차를 사시나요?"

"의사 친구랑 약사 친구들이죠. 그 친구들도 연봉이 1억이 훨씬 넘어도 다들 할부로 사죠."

"희준씨 회사 영업하시는 동료분들도 비슷한가요?"

"그 친구들은 저와 레벨이 달라서 외제차는 어렵죠."

희준은 살짝 미소를 지으며 말했다. 유경은 그가 말한 레벨의 의미가 무엇인지 물어보았다.

"동료분들과 어떤 레벨이 다르신가요?"

"일단 그 친구들은 저랑 영업실적에서 차이가 많이 나구요. 만나는 업체도 차이가 있죠. 저랑 비교가 안 되지요."

한껏 거만한 표정을 지으며 희준은 동료직원보다 자신의 능력이 뛰어남을 설명했다.

"저보다 좋은 대학도 나오고, 입사성적도 높은데도 영업 실력은 안 되더라고요."

지방대 출신인 희준과 달리 입사 동기들은 명문대 출신이 많았다. 입사성적이 공개되진 않았지만, 회식 자리에서 부장은 희준에게 술을 따라주며 마지막으로 들어왔더라도 실력으로 버티면 된다고 격려를 했었다. 그때 희준은 자신이 입사성적이 꼴찌라는 사실을 확인했다. 부장의 말은 희준의 마음속에서 떠나지를 않았다. 자신이 입사성적 꼴찌라는 사실을 동기들이 알까봐 희준은 부장을 볼 때마다 신경이 곤두섰다. 입사후 신입사원들에게 병원, 약국으로 직접 나가서 영업실적을 올리라는 미션이 떨어졌다. 여기서 1등을 하면 회장님과 식사 자리가 마련되었는데, 모두 실적을 내기 위해서 애를 썼다. 희준도 가만히 있을 수 없었다. 병원과 약국에 나가서 의사와 약사들을 만나며 영업을 하게 되자, 희준의 실력이 발휘되며 영업실적에서 선두를 달리기 시작했다.

"제가 영업 1등을 할 수 있었던 것은 다 친구들 덕분이었죠."

"친구라면 누구를 말씀하시는 건가요?"

"아, 그때 제 영업을 도와줬던 의사, 약사 친구들이죠."

"희준씨께서 전부터 알던 분들이신가요?"

"그때부터 알게 된 친구들이죠."

희준은 영업을 하면서 알게 된, 엄밀히 말하면 거래처 사람들을 친구라고 표현했다. 희준이 입사 동기들을 표현하는 방식과는 달리 친근하고 가깝게 지내는 사이처럼 들렸다. 보통 신입직원들은 입사 동기들과 끈끈한 우정을 형성해 험난한 직장생활에서 상사의 흉도 함께 보며 위로가 되어주고 서로 지지자가 되어준다. 그런데 희준은 입사 동기들과 별로 교류가 없었다.

"희준씨, 회사 실적과 친구들 이야기까지 해주셨는데요. 저희가 전 아내와 희준씨의 갈등을 이야기했었어요. 우리 다시 그 이야기로 돌아가 볼게요."

유경은 다시 희준이 회피하려고 하는 아내와의 이야기를 시작했다.

"아내분이 희준씨의 소비에 대해서 이해하지 못했다고 말씀하셨어요."

"아…. 전 아내는 그랬어요. 답답했죠."

희준은 처음에는 영업실적을 올리기 위해 의사, 약사들에게 식사를 대접하고 술자리를 마련했다. 그에 대한 지출은 점점 늘어났고, 이것은 아내와의 갈등으로 이어졌다. 희준의 외도도 이때부터 시작되었다.

"영업을 하니 술자리에 여자들이 자연스럽게 합석을 하게 되죠. 그렇게…."

희준은 말을 마무리하지 않고 입을 다물었다.

"희준씨, 말씀하시다가 마신 거 같은데, 하시고 싶은 말이 무엇인가요?"

이야기하다가 멈춘 희준이 그 당시에는 알지 못했던 무언가를 느꼈다고 유경은 생각했다. 그래서 말을 잇지 못하는 그에게 물은 것이다.

"아, 전 아내 관점에서 보면 제가 좀 너무한 거 같은 게 있기도 했네란 생각이 들어서요."

"어떤 점이요?"

"미안하기도 하고 조금 부끄럽기도 하네요. 외도가 자랑은 아니니깐요."

희준은 고개를 살짝 숙이며 말을 맺었다.

"그때 당시와는 다른 감정을 느끼셨군요."

유경의 이야기에 희준은 아무런 대답을 하지 않았다. 피하려고만 했던 결혼생활에서의 잘못을 희준이 조금씩 보게 된 의미 있는 상담시간이 마무리되어가는 것을 확인하고 유경은 희준의 침묵을 기다려주었다. 모래시계가 다 떨어진 것을 바라본 희준은 먼저 상담시간이 다 되었음을 알렸다.

"벌써 마칠 시간이네요. 선생님, 오늘도 역시 마음이 왔다 갔다 했네요."

"왔다 갔다 했다는 것은 어떤 의미인가요?"

"냉탕과 온탕을 다녀온 것 같다고 할까요? 그냥, 정신이 번쩍 들기도 하고, 따뜻해서 편안하기도 하고요."

유경은 희준이 오늘 상담에서 다양한 감정을 느끼고 경험했다는 것으로 그의 말을 이해하며 상담을 마쳤다.

희준은 약속된 일정보다 10분 정도 늦게 상담실에 도착했다. 상담실 안으로 들어서는 희준의 얼굴은 다소 어두웠다.

"선생님, 조금 늦어서 죄송합니다."

희준은 급하게 서둘러 온 까닭에 숨이 차서 탁자 위에 놓인 물을 마시며 마음을 진정했다.

"안녕하세요. 많이 바쁘셨나봐요."

"오늘 좀 정신이 없었어요."

"그러셨군요. 바쁘신데도 상담을 오셨네요."

"이 기분으로 집에 들어가면 좋지 않을 거라는 생각이 들었어요. 선생님과 이야기를 하고 싶었어요."

희준은 늦은 이유를 설명하기 시작했다. 그는 오늘 회사에서 상사로부터 질책을 받았다. 실적을 잘 내던 희준은 이번 달 실적이 조금 주춤했다. 팀에서 실적이 탑을 달리고 있어 약간의 저조함은 크게 문제 될 것이 없다고 생각했는데, 오늘 실적이 부족하다는 팀장의 지적 때문에 희준은 크게 화가 났다.

"저보다 실적도 좋지 않고, 제 덕에 팀의 실적을 유지하는 상사가 저한테 실적 지적질을 하니까 정말 화가 나더라구요."

한참 회사에서 있었던 일을 하소연하는 희준의 이야기를 다 듣고 난 뒤 유경은 희준에게 상사의 어떤 점이 그를 화나게 한 것이냐고 물었다. 그러자 희준은 상사에게 지적을 받은 것 자체가 화가 났다고 말했다.

"오늘 팀장이 저에게 보고서 작성이라든지 사실 별로 중요하지도 않은 서류업무 빠트린 것도 이야기했어요. 서류 작업은 솔직히 실적이 없는, 시간이 많은 사람이나 하는 거죠. 매일 바쁘게 나가서 영업하는 사람에게는 그게 뭐가 중요해요? 매출 올리면 그게 장땡이죠."

유경은 희준의 이야기를 듣고 난 뒤에 팀장이 실적을 잘 내는 희준을 왜 질책했는지 이해가 되었다. 희준은 어쨌든 회사에 소속된 일원으로서 회사에서 해야 하는 자신의 업무가 있다. 영업 부서 특성상 다른 부서보다는 서류업무가 적겠지만, 보고체계나 회사의 시스템에 따라 해야 하는 것들이 있다. 그런데 오늘 있었던 팀장과의 일화를 들어보니 희준은 가끔 팀장에게 보고도 하지 않고 혼자 결정하고 일을 했다든지, 해야 할 서류업무를 안 하는 경우가 종종 있었던 것이다. 팀장은 팀의 실적을 견인하는 희준의 실적을 감안해서 대부분 이런 일들에 대해 눈을 감아주었을 것이다. 하지만 희준은 이런 일들을 하찮게 여기고 아예 신경조차 쓰지 않았을 뿐 아니라 영업실적이 좋은 자신은 특혜를 받아야 한다고 생각하고 있었다. 그런데 팀장이 자신에게 그런 대우를 해주지 않자 화가 난 것이다.

"선생님, 부당하지 않나요?"

희준은 억울하다는 듯이 유경에게 말했다.

"영업실적이 좋은 희준씨에게 상사에게 보고한다거나 서류업무에 있어서 예외를 주지 않는 것이 부당하다는 말씀인가요?"

유경은 희준이 부당하다고 생각하는 부분을 명확하게 들려주었다.

"네. 영업을 잘하는 사람에게 지원은 못 해줄 망정 서류업무나 하라는 게 부당하죠. 다른 팀원들이랑 저는 다르잖아요. 실적부터가 다르니 당연히 부당한 거죠."

유경을 향해서 말하는 희준의 표정은 마치 앞에 팀장이 있는 듯 잔뜩 찌푸러져 있었다.

"희준씨, 영업을 잘하면 어떤 점이 좋은가요?"

"영업을 잘하면 당연히 실적이 높아지고, 성과에 대한 인정도 받고, 금전적으로 포상이 따르죠. 또 여러 사람을 알게 되고 좋은 점이 많죠. 그만큼 너무 힘들지만요."

희준은 당연한 것을 묻는다는 표정을 지었다.

"희준씨, 방금 말씀하신 것들은 누구에게 좋은 것인가요?"

유경의 물음에 희준은 멈칫하더니 잠깐 생각을 하고 나서
대답했다.

"저에게 좋은 거죠."

"희준씨가 영업을 잘하기 위해서 노력하신 것은 자신을 위
해서죠. 그 노력이 회사에도 기여가 되고요."

"먹고살려고 한 거니깐요."

희준은 풀이 살짝 죽은 듯한 목소리로 말했다.

"희준씨, 어떤 것이든 자신이 노력하는 이유에는 나의 바람
이나 욕구가 포함되어 있어요."

"제가 팀장님에게 좀 과했나봐요."

희준은 눈치를 살피며 요즘 실적이 나오지 않다 보니 신경
이 날카로워져 팀장에게 예민하게 반응했다고 말했다. 유경은
영업일이 실적에 예민할 수밖에 없다는 점을 이해할 수 있다
고 희준에게 공감해 주었다. 이어서 희준은 내일 출근해서 팀
장에게 자신이 과하게 행동했던 부분을 사과하겠다고 말했다.
전 아내와의 관계에 대해서 상담을 한 이후로 희준은 자신의
잘못된 부분에 대해서 수용하려는 노력을 보였다. 희준의 변
화하려는 노력을 유경은 격려했다.

"희준씨, 오늘 상담 시작할 때와 지금 감정이 많이 달라진

거 같아요."

"네. 처음에는 너무 화가 났는데, 선생님과 이야기를 나누면서 팀장님 입장이 이해가 되네요. 또, 제가 예민했다는 생각도 하게 됐습니다."

유경은 희준의 이야기에서 공통점을 발견하고 있었다. 오늘 희준은 자신이 특별한 대우를 받아야 한다고 강조했다. 동료들과의 관계에서도 자신은 다르다는 이야기를 했다. 전 아내와의 관계에서 갈등을 일으켰던 고가의 명품 물건을 사는 것도 비슷한 행위였다. 희준에게 다르다는 것, 특별해야 한다는 것이 왜 그렇게 중요한지 유경은 궁금했다.

"선생님, 한 가지 더 말씀드릴 게 있는데요. 제가 오픈 채팅방을 들어갔어요. 사실, 선생님께서 당분간은 이성과 만나지 않는 게 좋겠다고 하셨는데, 밤에 잠도 오지 않아서 돌싱 오픈 카톡방에 들어갔어요."

희준은 거짓말을 들킨 아이처럼 혼나지 않을까 걱정하듯 유경에게 조심스럽게 말을 꺼냈다. 그런 그의 모습을 보면서 유경은 혼자 있는 시간이 희준에게는 쉽지 않음을 이해했다. 그리고 단순히 오픈 카톡방에 들어갔다는 이벤트만 있었다면 희준이 그 이야기를 꺼내지 않았을 거라고 짐작했다. 유경은 희준이 할 이야기가 더 있을 것이라고 기대하며 그의 이야기를 기다렸다.

"그리고 카톡방에서 만난 여성분과 이번 주 주말에 만나기로 했어요."

희준은 유경이 무슨 말을 할까 걱정되는 듯 유경의 표정을 살폈다.

"희준씨, 그런 일이 있으셨군요. 만나고 난 뒤 말씀하셔도 되는데, 저한테 미리 알려주셨네요."

"네, 그냥 솔직해지고 싶어서요. 선생님께는요."

"솔직해지는 것이 어려울 때도 있는데, 저에게 솔직하게 말씀해 주셔서 감사해요."

유경은 희준이 자신과의 상담에 진지하게 임하고 있다는 것에 매우 고마운 마음이 들었다. 유경은 희준의 새로운 만남에 어떤 영향을 미칠까봐 어떤 말도 덧붙이지 않았다. 상담 기간에 내담자가 일상에서 하는 선택과 그 결과에 대응하는 모습은 상담사로서 내담자를 이해하는 좋은 단서가 되기도 한다. 희준이 새로운 만남을 선택한 것도 그 이유가 있을 것이라고 유경은 생각했다.

"오늘 늦게 오셔서 시간이 더 빨리 지나갔네요. 벌써 마무리할 시간이 되어가네요. 이 이야기는 우리 다음 시간에 함께 나눠요."

"네, 선생님"

솔직하게 털어놓은 희준은 한결 가벼워진 마음으로 상담실을 나섰다.

＊ ＊ ＊

　유경은 따뜻한 차 한잔을 마시며 희준의 상담 기록지에 날짜를 쓰면서 희준을 기다렸다. 그와 첫 상담을 한 이래 꽤 오랜 시간이 흘렀다. 최근 희준은 상담시간에 주로 온라인 채팅 앱을 통해 알게 된 여성과의 만남에 대해 이야기했다. 혼자만의 시간을 가져보는 것을 위해 주말마다 갔던 캠핑도 여성들을 만나는 일정으로 변경되었다. 혼자 있는 시간을 견딜 수가 없던 희준은 여성을 만나고 난 다음 집으로 돌아가서도 공허하고 허탈한 마음이 든다고 말했다. 마치 며칠 굶어 허기진 사람처럼 가슴이 텅 빈 느낌이 든다고 유경에게 털어놓았다. 유경이 당분간 이성과의 만남보다 자신을 이해하는 데 집중해보자고 제안을 해도 희준은 계속해서 새로운 여성을 만나기에 바빴다. 희준은 여전히 이성을 만나는 것으로 자신의 공허함을 메울 수 없다는 사실을 받아들이지 못하고 있었다.

　유경이 희준의 문제를 생각하고 있는 동안 노크 소리가 들렸다. 희준이 상담실로 들어와 살짝 어색해하며 부끄러운 듯한 미소를 지으며 인사를 건네는 모습을 보고 유경은 살짝 미소를 지었다. 그가 이번 주도 새로운 여성을 만나고 왔다는 신호였기 때문이다.

　"잘 지내셨어요, 희준씨?"

　희준은 유경에게 짧게 안부인사를 한 뒤 재빨리 그간의 이야기를 보고하기 시작했다.

"선생님, 이번에는 또 새로운 여자분을 만나고 왔어요."

희준은 지난 상담 시간에 채팅앱을 통해서 대화가 잘 통화는 한 여성을 만났다고 이야기했다. 희준은 그녀가 혼자 딸을 키우는 평범한 회사원으로 이혼을 했으며, 그녀 역시 이혼의 경험이 있어 대화가 너무 편하다면서 만남이 기다려진다고 했었다.

"만났는데 대화가 너무 잘 통하고, 편안하더라고요."

"그러셨군요."

"근데, 더 안 만나려고요."

유경이 의아하다는 표정을 짓자 희준이 곧바로 설명했다.

"선생님과 계속 제가 어떤 여성을 좋아하는지에 대해서 이야기를 나눴잖아요. 근데, 제가 사실 따지는 게 많기는 한가봐요. 자꾸 전 여자친구가 생각이 나요. 다른 여자들을 만나고 난 다음에 집으로 돌아가면 더 그러네요."

"어떤 모습이 떠오르나요?"

"같이 먹었던 것들, 같이 갔던 장소들, 그리고 함께했던 모든 것이 자꾸 생각나요."

"그때는 어떤 감정이 느껴지시나요?"

"그리움, 아쉬움이요."

"어떤 것이 아쉬우신가요?"

"그녀를 잡았어야 했나? 내가 끝까지 그녀한테 매달려볼 걸

그랬나?"

"그녀에게 어떻게 말하고 싶으셨나요?"

"당신 같은 사람 없는 거 같아. 나에게는 당신이 있어야 해."

"그녀가 지금 희준씨 곁에 있다면 어땠을 거 같나요?"

"든든했을 거 같아요."

"든든하다는 것은 어떤 의미인가요?"

"아무도 저를 무시하지 못하고 남들이 저를 부러워하는 거요."

희준은 전 여자친구의 약사라는 직업이 배우자로서 얼마나 좋은 직업인지를 유경에게 설명하며 연신 그 조건을 갖춘 전 여자친구와 헤어진 것을 아쉬워했다. 유경은 희준에게 약사라는 직업이 든든하게 느껴지는 이유에 포함되느냐고 물었다.

"제가 첫 결혼은 그냥 했는데, 아무래도 사회생활에서도 배우자의 직업이 중요하다는 걸 전 여자친구를 만나고 나서 알게 됐어요."

희준은 사회생활을 하며 배우자의 조건이 중요하다는 사실을 알게 되었고, 그래서 자신도 배우자의 조건을 볼 수밖에 없다고 설명했다. 유경은 희준이 여성들을 만나는 이유가 반려자를 만나기 위함이 아니라 전 여자친구와 비슷한 조건을 가진 여성을 찾고 있는 것일지도 모른다는 생각이 들었다.

"희준씨가 최근 만난 여성들과 만남을 이어가지 않은 이유가 희준씨가 말씀하신 조건들에 맞지 않아서인가요?"

"네, 솔직히 그 이유가 크죠."

"희준씨가 말씀하신 조건이 희준씨에게 왜 중요할까요?"

희준은 처음 결혼을 할 때만 해도 상대의 조건을 따지지 않았다. 그런데 제약회사 영업사원이 되어 거래처 병원의 의사들과 약국의 약사들을 만나면서 그들과 비교하기 시작했다. 그러던 중 약사인 여자친구를 만났다. 그녀는 명문 대학을 졸업하고 약사라는 직업을 가졌지만 이혼을 하고 두 아이를 키우는 이혼녀였다. 그러나 여자친구가 약사라고 하니 상대하는 거래처 사람들이 자신을 같은 부류로 봐주는 것 같고, 대우도 달라지는 것처럼 느껴졌다. 그들과 상대하며 늘 자괴감이 들었지만, 약사가 여자친구가 되면서 어쩐지 자신도 신분이 상승하는 듯한 느낌이 들었던 것이다. 게다가 어렸을 때부터의 꿈인 변호사가 되지 못한 것에 대한 자괴감과 아쉬움이 여자친구가 뒤에 '사'자가 붙은 직업을 갖고 있는 것이 많은 것을 보상해주는 기분도 들었다.

"남들이 무시하지 않고 부러워하니까요."

"희준씨가 전 여자친구를 잊지 못하는 것은 그녀의 약사라는 직업과 좋은 대학 출신 등 사회적 배경 때문이네요."

유경의 말은 정확하고 맞는 말이었지만, 그것을 듣는 희준은 갑자기 얼굴이 화끈거리고, 가슴을 후벼 파는 느낌이 들었다.

"아니에요. 선생님!"

희준은 유경을 향해 큰 소리로 부정했다. 마치 발톱을 날카롭게 세운 독수리처럼 희준은 유경을 향해 공격성을 드러냈다. 누구에게도 들키고 싶지 않은 열등감을 오랜 기간 품고 살았던 사람들이 그것을 낱낱이 들켰을 때 보이는 공격성과 저항이었다. 유경은 희준의 모습에 흔들림 없이 그에게 물었다.

"희준씨 어떤 것이 아니라는 것인가요?"

"저는 그 사람을 정말로 좋아했어요. 제 말은 사랑한 것은 맞고, 다만 아이씨!"

희준은 너무 흥분해서 무슨 말을 해야 할지 말문이 막혔다. 유경은 화를 내고 있는 희준의 모습이 마치 열 살 정도 된 초등학생 남자아이처럼 느껴졌다. 잠시의 침묵이 흐른 뒤, 유경은 희준에게 물었다.

"희준씨, 어떤 말을 하고 싶으셨던 건가요?"

"하! 아니, 선생님께서 제 이야기를 이해해주지 않으셔서 화가 났어요."

"어떤 것을 이해받고 싶으셨나요?"

"다요. 전부 다요. 제 못난 모습도 다요."

유경의 눈에는 마치 열 살 아이가 엄마를 향해서 절규를 하듯 말하는 것처럼 보였다.

"부족하고, 못난 모습도 이해받고 싶으셨군요."

유경의 이야기에 희준은 아무런 말도 하지 않았다.

"희준씨가 생각한 못난 모습은 어떤 것인가요?"

그는 대답하지 않고 숨을 크게 들이쉬었다. 희준은 자기가 못난 모습이라고 생각하는 것이 무엇인지, 왜 자신이 그렇게 생각하는지, 그 생각이 맞는 것인지 곱씹으며 몹시 혼란스러움을 느꼈다. 또 유경에게 자신을 이해해달라고 조르고 있는 자기 자신을 발견했다.

혼자서 깊은 생각에 잠긴 희준의 모습을 유경은 바라보기만 했다. 두 사람 사이의 공간에 흐르는 침묵의 깊이만으로도 희준이 얼마나 깊게 자신을 바라보는지 유경은 알 수 있었기 때문이다. 때로는 침묵이 그 어떤 말보다 강렬하고 진실할 때가 있다. 유경은 바로 지금이 그러한 순간이라고 생각했다.

유경은 희준의 마음이 진정되는 것을 확인하고는 평소보다 5분가량 늦게 상담을 마무리했다. 희준은 조용히 자리를 일어나 작별인사를 건네고 상담실을 나갔다. 유경은 희준이 마주한 자신의 문제를 다시는 회피하지 않기를 바라며, 그가 이 고비를 잘 넘길 수 있도록 자신이 버팀목이 되어야겠다고 생각했다.

자신의 마음속 깊은 곳의 진실을 유경이 엿본 지난 상담 이후 희준은 상담실을 향한 발걸음이 쉽게 떨어지지 않았다.

"부족하고 못난 모습도 이해받고 싶으셨군요."

유경이 자신에게 했던 말은 메아리가 되어 일주일 내내 귓가에 맴돌았다. 상담 후에는 상담 시간에 나눴던 이야기가 마음속에서 맴돌기는 했지만, 이번처럼 진하게 울림이 있었던 적은 없었다. 희준은 더 이상 상담을 진행하지 말까 라는 고민이 들기도 했지만, 자신도 모르게 다시 상담실을 향하고 있었다. 희준이 상담실을 들어서자 늘 그렇듯이 유경은 반갑게 희준을 맞이했다.

"어서 오세요. 한 주 동안 어떻게 보내셨어요?"

"아…. 네…. 선생님 잘 지내셨어요?"

어색하고 주저하는 희준의 모습을 보며 유경은 희준이 상담실을 다시 오는 것이 쉽지 않았을 거라고 생각했다. 지난 시간 유경은 희준이 자신의 문제를 똑바로 직면하도록 문제의 중심으로 이끌었다. 삶에서 부닥치는 모든 문제는 회피하는 것이 아니라 받아들일 것은 받아들이고, 버릴 것은 버리는 과정이 반드시 필요하다. 상담사는 마구 헝클어져 있는 삶의 문제 속에서 내담자가 문제의 본질을 똑바로 보고 자신이 책임질 것들을 선택해서 나아가도록 이끌어주어야 한다. 그러나 내담자들은 버리고 받아들일 것을 마주하는 것이 힘들어 중간에 상담을 포기하는 경우도 많다. 수없이 그것을 경험했던 유경은 사전에 내담자에게 만약 상담을 진행하다가 마음이 불편해지거나 상담사에 대한 불만이 생기면 혼자서 생각하지 말고 꼭 함께 이야기하자고 말했다. 그것은 희준에게도 마찬가지였다. 몸의 근력을 기를 때 근육의 통증을 감내하듯이 마음의 근력도 고통을 감내해야 단단해지게 된다. 유경이 보기에 희준은 현재 마음의 근육통을 앓고 있는 중이다.

"오늘은 어떤 이야기를 하시고 싶으세요?"

"음…. 이번 주는 글쎄요. 특별한 것이 없었어요."

"특별한 것이 없었다는 말씀은 어떤 뜻인가요?"

"아, 그냥 별일이 없었다는 뜻입니다."

유경은 희준이 자신에게 어떻게 말을 해야 할지 마음속으로 매우 망설이고 있음을 알아차렸다.

"제 눈에는 오늘 희준씨가 평소와 다르게 불편한 것처럼 보여요. 지금 감정이 어떠신가요?"

유경은 자신이 느낀 감정을 솔직하게 희준에게 전달했다. 보통 인간관계에서는 어색한 사이 또는 불편한 경우에는 가급적 피하는 방법을 선택한다. 희준도 한편으로 상담실에 오고 싶지 않으면서도, 또 한편으로 달라지고 싶은 마음이 있기에 자신을 찾아왔음을 유경은 잘 알고 있었다.

"네, 사실 많이 불편한 거 맞아요. 선생님, 뭐라고 해야 할지 모르겠지만 예전처럼 편안하지가 않네요."

"그러시군요. 희준씨 기억나시나요? 제가 상담을 하다가 마음이 불편해지거나, 상담사인 저에게 불만이 생겼을 때는 혼자서 해결하지 마시고 함께 이야기하자는 말씀을 드렸던 것이요."

"네 생각납니다. 첫 상담에서 말씀하시고, 꼭 기억해 달라고 덧붙이셨죠."

"오늘 이곳에 오신 이유도 저는 희준씨가 해결하고자 하는 마음이 컸기 때문이라고 생각해요."

유경은 희준이 느끼는 불편함이 상담과정 중에 자연스럽게 나타날 수 있는 현상임을 알려주었다.

"네. 사실 제 자신이 좀 바보처럼 느껴졌어요. 전 아니라고 했지만 제 부족한 부분을 보상받기 위해서 전 여자친구에게…."

희준은 말을 끝맺지 못하고 멈추었다. 희준은 가면을 쓴 자신이 아니라 진짜 자신의 이야기를 하고 있었다. 두 손을 모으며 눈을 천천히 깜박이며 말을 잇기 시작한 그를 유경은 따뜻하게 바라보았다.

"전 여자친구의 조건이 좋았던 거 맞아요. 어떻게 보면 저에게는 과분한 사람이죠. 그 사람의 학벌, 직업은 저에게 없는 것이니깐요. 여자친구의 조건을 내세우면 저도 덩달아 비슷한 레벨이 되는 것 같았어요."

희준은 결혼생활에서 아내의 반대에도 불구하고 값비싼 외제차와 명품들을 구매했던 것이 자신도 의사, 약사 친구들처럼 보이고 싶은 욕구에서 비롯된 행동이었음을 알게 되었다. 또한 결혼생활 중에 했던 외도도 자신이 특별한 사람으로 인정받고 싶은 욕망 때문이었다.

"전처에게 한 번도 말하지 못했지만, 많이 미안해요. 사실 그냥 평범한 사람이었고, 저 아니었으면 결혼생활도 잘했을 사람인데."

희준은 전 결혼생활에 대해서 먼저 이야기를 꺼내며 자신의 실수를 인정했다.

"희준씨, 지금 어떤 감정이 느껴지시나요?"

"아… 이 말을 하기까지가 굉장히 어려웠는데요. 하고 나니까 가슴을 누르던 커다란 돌덩어리를 치워버린 기분이네요. 시원하면서도 허탈하기도 해요."

희준은 한결 편안해진 모습이었지만, 유경의 눈에는 그동안 부정하고 있던 낯선 자신을 발견한 것처럼 낯설어하는 그의 모습이 더 뚜렷하게 보였다.

"그러시군요. 시원하고 허탈한 것은 어떤 것들인가요?"

"시원한 것은 제가 왜 그런 행동을 했는지에 대해서 원인을 알아서인 거 같아요. 허탈한 것은 왜 진작 알지 못했을까 하는 마음이요. 좋은 것들을 가지지 못할까봐 그냥 앞만 보고 달렸던 거 같아요. 주변 사람들은 상관하지 않은 채요."

"희준 씨가 자신에 대해서 알게 된 새로운 것이 또 무엇이 있으신가요?"

유경의 질문에 희준은 깊은 한숨을 내쉬면서 대답을 했다.

"제가 열등감이 참 많은 사람이더라고요."

지금까지 희준은 자신의 입으로 열등감이라고 말하는 것은 상상할 수도 없었다. 일찍 남편을 떠나보낸 희준의 어머니는 첫째 아들인 희준에게 많은 기대를 했다. 하지만 희준은 그 기대에 못 미치는 아들이라는 생각에 늘 자신이 부족하다고 생각했다. 학창 시절을 지나 사회에 나와보니 잘난 사람들만 눈에 들어왔다. 자신이 가지지 못한 것들을 모두 갖춘 사람이 너무 많아 자신이 점점 작게만 느껴졌다. 그래서 그 보상으로 자신은 열심히 돈을 벌었고, 남자들이 내세우는 사회적 자존심을 치켜세우기 위해 좋은 차와 명품으로 자신을 포장했다.

그런데 돌이켜 생각해보니 그런 행동은 열등감을 감추기 위한 것으로, 얼굴이 뜨거워질 만큼 창피하고 어리석은 행동이었던 것이다. 그리고 자신이 부족한 것이었는데, 전처의 조건을 탓했다. 때마침 우연히 자신의 열등함을 우월함으로 바꿔줄 약사 여자친구를 만나게 되었다. 그녀 덕분에 희준은 자신이 한층 더 잘난 사람이 된 것만 같았다. 그런데 그런 그녀와 헤어지게 되니 다시 예전으로 돌아갈 것 같은 두려움에 그녀와 비슷한 조건의 여자들을 찾아다녔다. 결국 그런 행동의 근원을 생각해보니 모든 화살표는 열등감이라는 이 세 글자를 향하고 있었다.

"선생님, 저는 앞으로 어떻게 해야 할까요?"

희준은 혼란스러운 듯 유경에게 물었다.

"어떻게 하시고 싶으신가요, 희준씨?"

"사실 열등감을 떨쳐내고 싶어요."

"어떻게 해야 열등감을 떨쳐낼 수 있을까요?"

유경은 희준 자신이 원하는 것은 그가 가장 잘 알고 있다고 믿었다.

"예전처럼 하지 않으면 될 거 같아요."

희준은 자신이 말한 것이 맞는지 정답을 확인하는 것처럼 유경을 바라보았다.

"희준씨께서 벌써 답을 다 찾으셨네요."

"네?"

유경의 대답에 희준은 유경의 말을 이해하며 웃었다. 열등 감 때문에 자신이 해왔던 행동들을 하지 않으면 되는 것이다.

"아! 참. 하하하."

희준의 웃음에 유경도 웃음이 나왔다.

"희준씨, 이렇게 웃는 모습은 처음 보는 거 같아요."

유경의 말에 희준은 자신이 속 시원하게 웃고 싶어서 웃었 던 적이 언제였는지도 기억이 나지 않는다고 말했다. 유경은 가벼워진 마음으로 상담을 마무리하며 말했다.

"이제부터는 희준씨의 상담목표가 좀 달라질 거 같은데요. 희준씨가 자신의 세계를 좀 더 단단하게 만드는 데 함께 힘써 봐요."

희준은 열등감으로 인해서 자신이 잘못된 선택을 했었다는 것을 받아들인 이후로는 단단한 내면을 만들어가는 작업을 시작했다. 희준은 온라인을 통해 여성들을 찾는 것을 중단했다. 대신 운동, 혼자 캠핑하기, 해외여행 등으로 시간을 보냈다. 그렇게 8개월이라는 시간을 몸과 마음을 건강하게 만드는 것에 집중했다. 그러자 희준의 인간관계에도 변화가 생겼다. 그동안 자신이 무시했던 직장동료들과 가까워졌고, 의미 없는 관계나 만남은 정리가 되었다. 그리고 무엇보다 누군가에 의존해 자신의 열등함을 채우는 것이 오히려 공허함을 더 키웠다는 사실을 알게 되었다. 이후부터는 스스로 자신의 것들을 채우며 실천해 나갔다. 그리고 열심히 노력해 직장에서도 승진해 커리어를 더 단단하게 쌓아나갔다.

유경은 희준이 순조롭게 자신을 찾는 모습을 확인하고 상담의 종결을 이야기했다. 희준과 상담 종결에 대한 이야기를 나눈 이후로 희준은 월 1회, 3개월을 더 유경을 만나러 마음서고를 찾아왔다. 희준은 상담을 계속 이어가고 싶어 했지만, 유경은 상담은 언제든지 신청할 수 있다고 말해주었다. 그 말이 희준에게 안도감을 주었고 희준과 유경은 함께 종결일을 정했다. 상담 마지막 날, 희준은 약속 시간에 맞춰 상담실 안으로 들어섰다.

"선생님, 오랜만에 뵙습니다."

"어서 오세요, 희준씨, 잘 지내셨나요?"

"네. 선생님, 승진하고 일도 더 바빠졌어요."

"좋은 소식이네요."

"오늘이 마지막 날이라고 생각하니, 오는 길이 무겁더라고요."

희준은 상담 종결에 대한 아쉬움을 유경에게 전달했다.

"그동안 제 잔소리를 들으시느라고 고생하셨죠?"

유경의 대답에 두 사람은 함께 웃었다.

"저희 꽤 긴 여정이었어요. 희준씨의 소회를 나눠주세요."

"선생님 말씀처럼 길었지만, 저에게는 꼭 필요한 시간이었죠."

희준은 시간을 거슬러 처음 유경을 만나러 온 첫 상담을 회상했다. 희준은 병원에 영업을 다니다 보니 자연스럽게 정신과 의사들도 알게 되었다. 그들을 통해서 심리상담에 대한 것을 처음 접하게 되었는데 처음에는 누가 돈을 주고 심리상담을 받으러 가는지 한심하게 생각했다. 희준은 그냥 이야기만 하는 게 무슨 치료가 되는지 이해가 되지 않았고, 돈이 아깝다고 생각했다. 하지만 막상 자신이 마음이 뜻대로 안 되고 너무 공허하고 외롭다 보니 견딜 수가 없었다. 그렇다고 정신과를 가는 것은 엄두가 나지 않았다. 그때 알게 된 것이 마음서고 심리상담센터였다. 희준은 자신이 이곳을 어떻게 찾아왔는지 처음으로 유경에게 알려주었다.

"선생님을 만나고 어긋난 것들을 제대로 맞춘 거 같아요. 아시다시피 제가 어떤 물건이든지 제자리에 두는 것을 좋아하잖아요. 지저분한 것도 싫어해서 혼자 살아도 정리를 열심히 했는데, 정작 제 마음은 정리를 못 했죠."

"아직 정리되지 않은 것이 있다면, 남겨진 과제는 무엇일까요?"

"처음 상담을 왔을 때의 목표는 다 이룬 것 같아요. 하지만 앞으로 됐으면 하는 희망이 있어요."

"그게 무엇인가요?"

"혼자 사는 것은 자신 없어요. 재혼하고 싶어요. 지금 당장 할 자신은 없지만요."

"그러시군요. 좋은 소식 생기시면 저에게도 알려주세요."

"네? 그래도 되나요?"

희준은 뜻밖의 이야기라는 듯이 눈을 동그랗게 뜨며 유경을 바라보았다. 유경은 희준의 놀란 표정을 보고 웃음이 났다. 유경이 환하게 웃자 희준도 덩달아 웃었다.

"선생님, 정말 감사했어요. 많은 것을 배웠어요. 어디에서도 배울 수 없었던 것들을 선생님과 상담하면서 많이 알게 됐어요. 또, 제 삶도 많이 달라졌고요."

희준의 마지막 상담은 그렇게 끝이 났다. 이후에 희준으로부터 소식은 들려오지 않았다. 늘 그랬듯이 유경은 상담을 다시 찾지 않는다는 것은 그들이 자신의 삶을 잘 살아간다는 것이라고 믿으며 지냈다. 그런데 3년이 지나서 '나는 돌아온 싱글'이란 커플 매칭 프로그램에서 희준을 다시 보게 될 줄은 꿈에도 몰랐다.

유경은 희준을 다시 보자 마지막 상담에서 재혼하고 싶다고 했던 그의 말이 생각났다. 커플 매칭 프로그램에 출연까지 한 것을 보면 그는 아직 상대를 만나지 못한 것이다. 그런데 원하는 상대의 조건을 보니 그는 여전히 조건이 좋은 상대에 대한 미련을 버리지 못하고 있었다. 여자친구를 통해 자신의 열등감을 해소하려는 자신의 행동이 잘못되었음을 인지하고 건강한 내면을 만들기 위해 열심히 노력하던 그의 모습이 떠올랐다. 그러나 역시 채워지지 않은 욕망은 쉽게 사그라들지 않는 법이다. 더욱이 주위에 있는 좋아 보이는 것들에 초연할 수 있는 사람은 많지 않다.

우리 각자는 내면에 옥석(玉石)을 지니고 있다. 그것은 스스로 인식하고 갈고닦을 때 비로소 옥이 되어 빛을 발한다. 그러나 우리는 대부분 그 과정은 간과하고 빛나는 결과물만을 바라보면서 타인의 성공을 부러워하고 그것을 욕망한다. 많은 사람이 결핍과 열등감에 시달리는 이유는 나에게 없는, 좋아 보이는 것이 다른 사람에게는 있기 때문이다. 더욱이 없는 것은 있는 것보다 분명하고 확실하게 인식된다. 희준이 열등감에 시달리는 것도 자신에게 없는 것이 그 스스로에게 분명하게 보이기 때문이다. 유경은 그가 욕망과의 타협점을 찾지 못해 여러 고민 끝에 자신의 욕망이 원하는 상대를 찾겠다고 결정했을 거라고 생각했다.

이런 여러 가지 생각이 유경의 머릿속을 스치고 있을 때, 함께 텔레비전을 시청하던 유진이 갑자기 손뼉을 치며 말했다.

"어머, 저기 철수라는 이름으로 출연하신 분, 예전에 우리 상담소 내담자분이신데."

옆에 있던 김지수 상담사가 유진을 쳐다보며 물었다.

"정말요? 나는 처음 보는 분인데."

유진이 유경을 쳐다보며 물었다.

"소장님, 맞죠? 예전에 소장님께서 상담하셨던 분이요. 깔끔하게 차려입고 잘생긴 분이라서 분명히 기억이 나요."

유경은 유진의 눈을 슬쩍 피하면서 바쁜 듯이 자리를 정리하면서 일어나며 대답했다.

"아 외모가 좀 비슷했던 분이 있어서 저도 잠깐 예전에 상담했던 분인가 기억을 더듬었는데, 아닙니다. 저는 하은주 원장님께 내담자 자료를 급히 보내드릴 게 있어서 먼저 일어날게요. 선생님들께서는 텔레비전 시청하시면서 이야기 나누다가 가세요."

유경은 급히 자리를 피해 자신의 상담실로 돌아와 상념에 잠겼다. 희준과의 상담을 돌아보며 인간에게 욕망의 의미와 그로 인해 일어나는 여러 감정과 삶에서의 파급효과들을 생각해보았다. 유경은 희준이 자신의 욕망과 진정한 사랑 사이에서 좋은 균형을 이룰 수 있는 바람직한 상대를 만나기를 진심으로 바랐다.

거울을 보지 않는 상담사,
유경

유경의 딸 지은은 3주 동안 영국 여행을 갔다가 선물을 가득 안고 집으로 돌아왔다. 저녁이 되어 식구들이 하나둘 집으로 돌아와 그녀 주위로 몰려들었다. 지은의 동생 지수는 집에 들어오자마자 누나에게 달려가 잘 다녀왔냐고 인사를 건네며 자신의 선물을 살폈다.

"누나, 내 선물도 사 왔지? 뭐 사 왔어?"

지은은 눈을 살짝 흘기며 웃었다.

"너는 나보다 선물을 더 기다렸지? 걱정 마라. 엄마, 아빠, 너 선물 다 챙겨서 사 왔지."

지은은 선물 보따리를 열어 내용물을 하나하나 꺼내기 시작했다. 그중에서 예쁘게 포장된 선물박스를 꺼내며 엄마인 유경에게 건넸다.

"엄마, 빨리 열어봐요. 내가 엄마 주려고 골동품 가게에서 큰돈 주고 사 왔어요."

유경은 입가에 미소를 띠며 선물을 건네받았다.

"우리 딸이 뭐 사 왔을까? 완전 기대되는데."

유경은 선물박스를 받고 리본을 풀어 안의 내용물을 꺼냈다. 그런데 선물을 보는 순간 얼굴이 경직되었다. 안에는 약간 큰 크기의 손거울이 들어 있었다. 거울은 테두리에 섬세한 조각들이 가득한 앤틱 거울로 마치 귀족여인이 들여다볼 법한 고급거울이었다.

선물을 받아든 유경을 보며 지은이 말했다.

"나는 엄마가 거울 보는 거를 한 번도 본 적이 없어요. 심지어 안방 화장대에도 거울이 없잖아요. 엄마도 이제 얼굴 주름질 나이니까 우리 엄마 관리 잘 하시라고 공주거울 사 왔죠. 앤틱 가게에서 비싸게 주고 사 왔으니까 앞으로 그 거울 보면서 관리 잘 하시라구요."

유경은 내심 당황스러웠지만 티를 내지 않고 손거울을 들어 얼굴을 들여다보았다. 거울 속에는 20년이 넘도록 한 번도 보지 못한 낯선 자신의 모습이 들어 있었다. 유경은 남편을 만난 이후로 거울을 본 적이 없었다. 그러니 거울 속의 자신의 모습을 본 것은 20년 만에 처음이었다. 이제는 중년에 들어선 낯선 자신의 모습을 들여다보자 남편을 만나기 전, 20년 전의 자신의 모습이 스쳐 지나가기 시작했다. 유경은 얼른 거울을 내리고 다시 상자에 넣었다.

그 모습을 보고 지은이 물었다.

"엄마, 마음에 안 들어요?"

"아니야, 거울 너무 이쁘다. 다른 사람들 선물은 뭔지 빨리 열어 봐."

유경은 어색한 웃음을 띠고 급히 화제를 돌렸다. 지은은 아빠와 동생 선물을 꺼내어 각각 건네주었다. 식구들은 각자 자신의 선물을 열어 보며 만족해하면서 지은에게 고맙다는 인사의 말을 건넸다.

한바탕 선물 증정식이 끝나고, 유경은 선물박스를 들고 자신의 서재로 들어갔다. 그녀는 책상에 선물박스를 올려놓고 한참 생각에 잠겼다가 박스를 열어 조심스럽게 거울을 꺼냈다. 그리고 거울 속의 자신을 빤히 쳐다보았다. 그러자 지금까지 아무에게도 말하지 않았던, 심지어 남편에도 다 말하지 못했던 자신의 과거가 펼쳐지기 시작했다.

유경의 부유하고 행복했던 삶에 먹구름이 끼기 시작한 것은 아버지의 사업이 갑자기 기울기 시작하면서였다. 사업이 위태로워지기 시작하자 유경의 아버지는 아내 명의로 작은 집을 얻었고, 유경의 네 식구는 작은 집으로 이사를 했다. 그리고 얼마 후 유경의 부모는 위장 이혼을 하고, 유경의 아버지는 빚쟁이들을 따돌리기 위해 필리핀으로 도망치듯 떠났다.

아버지가 떠난 이후로 유경 식구들은 아버지와 연락이 전혀 닿지 않았다. 그렇게 5년의 시간이 흐른 뒤 어느 날 유경의 아버지가 갑자기 집으로 찾아왔다. 유경의 아버지는 필리핀에서 온갖 일을 하면서 돈을 벌려고 발버둥 쳤지만 자기 몸 하나 건사하기도 힘들었고, 온갖 고생을 하다가 갑상선암을 얻어 할 수 없이 귀국을 해서 가족을 찾아온 것이다.

유경의 아버지는 유경의 엄마를 매일 찾아가 수술을 해야 하니 집을 팔아서 돈을 내놓으라고 들볶았다. 남편이 사라진 5년 동안 유경의 엄마는 유경과 유경의 남동생 유민을 먹여 살리기 위해 안 해본 일이 없었다. 하루 24시간이 모자랄 정도로 몸으로 할 수 있는 온갖 일을 해서 돈을 벌었지만, 세 식구가 겨우 먹고사는 형편이었다. 그래서 집은 유경이네 가족이 가진 재산의 전부였다. 그러나 남편의 수술을 위해서는 집이라도 팔아야 했고, 더욱이 남편의 들볶음에 유경의 엄마는 더 이상 버틸 수가 없었다.

결국 유경의 엄마는 집을 파는 조건으로 남편에게 유경과 유민을 데려가 키우라고 했다. 유경의 아버지는 자신의 수술을 위해 어쩔 수 없이 동의했고, 유경과 유민은 선택권이 전혀 없었다. 그래서 유경과 유민은 아버지가 있는 서울로 갈 수밖에 없었다. 당시 유경은 고등학교 입학시험을 치른 상태였고, 유민은 초등학교 6학년이었다. 어린 유경 남매는 한마디로 어른들 싸움의 희생양이었다. 이때부터 유경의 삶은 그야말로 악몽과도 같았다.

유경이 서울로 가던 날은 몹시 더운 여름날로 30도가 넘는 날씨였다. 당시 유경의 아버지가 살던 곳은 서울에 있는 쪽방 촌이었다. 유경은 마치 벌집 같은 집을 그때 처음으로 경험했다. 방 하나에 부엌이라고 할 수 없는 공간이 있고, 화장실은 많은 사람이 함께 이용하는 공용화장실이었다. 유경의 아버지는 얼핏 봐도 30개가 넘는 가구가 다닥다닥 붙어 있는 그곳에서 살고 있었다.

유경은 어린 나이임에도 아버지에게 분노가 치밀었다. 이렇게 살려고 5년간 연락도 없었던 것인지 기가 막혔다. 그리고 한편으로 두려움이 쓰나미처럼 밀려들었다. 여기에서 자신이 어떻게 살아갈 수 있을지, 또 어린 동생은 어떻게 해야 하는지 열여섯 살의 유경으로서는 감당하기 힘든 현실이었다.

유경은 분노와 두려움으로 아버지를 일절 상대하지 않았다. 그런 유경이 신경이 쓰여 유경의 아버지는 유경이 시간을 보낼 수 있도록 근처 독서실을 끊어주었다. 그것은 그로서는 유경에게 베풀 수 있는 가장 큰 배려였다. 당시 유경은 모든 상황이 경황이 없어 집에서 챙겨온 것이 없어 컴컴한 독서실 책상에 하루 종일 앉아 있기만 했다. 이것은 유경이 은둔형 외톨이가 되는 첫발이었다.

유경은 세상과 철저히 차단된 그 책상에서 모두에게 버림받았다는 상처를 곱씹으며 종일 눈물을 흘렸다. 유경의 하루 일과는 자신의 처지를 슬퍼하다가 하늘을 원망하고 또 세상을 저주하기를 반복하는 것이 전부였다. 유경은 아무것도 없는 텅 빈 책상이 마치 자기 자신의 모습처럼 느껴졌다. 유경은 세상이 나를 버렸으니 나도 세상을 버리겠다고 생각했고, 세상과 그녀는 둘로 분리되어 유경은 세상으로부터 자신을 고립시켰다.

그러나 불행은 유경의 일만이 아니었다. 유경은 독서실로 세상으로부터 피신했지만, 쪽방촌에 남겨진 어린 유민은 서울에 도착한 다음 날부터 열병을 앓기 시작했다. 유민은 고열 때문에 먹지도 못하고, 누워서 끙끙 앓기만 했다. 유경은 독서실에서 늦게 돌아오면 땀을 뻘뻘 흘리면서 누워 있는 동생을 보면서 자신이 할 수 있는 것이 없어 절망스럽기만 했다. 유민은 계속 엄마를 찾았다. 유경의 아버지는 그런 유민을 보며 남자가 왜 이렇게 허약하냐고 꾸짖으며 엄마가 잘못 키워서 그렇다고 아이들 앞에서 아내 욕을 했다.

유경은 만약 지옥이 있다면 이것이 바로 지옥일 거라고 생각했다. 그녀에게 시간은 참을 수 없을 정도로 천천히 흘렀고, 날씨는 견딜 수 없을 지경으로 뜨거웠다. 하루 종일 독서실 책상에 앉아서 며칠을 보내던 유경은 마지못해 아버지에게 공부를 해야 하니 학원을 보내달라고 말했다. 그러나 쪽방촌에 사는 아버지가 쪽방 월세에 가까운 학원비를 줄 리는 없었다.

유민의 고열 증상은 5일간 지속되었다. 유경은 며칠이 지났을 때부터 그것이 마음의 병임을 알게 되었다. 유민의 상태가 약을 먹어도 나아질 기미가 보이지 않자 유경의 아버지는 유경 남매의 양육을 포기했다. 쪽방촌에서 자식을 키우는 것은 사실상 불가능했고, 유경 아버지의 몸도 건강치 못해 수술을 해야 하는 상황이어서 유경과 유민은 다시 부산으로 보내졌다. 유경은 집으로 돌아간다는 생각과 엄마를 만난다는 기쁨에 잠이 오지 않았다. 엄마만 다시 만날 수 있다면 더없이 행복할 거라고 생각했다.

유경이 유민을 데리고 부산에 도착해서 집을 찾아갔을 때 유경은 다시 지옥 속에 놓였다. 자신의 집에는 엄마는 온데간데없고 다른 사람이 살고 있었다. 유경은 머릿속이 하얗게 변하고 아무 소리도 들리지 않았다. 유민의 손을 잡고 시간이 정지된 채 유경은 멍하니 서 있었다.

"누나, 엄마 어디 갔어?"

유민은 계속 유경에게 물었지만, 유경은 모든 것이 멈춘 채 유민의 손을 꼭 잡고 마치 박제된 것처럼 정지해 있었다. 얼마의 시간이 흘렀을까? 평소 유경의 엄마와 친하게 지냈던 건너편 반찬가게 아주머니가 유경과 유민을 발견하고 놀라서 달려나왔다.

"유경아, 느그들이 어찌 왔노? 어찌 둘이 왔노?"

유경과 유민은 반찬가게 아주머니의 손에 이끌려 가게로 들어갔다. 아주머니는 냉장고에서 시원한 음료수를 꺼내 유경과 유민에게 주었다. 유경은 건너편에서 자신이 살던 집을 멍하니 바라보았다. 엄마와 동생과 함께 살던 모습, 새벽에 일하러 나간 엄마를 동생과 같이 기다렸던 모습, 학교를 다녀오고 들어가는 자신의 모습이 마치 영화처럼 펼쳐졌다. 유경은 순간 눈물이 왈칵 쏟아졌고 멈출 수가 없었다. 뜨거운 날씨 때문에 시원한 음료를 벌컥벌컥 마시고 있던 유민은 영문을 몰라 유경을 쳐다보았고, 반찬가게 아주머니는 눈물을 훔치며 유경을 토닥여주었다.

밤이 되자 먼 길을 오느라 피곤했던 유민은 간이침대에서 깊이 잠이 들었다. 그러나 하루 동안 너무 많은 일을 겪은 유경은 잠도 오지 않아 조용히 앉아서 아주머니가 가게를 정리하는 것을 지켜보았다. 가게 정리가 끝날 무렵 유경의 엄마가 "유경아, 유민아!"라고 외치며 헐레벌떡 가게로 뛰어들어왔다. 유경은 엄마를 보자마자 "엄마"라고 외치며 엄마의 품으로 뛰어들었다.

유경의 엄마, 정영주와 유경은 아무 말 없이 서로 껴안고 한참을 울었다. 영주는 깊이 잠든 유민을 조용히 깨워서 유경과 함께 집으로 데리고 갔다. 영주의 집도 서울에 있는 유경 아버지의 집과 크게 다를 것이 없었다. 언덕길을 한참 올라가 좁은 골목길을 다시 들어가야 나오는 외지고 허름한 곳이었다. 작은 방 하나, 부엌 하나가 있는 세 식구가 들어서면 꽉 차는 좁디좁은 공간이었다. 그러나 유경에게는 그곳이 다시 뺏기고 싶지 않은 안식처이자 보금자리였다.

유경은 그날 이후부터 엄마인 영주에게 필요한 것을 사달라거나 돈을 달라는 이야기는 일절 하지 않았다. 또 힘들다는 말도 입 밖에 내지 않았다. 유경은 엄마마저 자신과 동생을 버리면 안 된다는 절박한 심정에 빨리 돈을 많이 벌겠다고 결심했다. 게다가 영주에게는 갚아야 할 빚이 남은 상태였다. 그 후 유경은 학교를 다니며 닥치는 대로 아르바이트를 했다.

그 후 4년의 시간이 흘러 영주와 유경이 뼈를 깎는 노력으로 모은 돈으로 세 식구는 마침내 방이 두 개가 있는 집으로 이사를 했다. 유경은 고등학교를 졸업하고 대학을 포기하고 생계를 위해 아르바이트를 이어갔다. 중학교 졸업 때까지만 해도 공부를 잘해서 고등학교 입학 성적이 좋았던 유경은 의대를 가는 것이 목표였다. 의사가 되어 어려운 사람들에게 의술을 베푸는 것이 그녀의 꿈이었다. 하지만 집안 사정이 하루아침에 고꾸라지면서 대학 진학은 그녀에게 사치나 마찬가지였다. 유경이 스물두살이 되었을 때 매우 성실하고 틈틈이 책을 보는 유경을 눈여겨보던 백화점 매니저가 서울 백화점에 자리가 있는데 자신이 추천해주겠다며 그곳에서 일해보라고 제안을 했다. 유경은 그 제의를 곧바로 수락했다. 아는 사람이 많은 부산을 빨리 벗어나고 싶었고, 달동네를 벗어나고 싶은 마음이 간절했기 때문이다.

유경은 월세가 가장 저렴한 영등포역 근처에서 작은 월세방을 구했다. 유경은 백화점 명품관에서 일을 하게 되었다. 그런데 유경이 서울로 올라오자마자 영주가 일을 하다 넘어져 수술까지 하게 되어 유경은 월급의 일부로 월세와 생활비를 하고 대부분은 부산에 있는 영주에게 보내며 살았다.

유경이 명품관에서 만난 사람들은 그 자리에서 몇백만 원 심지어 몇천만 원을 아무렇지 않게 썼다. 같은 하늘 아래에서 살아가지만 유경이 살아가는 세상과 그들이 사는 세상은 너무도 달랐다. 유경은 자연스럽게 자신의 삶이 그들과 비교가 되었다. 유경은 그들을 보면서 자신의 삶이 더욱더 원망스러웠고, 자신의 처지가 더 비참하게 느껴졌다.

그러던 중 유경의 자취방에 도둑이 들어 유경의 물건 중에서 돈이 될 만한 것들을 모두 훔쳐가는 사건이 일어났다. 유경은 경찰에 신고했지만, 경찰은 좀도둑을 잡을 수 없으니 문단속을 잘하라는 말만 남기고 가버렸다. 유경은 이러한 사실을 누구에게도 말하지 못했다. 유경은 가진 것 없는 자신에게 있는 것도 빼앗아가는 세상이 너무 끔찍하고 싫었다.

원래 남들과의 교류가 거의 없는 유경이었지만, 이때부터 유경은 일과 집 외에는 세상과 어떤 교류도 하지 않았다. 일을 쉬는 날이면 밖을 일체 나가지 않고 집에서만 지냈다. 유경에게 삶은 허허벌판과도 같은 존재였다. 부모의 보호라는 울타리도 존재하지 않으며, 홀로 눈비를 맞고 거센 바람을 견디며 버텨내야 하는 그런 것이었다.

유경은 남들보다 어린 나이부터 삶의 고난과 쓴맛을 맛보며 자신의 존재에 대해 고민하기 시작했다. 삶은 왜 이렇게 고통스럽고, 자신은 왜 이런 고통을 견디며 살아야 하는지 의문이 들었다. 그리고 인간이 느낄 수 있는 극한의 감정들, 슬픔, 분노, 원망, 고립, 열등감, 자괴감 등 쓰디쓴 감정들을 모두 겪어 보니 마음이 아픈 사람들의 마음이 보였다. 그래서 심리학 관련 책들을 찾아 열심히 읽기 시작했다. 유경은 책을 통해 너덜너덜하게 찢기고 할퀴어진 자신의 마음을 조금씩 어루만질 수 있었다.

그러던 중 미국 심리학자이자 저명한 교수인 밥 교수가 쓴 〈인간의 마음〉이라는 책을 만나면서 마음이 아픈 사람들을 상담을 통해 고쳐주고 싶다는 생각을 하게 되었다. 원래 의사가 꿈이었던 유경은 이 책을 통해 사람의 몸 대신 마음을 치료해 주는 상담사가 되고 싶다는 꿈을 갖게 되었다.

유경은 심리학 책들을 읽을수록 상담사에 대한 꿈이 무럭무럭 자랐지만, 대학도 가진 못한 자신에게는 언감생심이라고 생각했다. 그러면 다시 절망의 구렁텅이로 떨어졌고, 부모와 세상을 향한 원망이 날카롭게 일어났다. 그리고 자신의 삶은 되는 일이 하나도 없다는 절망감에 때로 자살 충동을 느끼기도 했다.

인간의 고난은 신이 주는 기회라는 말이 있다. 절망과 좌절의 연속이었던 유경의 어두운 삶에 유경은 의식하지 못했지만 조금씩 조금씩 빛이 들어오기 시작했다.

어린 나이부터 생계를 위해 사회생활을 시작했던 유경은 많은 사람들을 만나고 겪다보니 눈치가 빠르고 사람에 대한 파악과 이해도가 높았다. 더욱이 자신의 이야기를 남에게 하는 법이 없어 평소 과묵하고 남의 이야기를 잘 들어주었다. 이런 자세가 사람을 상대하는 일에서는 매우 플러스 요인이 되었다. 명품관의 경우 연예인이나 돈 많은 사람들이 많이 찾는 관계로 이야기를 남에게 전하지 않는 태도가 매우 중요했다. 만약 입을 잘못 놀려 이야기가 이상하게 전달되거나 안 좋은 소문이 퍼지면 중요한 손님들을 잃게 되기 때문이다.

평소 과묵하고 남의 이야기를 잘 들어주는 유경의 모습에 큰 점수를 준 상사의 추천으로 유경은 강남 백화점의 명품관으로 발령이 났다. 유경은 강남백화점으로 옮긴 지 2개월이 되던 때 남편 준호를 그곳에서 처음 만났다. 준호는 부모님의 생일 선물을 사기 위해 부모님을 모시고 유경이 일하는 명품관을 찾았다. 조용하고 단정한 유경은 적당하게 떨어진 거리에서 있다가 준호 부모님이 질문을 하면 친절하고 자세하게 안내를 해주었다. 며칠이 지나서 준호가 혼자서 선물을 사기 위해서 다시 유경이 있는 명품관을 찾았을 때 그는 편안하게 안내해주던 유경을 찾아서 자신이 사려는 물건을 안내받았다.

"받는 사람이 마음에 들어야 할 텐데요."

준호는 포장을 하는 유경을 향해 말했다.

"50대의 중년 남성이 받으시는 거라면 아마 마음에 들어 하실 거예요."

유경의 말에 준호가 놀란 표정을 하며 물었다.

"아니 어떻게 아셨어요? 받는 사람이 50대 남성인지?"

준호의 물음에 유경은 미소만 지으며 아무 말 없이 준호에게 물건을 건넸다. 유경이 대답하지 않자 준호는 더 묻기가 어색해서 자신도 살짝 미소를 띠고 인사를 건넨 뒤 매장을 나섰다. 그런데 그날 두 사람은 서점에서 다시 마주치게 되었다. 준호는 책을 고르다가 우연히 유경을 발견하고 반가운 마음에 유경 쪽으로 다가갔다. 하지만 유경이 책에 완전히 몰입하고 있어서 준호는 감히 말을 걸 수가 없어 옆에서 기다렸다. 유경이 보던 책을 서가에 꽂고 이동하려고 하자 준호가 유경에게 다가가 인사를 했다.

"안녕하세요. 여기서 다시 뵙게 되네요."

갑작스러운 만남에 유경은 깜짝 놀라 준호를 쳐다보았고, 유경은 낮에 선물을 사러왔던 그를 알아보았다. 유경이 가볍게 인사를 건네고 곧바로 지나가려고 하자 준호가 웃으며 말했다.

"이것도 인연인 거 같은데, 함께 차라도 한잔 하시겠어요?"

"혹시, 아까 구입하신 물건이 뭐가 잘못된 것이 있나요?"

"아니에요. 그런 건 아니고 좀 여쭈어보고 싶은 것이 있어서요. 잠깐 차나 한잔 하시죠."

유경은 정말 내키지 않았지만, 자신의 매장을 찾는 고객이기에 어떻게 거절을 해야 할지 고민이 되었다. 유경이 머뭇거리자 준호는 다시 한 번 잠깐 차나 한잔 하자고 말했다.

유경은 잘못하면 큰 고객을 잃을 수도 있다는 생각에 일단 그의 말을 들어보자는 마음으로 허락했다.

"죄송하지만 제가 일이 있어 오래는 안 되고 잠깐 가능합니다."

두 사람은 서점 옆 카페로 들어가 자리를 잡았다.

"저는 김준호라고 합니다. 이유경씨죠? 아까 명찰에서 이름을 봤어요."

"네. 물어보실 것이 무엇인가요?"

"아까 정말 궁금했는데, 제가 선물을 줄 상대가 50대인 것을 어떻게 아셨어요?"

유경은 내심 기가 막혔다. 그게 뭐가 그렇게 중요해서 차까지 마시자고 한 것인지 이해가 되지 않았다. 그러나 고객이기에 빨리 알려주고 일어나면 그만이라고 생각했다.

"친구라면 지갑을 봤을 거 같았어요. 또 가족이라면 받으실 분과 동행하셨을 거고요. 여성분이라면 예쁘고 아기자기한 선물로 추천해달라고 말씀하셨을 거고요. 그러지도 않으셨어요. 고객님이 고민을 많이 하고 신중하게 고르시는 모습을 보고 그렇게 말씀드린 거예요."

유경의 이야기가 끝나자마자 준호는 "와"라고 감탄사를 내뱉었다.

"혹시 백화점 근무 오래 하셨어요? 사람의 행동을 보고 알아맞히시네요."

유경은 별것 아닌 것을 감탄하는 준호가 내키지 않아 그만 일어나고 싶어졌다.

"고객님, 그럼 저는 이만 가 보겠습니다."

유경이 일어서자 준호도 따라서 일어서며 잡으려는 시늉을 했다.

"혹시 제가 뭐 실수를 했나요?"

"아닙니다. 그런 거 없어요."

"아까 보시던 책이 심리학에 관련된 것 같은데, 그런 것에 관심이 많으신가 봐요."

이야기를 이어나가는 준호의 태도에 박차고 나가기도 어색해서 유경은 다시 자리에 앉으며 말했다.

"그냥 우연히 보게 되었어요. 특별히 그런 것은 아니에요."

처음 보는 사람에게 자신의 이야기를 하는 것은 자신의 스타일이 아니기에 유경은 둘러댔다.

"저는 내일 일찍 출근을 해야 해서 그만 일어날게요. 차는 잘 마셨어요. 먼저 일어나겠습니다."

유경은 인사를 하고 카페를 서둘러 나갔다. 준호는 다음에 또 보자는 말을 하고 싶었지만 유경이 서둘러 나가는 바람에 꾸벅 인사만 하고 자리에 앉아 남아 있는 커피를 마셨다.

며칠이 지나고 평소처럼 유경이 서점에서 책을 읽고 있을 때 준호가 다가왔다.

"안녕하세요. 또 뵙습니다."

준호의 인사에 유경은 인사를 건넸다. 유경은 이번 만남이 우연이 아님을 직감적으로 느꼈다. 유경이 아무 말 없이 경계의 눈빛으로 한참을 바라보자 준호가 배시시 웃으며 말했다.

"사실은 유경씨께 여쭤보고 싶은 것이 있어서 기다렸어요. 잠깐 차나 한잔 하시죠."

"이번에는 또 뭐가 궁금하신 건가요? 손님이시라도 자꾸 이러시면 제가 곤란해져요."

유경은 화가 났지만, 뒷일을 위해 최대한 자제하며 정중하게 말했다.

"실은 유경씨께 좀 조언을 구하고 싶은 것이 있어서요."

"저희는 서로 잘 알지도 못하는데, 왜 제게 조언을 구하세요?"

"저번에 보니 사람에 대해 잘 알아맞히시는 것 같아서 사람들 고민상담을 잘 해주실 거 같아서요. 솔직히 말씀드리면 유경씨와 이런저런 세상 사는 이야기를 나누고 싶어요."

유경은 가만히 준호의 눈을 바라보았다. 꽤 부유해 보이는 성인 남성이 매달리듯 자신에게 시간을 내달라고 하는 것이 뭔가 사연이 있는 것 같기도 하고, 또 정말 무언가 말하고 싶은 것이 있는 것처럼 느껴졌다. 사람을 잘 꿰뚫어보는 유경은 무엇보다 준호의 눈빛이 선해 보이는 것이 싫지 않았다. 유경은 아주 오랫동안 타인과 마음을 교류하지 못했다. 우선은 먹고사는 것이 바빠서 마음의 여유가 전혀 없었고, 그다음은 자신의 처지에 대한 깊은 열등감으로 인해 사람들과 교류를 하지 못했다. 그런데 전혀 예상치 못한 만남과 적극적으로 다가오는 준호에게서 여태껏 느껴보지 못한 사람에 대한 호감을 느꼈다.

유경은 지금까지 그런 적이 없었지만, 처음으로 타인에게 마음의 문을 조금 열어보고 싶은 생각이 들었다.

"마침 오늘은 별다른 스케줄이 없네요. 저는 따뜻한 카푸치노로 마실게요. 한 잔 사주시는 거죠?"

유경은 자신의 적극성에 스스로 놀랐다.

"아휴 몇 잔이라도 사드리죠. 그럼 잠깐 앉아계세요. 아 케이크 좋아하시죠? 어떤 케이크 드시겠어요?"

"저는 케이크 종류는 잘 몰라서요. 알아서 사주시면 될 거 같네요."

준호는 신이 난 듯 얼굴에 웃음을 가득 안고 커피를 주문하러 갔다가 카푸치노 두 잔과 치즈케이크와 티라미슈를 사 들고 왔다.

준호는 자신의 이야기가 아닌 자신의 주변 사람들 이야기를 잔뜩 했다. 그는 친구의 연애 고민, 선배의 진로 고민, 주변에 성격이 이상한 사람들을 어떻게 대처해야 하는지에 대한 인간

관계에 대한 다양한 에피소드를 하나씩 꺼내면서 유경에게 조언을 구했다. 사람들을 잘 읽고, 심리학에 관심이 많아 보이는 유경의 환심을 사기 위한 그 나름의 노력이었다. 그에 대해 유경도 자신이 경험했던 것과 책을 통해 보았던 사람들의 심리를 떠올리며 열심히 조언을 해주었다.

그렇게 두 달 동안 만남이 이어지면서 준호는 유경이 말해준 방법을 자신의 주변 사람들에게 상담을 해주며 알려주었고, 주변 사람들 중 추후 그 방법이 효과가 있었다고 말하는 사람들이 있었다. 준호는 만남을 이어가면서 자신이 느낀 유경에 대한 인상이 틀리지 않았음을 확신하고 자신의 이야기와 결정을 유경에게 털어놓기로 결심했다.

매번 유경이 서점에서 책을 읽고 있으면 서점으로 찾아와 함께 차를 마시며 이야기를 나누던 루틴과 다르게 하루는 준호가 데리러 오겠다고 사전에 전화를 했다. 준호는 자신의 애마인 벤츠를 몰고와 유경을 태우고 한강공원으로 갔다. 그리고 커피를 테이크아웃해서 유경과 한강공원 벤치에 나란히 앉았다.

"항상 제 지인들의 고민을 들려드렸는데, 오늘은 제 고민을 말하고 싶어요."

"고민이 있으신가봐요."

"네, 제 삶에 대한 고민이죠. 저희 부모님은 제가 빨리 결혼하기를 원하세요."

"그런데 서른하나이시면 그렇게 빠른 것 같지는 않은데요."

유경이 웃으며 말했다.

"하하, 그렇긴 하네요. 저는 어머니 성화 때문에 선을 정말 많이 봤어요."

"많이라면 어느 정도요?"

"정말 셀 수 없이 많아요. 백 번도 넘은 거 같아요."

"정말 많이 보시기는 했네요. 어떠셨어요."

"솔직히 정말 싫죠. 매번 모르는 사람을 만나야 하고. 실은 선보는 거 너무 지쳤어요. 저는 친구들한테 선마켓이라고 표현해요. 있는 사람들은 서로 조건 맞추어 만나니 그냥 조건의 대결일 때도 많아요."

"그런 만남이라면 누구나 불편하고 힘들 거 같아요. 저는 선을 본 적이 없어서 정확히는 모르겠지만요."

"있는 집 따님들이니 대부분 명품을 감고 나오죠. 그래서 사람도 좀 명품이었으면 하는데, 좀체 사람이 명품인 경우는 별로 없더라구요."

"너무 많은 거를 바라면 힘들 수 있죠. 주위에 좋아하는 분은 없으셨어요?"

"인연이라는 게 있다고 믿는데, 지금까지 바로 그게 없었네요. 그런데 갑자기 유경씨를 만난 거죠."

유경은 순간 준호가 하는 말이 무슨 의미인지 알 수 없어 잠자코 준호의 말을 듣기만 했다.

"저는 삶을 자유롭게 살고 싶어요. 다니던 회사를 그만두고 유학을 가려는 이유도 좀 더 넓은 세상을 보고 넓은 시야를 갖고 싶기 때문이죠. 그리고 애정 없는 결혼은 하고 싶지 않아요. 그건 저한테 감옥과도 같아요. 조건을 맞춰 좋아하지도 않는 사람과 평생을 사는 건 정말 고문일 거예요. 선자리에 나온 여성분들은 부족한 것 없이 자란 분들이라 다소 이기적이고 자기중심적인 사람들이 대부분이었어요. 저는 평소 사람에 대한 이해가 깊고 대화가 잘 통하는 사람을 만나고 싶었거든요. 그런데 유경씨가 그랬어요. 제가 곧 미국으로 유학을 가게 돼요. 저는 유학을 갈 때 혼자 나가고 싶지 않아요. 유경 씨와 함께 나가고 싶어요."

준호는 유경에게 자신의 마음을 고백했다. 준호의 이야기를 들은 유경은 당황스러웠다. 누군가에게 고백을 받아본 것도 처음이지만, 배경이 서로 완전히 다른 준호와의 결혼은 생각해 본 적도 없었기 때문이다.

"호기심과 호감을 구분하지 못하시는 것 아닌가요?"

유경은 과정도 없이 혼자 달려나가는 준호의 감정이 매우 의심스러워 질문을 던졌다. 별 어려움 없이 자라서 자신이 원하면 다 되는 줄 아는가 라는 생각까지 들었다. 유경의 눈에 준호는 인생을 만만하고 쉽게 생각하는 것처럼 보였다.

"하하, 제가 나이가 서른하나입니다. 호기심과 호감을 구분하지 못할 나이는 아니죠. 사회생활을 안 해본 것도 아니고요."

"제가 보기에 준호씨는 이상주의자세요. 그런데 이상주의자가 현실에 부딪치거나 자각을 하게 되면 오히려 더 좌절하거나 또는 더 현실주의자가 되죠. 그러니 어느 정도 현실과 타협하시는게 살기에는 더 편하실지 몰라요."

"제가 이상주의자인 거는 유경씨가 잘 보신 거 같아요. 그런데 저는 현실에 제대로 발붙이기 위해서는 삶에서 어느 한때 이상주의자가 될 필요가 있다고 봐요. 제 주변 사람들과 대화를 해보면 모두 어디가 연봉이 얼마이고, 누가 얼마를 받고, 어디 아파트가 얼마이고 이런 대화만 해요. 어떻게 살 것인지, 좀더 의미 있는 삶이 무엇인지 고민하는 사람은 없어요. 저는 남들에게 보여주기 위한 틀에 맞춘 삶은 살고 싶지 않아요. 지금 제게 중요한 건 제가 무엇을 하고 싶은지, 내가 평생 함께하고 싶은 사람은 누구인지 그것을 찾는 겁니다."

"그것은 준호씨가 남들은 보장받지 못한 경제력이 이미 보장되어 있기 때문이 아닐까요? 당장 먹고사는 게 급한데 그런 생각을 할 여유는 없어요. 저 역시 저 한 몸 건사하며 사는 것도 너무 버거워서 솔직히 결혼은 생각할 여유도 전혀 없어요. 더욱이 어디 아파트가 얼마인지, 연봉이 얼마인지 남들 돌아볼 겨를도 없구요."

"제가 부모님을 잘 만나는 복을 받은 것은 사실이에요. 그러나 경제력이 보장되어 있기 때문에 이상적인 것을 고민한다고는 생각하지 않아요. 자신답게 살려는 고민은 인간의 본질적인 문제이니까요."

"제게는 준호씨의 고민이 모두 배가 부르기에 가능한 고민처럼 들려요. 솔직히 말씀드리면 저희 부모님은 이혼을 하셨고, 저희 엄마는 아버지 때문에 매우 불행하게 사셨어요. 아버지 때문에 저와 제 남동생도 매우 불행하게 살았고요. 낳았다고 부모는 아니잖아요. 남들은 기본적으로 받는 부모의 지원과 보호를 못 받은 것에 대해 저는 원망도 많이 했고, 지금도 화가 나요. 그래서 저는 남자에게 의지하고 싶지 않아요. 함부로 부모가 되고 싶지도 않구요. 그래서 더 이상 결혼 얘기는 하지 말아주셨으면 해요. 몇 개월 동안 준호씨와 많은 이야기를 나누고 즐거운 시간이었어요. 그러나 저희 인연은 여기까지인 거 같아요. 좋은 분 만나서 유학 잘 가셨으면 좋겠어요. 저는 먼저 일어날게요."

유경은 자리에서 일어나 빠르게 걸어가버렸다. 유경의 행동에 준호는 몹시 당황해 뒤따라갔지만 유경은 단호하게 자신의 발걸음을 옮겨 택시를 잡기 위해 달려갔다. 준호는 자신의 차로 돌아와 핸들을 탕탕 치며 자신의 경솔함을 후회했다. 좀 더 시간을 갖고 유경에게 다가갔어야 한다고 자책했다. 그러나 준호는 얼마 남지 않은 미국 유학 때문에 마음이 급했고, 더욱이 선을 통해서 유경과 같은 사람을 만날 수 없다는 생각에 더욱 급하게 행동했던 것이다.

다음 날 준호는 유경에게 자신이 매우 경솔했다고 하면서 저녁에 시간을 내줄 수 있는지 문자를 보냈다. 그러나 답장이 없었다. 그래서 유경이 퇴근하는 시간에 맞춰 서점으로 가서 기다렸지만 유경은 오지 않았다. 일주일을 그렇게 유경의 퇴근 시간에 맞춰 서점으로 가서 유경을 기다렸지만, 유경은 나타나지 않았다.

두 달이 지났을 때 준호는 원래의 계획대로 미국 유학길에 올랐다. 꾸준히 오던 문자도 끊기자 유경은 준호가 유학을 갔다고 생각했다. 유경의 솔직한 심정은 준호에게 호감을 갖고 있었던 것은 사실이지만, 너무 갑작스럽게 결혼이야기를 꺼내는 것이 결혼은 생각조차 해본 적이 없고 마음의 준비가 전혀 없던 자신으로서는 매우 부담스러운 것이었다. 더욱이 아무것도 가진 것이 없는 자신과 부자 부모 밑에서 누리며 살아온 것 같은 그는 서로 전혀 어울리지 않아 자신이 상처를 받을 가능성이 컸기에 시작도 하고 싶지 않은 마음이 컸다. 그래서 삶의 수많은 굴곡을 겪어온 자신을 보호하기 위해 아예 시작도 하지 않는 것이 현명한 결정이라고 생각했다.

유경은 다시 자신의 마음을 어루만지고 다잡기 위해서 서점을 가서 열심히 심리학 관련 책들을 읽으며 자신의 꿈을 키워나갔다.

✦ ✦ ✦

준호가 떠나간 이후 유경의 일상은 변함이 없었다. 낮에는 백화점에서 근무를 하고 퇴근 후에는 서점에 가서 책을 읽었다. 준호와 연락이 끊어지고 시간은 흘러 1년이 지났다. 유경의 동생 유민은 대학 입학 후 곧바로 군대에 갔다. 등록금으로 누나에게 부담을 주고 싶지 않아서 한 선택이었다. 유경은 돈을 벌기 시작한 때부터 집의 빚을 갚고 생활비에 도움을 주기 위해 버는 돈의 대부분을 집에 보냈다. 그래서 결코 오지 않을 거 같던 빚을 마지막 갚는 날이 찾아오자 감회가 남달랐다.

"꽤 이자가 높았는데, 드디어 완납하셨네요."

자신보다 몇 살 더 많아 보이는 은행 창구 직원이 대출 완납에 대해 이야기를 하자 유경은 울컥했다. 하지만 그 앞에서 울 수가 없어서 아무 말도 하지 않고 남은 대출금을 다 정리하고 인사를 건네고 자리에서 일어났다. 유경이 은행 문을 열고 밖으로 나오자 시원한 바람이 얼굴에 맞닿았다. 유경은 아까부터 참았던 눈물이 왈칵 쏟아졌고 웃다가 울다가를 반복하며 한 정거장을 걸어서 갔다.

고등학생이 된 이후 일하고 빚을 갚는 것 이외에는 어떤 삶의 여유도 없던 유경은 빚을 다 갚고 나자 그만큼의 금전적, 정신적인 여유가 생긴 느낌이 들었다. 그래서 얼마 안 되지만 앞으로 남는 여윳돈을 어떻게 할지 계속 생각했다. 집에 돌아와 샤워를 하고 나오니 앞에 부산 지역 번호의 전화번호가 찍혀 있었다. 유경은 부산이라면 엄마 말고는 전화 올 곳이 없는데 라고 생각하며 전화를 걸었다.

"저, 부재중 전화가 와 있어서요."

"아. 혹시 이유경씨인가요? 여기는 부산 대학병원인데요. 정영주씨 따님 맞으시죠?"

"네. 그런데요. 저희 엄마인데요. 무슨 일이시죠?"

"정영주씨가 유방암 4기신데 항암치료를 거부하셨어요. 오늘 쓰러지셔서 119로 병원에 오셨어요. 따님께서 병원에 빨리 오셔야 할 거 같습니다. 지금 상태가 좋지 않으세요."

유경은 수화기를 든 손이 덜덜 떨렸다. 심장은 마치 터질 것처럼 쿵쾅거렸다. 유경은 전화를 끊고 기차역으로 달려가 부산행 기차에 몸을 실었다.

유경은 병원에 도착해 영주를 찾아갔고, 침상에 적힌 이름이 아니었다면 잠들어 있는 엄마를 알아보지 못했을 것이다. 앙상하게 뼈만 남은 엄마의 모습을 보고 유경은 믿을 수가 없었다. 유경은 곧바로 의사를 찾아가서 어떻게 된 일인지를 물었다.

"치료를 제안했는데도 어머님이 거부하셨어요. 이미 다른 곳까지 전이가 많이 되어서 수술도 의미가 없어요. 안타깝지만 마음의 준비를 하셔야 할 것 같습니다."

주치의는 유경이 이야기를 어떻게 받아들일지를 살피면서

천천히 차분하게 영주의 상황을 이야기했다. 의사의 말은 유경이 엄마를 볼 수 있는 날이 얼마 남지 않았다는 의미였다. 유경은 마치 망치로 머리를 얻어맞은 느낌이었다. 갑자기 이것이 무슨 상황인지 현실이 비현실적으로 느껴졌다.

"선생님, 어떻게 무슨 방법이 없을까요? 엄마를 살릴 수 있다면 뭐든지 다 할게요. 제발 살려주세요."

"죄송합니다. 방법이 없네요."

주치의는 미안함과 착잡함이 섞인 표정으로 유경을 바라보았다. 유경은 엄마에게서 병에 대해 들은 적이 없었고, 이 지경까지 온 줄은 꿈에도 알지 못했다. 왜 자신에게 아무 말도 하지 않았는지 너무 원망스럽고 이해가 되지 않았다. 그리고 어떻게 해야 할지 너무 막막해 그냥 꿈이었으면 하는 생각밖에 들지 않았다.

유경은 진찰실을 나와 영주에게로 향했다. 영주는 여전히 깊은 잠에 빠져 있었다. 너무 고요한 그녀의 표정에 겁이 덜컥 난 유경은 영주가 숨을 쉬고 있는지 머리를 그녀의 심장에 대고 소리를 들었다. 영주의 심장이 아직 조용히 뛰고 있는 것을 확인하고 유경은 깊은 안도의 한숨을 쉬었다.

영주는 침대에서 엎드려 자고 있던 유경의 손을 조용히 쥐었다. 유경은 눈을 뜨자 자신을 바라보고 있는 영주의 눈과 마주쳤다. 순간 무슨 말을 해야 할지 떠오르지 않았다.

"엄마!"

유경은 눈에 여러 가지 의미를 담아서 영주를 계속 바라보았다.

"괜찮다. 엄마 괜찮다."

영주는 유경에게 괜찮다는 말밖에 할 수 있는 말이 없었다. 그렇게 두 모녀는 말이 아니라 눈빛을 통해 서로의 입장을 이야기했고, 또 이해했다.

그 후 영주의 병세는 빠르게 악화되었다. 눈을 뜨면 통증 때문에 진통제를 맞았고, 강한 진통제를 맞고 지쳐 잠이 들기를 반복했다. 유경이 아픈 엄마 옆에서 지낸 지 일주일이 넘어가고 있었다. 유경은 급속도로 나빠져가는 영주의 상태를 매일 지켜보며 곧 끊어질 줄을 잡고 있는 심정으로 아슬아슬하고 조마조마한 시간을 보냈다.

유경은 영주의 병을 지켜보면서 여윳돈으로 시간을 사고 싶은 마음이 간절했다. 지금까지는 가난이 자신을 고통 속으로 밀어넣었다고 생각했는데, 삶에서 돈은 노력해서 채울 수 있는 가장 낮은 장애물임을 깨달았다. 소중한 사람과 함께할 수 있는 시간은 돈으로도 살 수 없음을 알게 된 유경은 엄마를 볼 수 있는 날이 거의 없게 되자 엄마가 살아 있을 때 함께 더 많은 것을 하지 못한 것에 대해 후회하고 또 후회했다.

영주의 병세가 가망이 없음이 확실시되자 주치의는 유경에게 그녀가 며칠을 넘기기가 어려울 거라고 알려주었다. 유경은 군대에 있는 유민에게 연락을 했고, 영주는 마지막 힘을 끌어모아 아들이 오기만을 기다리다가 아들 얼굴을 보고서 곧 눈을 감았다.

영주의 장례식장은 쓸쓸함이 감돌았다. 남편과 인연을 끊은 지 오래고, 지인들과도 교류가 없어 아는 사람 몇 명만이 장례 식장을 찾았다. 그러잖아도 마음이 힘든 유경과 유민은 찾아 오는 사람도 거의 없어 마음이 더욱 황량했다.

장례를 치르고 난 뒤 유경은 유민과 함께 부산 집으로 돌아 갔고, 유민은 주어진 휴가 기간이 끝나 군대로 복귀했다. 유경 은 영주의 유품을 정리하면서 영주의 진심을 엿보게 되었다. 유경은 그녀가 사용했던 서랍장의 첫 번째 칸을 조심스럽게 열었다. 그곳에는 아무것도 없었다. 그 아래 두 번째 서랍장을 열었다. 그곳에도 영주의 물건은 남겨진 것이 없었다. 마치 그 녀가 이 집에 살지 않았던 것처럼 집 안에 영주의 물건이 있었 던 곳들에는 남은 것이 하나도 없었다. 유경은 급히 작은 방으 로 가서 그곳에 있는 장롱을 열었다. 그곳은 평소에 영주가 사 용했던 가방과 외투들이 있었던 곳이다. 그런데 몇 개 없던 외 투마저도 하나도 없었고, 빈 옷걸이만 덩그러니 걸려 있었다. 그리고 작은 가방 하나만이 달랑 놓여 있었다. 유경은 비로소 영주가 죽음을 미리 준비했음을 알게 되었다.

그 가방은 영주의 생일날 유경이 큰마음을 먹고 백화점에서 사준 가방이었다. 가방을 집어들자 뭔가 움직이는 소리가 나 서 유경은 지퍼를 열었다. 그 안에는 통장이 하나 들어 있었다.

그 통장에는 유경의 이름이 쓰여 있었다. 유경은 통장 거래 내역을 훑어보고 자리에 주저앉아 하염없이 눈물을 흘렸다. 그것은 유경이 서울로 올라간 뒤부터 살림에 보태라고 영주에게 매달 보낸 돈이 그대로 입금된 것이었다. 영주는 치료할 수 있는 돈이 있음에도 유경과 유민을 위해 자신의 삶을 포기한 것이다.

유경은 부모의 지원을 받지 못하는 자신의 상황을 원망할 때가 많았다. 남들처럼 부모님 돈으로 학교를 다니고 대학을 가고 생활을 하고 싶었지만, 어느 것 하나 지원받지 못하는 자신의 처지와 불행이 끔찍하게 싫었다. 그런데 막상 자신의 엄마는 자신의 목숨을 희생하며 부모로서 할 수 있는 것을 준비하고 남기고 떠난 것이다. 유경은 가슴을 뜯으며 통곡했다. 엄마를 원망한 자신이 용서가 되지 않았고, 또 그 돈으로 엄마가 치료를 받고 이제 조금씩 돈을 모아 세 식구가 좀 더 행복하게 살 수 있었음에도 그렇지 못하는 것에 대한 운명의 장난이 용서가 되지 않았다.

유경은 벽에 기대앉아 천장만 쳐다보았다. 신은 견딜 만큼의 고통을 준다고 하는데 유경은 더 이상 자신의 처지를 견딜 수가 없었다.

'열여섯 살 이후 정말 밑으로 밑으로 나락으로 떨어지기만 했는데, 신이 내게 내 삶의 밑바닥은 어디까지라고 알려줬으면 좋겠어. 지금까지 그냥 포기하면서 살았는데, 대체 내 삶은 어디까지 포기를 해야 하는 걸까? 내 삶은 살아야 하는 이유가 하나라면 차라리 죽는 게 나은 이유가 다섯은 될 거야. 그냥 죽어버리면 될까?'

순간 유경은 심한 자살충동을 느꼈다. 너무 고통스럽고 힘겨운 삶을 더 이상 살고 싶지가 않았다. 그 순간 유민의 얼굴이 떠올랐다. 만약 자신이 죽으면 혼자 살아가야 할 유민이 눈에 밟혔다. 유경은 먹지도 자지도 않고 벽에 기댄 채 앉아 있었다. 밤이 지나고 새벽이 흐르고 아침이 어렴풋이 찾아왔을 때 주머니 속의 핸드폰 진동이 울렸다.

핸드폰을 확인해보니 백화점으로부터 온 통상적인 위로의 말과 함께 언제 출근할 수 있냐고 묻는 문자였다. 유경은 전화기를 내려놓고 생각을 정리했다.

'지금까지는 삶을 포기하면서 살았지만, 이제는 내 운명이 나를 할퀴도록 내버려두지 않겠어. 엄마가 죽음을 선택한 것도 유민이와 나를 위한 선택이었어. 엄마를 위해서 이제는 더 악착같이 살 거야.'

유경은 온갖 시련을 겪으며 자신도 모르게 단단해지고 있었다. 그리고 죽음이 아닌 삶을 선택한 이 기로의 선택이 자신의 삶을 완전히 뒤바꿔놓으리라고는 유경 자신도 이때는 전혀 알지 못했다.

✦ ✦ ✦

유경은 우선 부산의 집을 정리하기로 결정했다. 유민도 군대에 있기에 동생이 제대를 하면 그때 동생이 지낼 수 있는 집을 마련하면 되는 상황이었다. 유경은 집주인에게 전화를 걸어 사정을 말하고 집을 부동산에 내놓기로 했다. 유경은 몇 개되지 않는 엄마의 유품을 챙겨 가방에 넣고 서울 백화점 팀장에게 전화를 걸었다.

"팀장님, 안녕하세요."

"그래그래. 많이 힘들었지? 연락하기도 미안해서 문자로 보냈지. 몸은 괜찮은 거지?"

"네 덕분에 장례도 잘 치렀고, 이제 모든 게 정리되었어요. 다음 주부터 출근할게요."

"그래 잘 결정했어. 담 주에 얼굴 보고 얘기하자. 몸 잘 추스르고."

"네 감사합니다. 다음 주에 뵈어요."

유경은 서울로 가기 전에 영주를 안치한 납골당으로 향했다. 유경은 유골함 앞에서 영주를 향해 다짐했다.

"엄마, 처음에는 엄마가 치료받지 않은 게 너무 원망스럽고 이해가 되지 않았는데, 엄마의 깊고 깊은 뜻을 내가 알아. 하늘에서 지켜보는 엄마가 실망하지 않도록 이제는 더 열심히 살 거야. 돈도 더 모아서 심리학 공부를 해서 꼭 상담사가 될 거야. 유민이도 내가 잘 챙길 거니까 걱정하지 말고. 그러니 그곳에서는 맘 편히 쉬어. 시간 될 때마다 엄마 보러 올게."

서울로 올라간 유경은 낮에는 백화점에서 열심히 일하고, 일이 끝난 저녁에는 서점에서 심리학 책을 읽으며 일상을 이어갔다. 그리고 대학 심리학과에 진학하기 위해 정보를 수집하기 시작했다.

유경이 서울에 올라간 지 2주가 지났을 때였다. 그날도 유경이 서점에서 한참 책을 보고 있는데 누군가 다가와서 말을 걸었다.

"안녕하세요. 다시 만나게 되네요."

익숙한 목소리에 놀라 고개를 들어보니 준호였다. 유경은 예상치 못한 만남에 너무 놀라 혼이 빠진 듯한 멍한 표정으로 준호의 얼굴만 쳐다보았다.

"그렇게 쳐다보시기만 하니 제가 몸 둘 바를 모르겠네요. 하하."

"아…. 네. 그런데 미국 가시지 않으셨어요?"

유경은 내심 반가웠지만, 너무 당황스러워 그 말이 불쑥 튀어나왔다.

"잠시 한국에 나올 일이 있어서 들어왔어요. 잘 지내셨죠? 오랜만에 뵈었으니 차나 한잔 해요."

"네 그래요."

유경은 순순히 준호의 제안을 받아들였다. 두 사람은 카페에 앉아 서로의 안부를 물었다.

"한국에는 왜 들어오신 건가요?"

"예전에 말씀드렸었는데, 미국에 공부하러 유학중입니다. 시카고에 있는 대학에서 괴짜 지도교수 밑에서 열심히 학업을 정진하고 있어요. 시카고의 겨울은 정말 너무 추워서 한국이 더 생각나더라고요. 여기 음식이 그리워서 해 먹다 보니 저 요리 실력도 많이 늘었습니다. 하하. 유경 씨는 어떻게 지내셨어요?"

엄마가 죽고 마음이 많이 외로웠던 유경은 예전과 달리 준호에게 자신의 이야기를 솔직하게 털어놓고 싶은 마음이 들었다. 유경은 잠시 뜸을 들이다가 조용히 말했다.

"사실은 엄마가 얼마 전에 돌아가셨어요. 장례를 치르고 2주 전에 서울로 돌아왔어요. 처음에는 견디기가 힘들었는데 아주 조금씩 제자리를 찾아가고 있어요."

"아니, 그런 큰일이 있으셨군요. 사실 유경씨 처음 보고 얼굴이 많이 야위었길래 무슨 일이 있었나 싶었어요. 상심이 무척 크시겠어요. 뭐라고 위로의 말을 드려야 할지…."

"솔직히 사람들이 무슨 위로의 말을 해주어도 별로 위로가 되지 않더라구요. 결국 제 마음이 괜찮아질 때까지 스스로 위로할 수밖에 없다는 생각이 들어요."

"저는 그것도 모르고 제 얘기만 한 것 같아 미안하네요."

"괜찮습니다. 어떻게 지내셨는지 들어서 좋았어요. 저는 내일 또 출근해야 하니 이제 일어나 볼게요."

"제가 데려다 드릴 테니 거절하지 마세요. 거절하셔도 데려다 드릴 겁니다."

준호의 단호함에 유경은 거절할 수가 없었다. 그러나 유경의 진심은 준호의 호의를 거절하고 싶지 않았다. 두 사람은 가는 내내 말없이 각자의 생각에 잠겼다. 집 앞에 도착하자 유경은 데려다줘서 고맙다고 준호에게 인사를 건넸다. 준호는 조심히 들어가 쉬라고 말하고 유경이 집으로 들어가는 것을 지켜보았다. 유경이 눈에서 사라지자 준호는 유경을 어떻게든 설득해서 함께 미국을 나가야겠다고 결심을 굳혔다.

준호는 미국에 있는 동안 부모님의 성화에 못 이겨 유학사회의 여성들과 수차례 선을 보았다. 그러나 유학사회의 선자리가 국내에서의 선자리와 크게 다를 바가 없었다. 조건 대 조건의 만남은 준호를 숨 막히게 했고, 선을 통해 만난 여성들은 준호로 하여금 유경을 더욱 떠올리게 했다. 그래서 준호는 한국에 들어올 때부터 유경을 다시 만나 자신의 진심을 보여줄 계획을 세우고 있었다. 그런데 유경에게 어머니의 죽음이라는 부재가 생긴 것을 보고 자신이 그 빈자리를 채워줘야겠다는 생각을 하게 되었다.

집으로 돌아온 유경은 준호와의 만남이 예전과는 크게 다르게 느껴졌다. 엄마의 죽음을 경험하고 난 뒤에는 아주 작은 것들이 크게 다가왔다. 유경은 준호의 친절과 호의가 크게 고마우면서도 한편으로 설레었다.

다음 날 아침부터 유경은 문자를 받았다. 점심을 같이 먹자는 준호의 문자였다. 마침 유경은 쉬는 날이어서 준호에게 쉬는 날이라는 답신을 보냈다. 그러자 곧바로 준호에게서 전화가 걸려왔다.

"유경씨, 11시 30분까지 집 앞으로 데리러 갈게요. 이따 봐요."

준호는 유경이 거절할까 봐 자기 말만 하고 전화를 끊었다. 약속 시간에 맞춰 유경은 집 앞으로 나왔고, 준호는 벌써 도착해 차 밖에 나와 서 있었다. 유경이 차에 올라타자 준호는 자기가 먹고 싶은 김치찌개가 있다며 그곳을 향해 움직였다. 도착한 곳은 허름한 가게였는데, 가게 안에는 사람들로 꽉 차 있었다. 주로 혼자서 밥을 먹는 유경은 누군가와 함께 대화하면서 식사를 하는 것이 새롭고 낯선 경험이었다. 준호는 김치찌개가 정말 그리웠기 때문에 매우 맛있게 먹었다.

"말씀하신 대로 맛이 좋은데요."

"그렇죠? 여기 굉장히 오래되고 유명한 곳이에요. 제가 대학교 때부터 다녔는데, 이 집이 그렇게 생각이 나더라고요."

두 사람은 식사를 마치고 식당 밖으로 나와 근처 작은 공원을 걸었다.

"언제 미국으로 다시 돌아가세요?"

유경이 준호의 일정을 물었다.

"한 달 반 뒤에요."

"어제는 모처럼 잠을 푹 잤던 거 같아요. 한동안 먹는 것도, 자는 것도 제대로 하지 못했는데 덕분에 오랜만에 일상으로 돌아온 거 같아요."

"어제는 제가 어머님이 그렇게 되신 것에 뭐라고 말을 해야 할지, 어떤 말이 위로가 될지 감히 표현할 수가 없더라고요. 사실 유경씨가 잘 지내고 있기를 많이 바랐거든요."

"엄마가 매우 아프셨는데, 저한테 아무 말씀도 하지 않으셨어요. 제가 엄마에게 갔을 때는 이미 가망이 없으셨어요. 저에게 아무 말도 하지 않았던 엄마에게 너무 화가 났고, 엄마가 그렇게 되기까지 전혀 몰랐던 저 자신을 용납할 수가 없었어요."

유경은 준호에게 엄마가 죽는 과정에서 자신이 느꼈던 감정들을 털어놓기 시작했다. 유경은 준호에게 말을 하고 있었지만, 사실 자신에게 하는 말이기도 했다.

"엄마는 천천히 죽음을 준비했어요. 엄마가 치료할 수 있는 돈이 있었음에도 왜 그런 선택을 했는지 알게 되었을 때 솔직히 죽고 싶은 심정이었어요. 예전에는 부모님 원망도 많이 했었거든요. 그런데 그것은 엄마가 보여준 사랑의 방식이라는 것을 깨달으면서 엄마의 선택이 이해가 됐어요. 그리고 엄마가 남겨준 삶이 헛되지 않도록 살 거예요."

　유경은 엉킨 실타래를 하나하나 풀듯이 자신의 이야기를 풀어갔다. 그것은 유경이 상실의 아픔을 견디고 엄마의 죽음에 대해 애도하는 과정이었다. 유경은 소중한 사람을 잃었을 때 충분히 애도하고 슬퍼하라는 글귀를 읽은 적이 있었다. 늘 자기 죽음을 생각했지 소중한 사람을 잃을 것에 대한 것은, 그것도 이렇게 아무런 준비 없이 갑자기 생길 거라고는 생각지 못했기에 처음에는 마음을 어떻게 추스려야 할지 스스로 감당하기가 어려웠다. 그러나 수많은 심리학 책을 읽고 혼자 공부하면서 보았던 지식들을 스스로에게 적용했다. 상실의 그늘을 벗어날 때까지 충분히 슬퍼하고 애도할 것.

　"엄마가 남겨준 삶이라는 뜻이 어떤 의미인가요?"

　준호는 자신이 경험하지 못한 유경의 세계와 사유에서 인간적인 깊이와 통찰을 느낄 수 있었다.

　"저는 사랑받을 수 없는 사람이라고 생각했어요. 하지만 엄마가 했던 행동들은 사랑하기에 가능했다는 것을 이제야 알았어요. 그래서 엄마가 남겨준 그 사랑을 기억하면서 이제는 사랑받은 사람처럼 살고 싶어졌어요."

　사랑을 받은 사람은 사랑이라는 것이 어떤 것인지를 알기에 사랑을 줄 수 있다. 유경은 사랑받은 적이 없다고 생각해 누군가의 관심과 배려와 같은 호의를 거절하고 피했다. 타인이 주는 관심과 배려는 대가가 필요한 거래라고 생각했었다. 하지만 사랑처럼 눈에 보이지 않는 마음은 어떤 대가와 같이 물리적으로 측정될 수 있는 것이 아니었다. 지금 유경 앞에 있는 준호의 마음도 돈으로 값을 매길 수 있는 가치가 아니라는 것을 유경은 이해했다. 엄마의 죽음은 유경에게 세상에 태어나 가장 큰 고통과 슬픔이었지만, 유경 자신이 쓰고 있는 세상에 대한 잿빛 안경을 벗어 던지게 해주었다.

"유경씨는 충분히 사랑받을 수 있는 사람이죠."

1년 전 준호가 만난 유경은 고슴도치처럼 가시를 가득 품고 있었다. 지금 유경은 1년 전과는 많이 달라져 있었다. 겨울이 지나 따뜻한 봄이 올 거 같은 온기가 느껴졌다. 준호는 유경에게 다가갈 수 있겠다는 희망이 마음속에 샘솟기 시작했다.

유경은 자신 때문에 심각한 이야기를 너무 많이 한 거 같다며 분위기를 바꾸자고 했다. 영화관에서 영화를 보자고 유경이 먼저 제안했다. 두 사람은 곧바로 극장으로 향했다. 차에 올라타 준호는 유경에게 물었다.

"최근에 본 영화가 뭐예요?"

"어렸을 때 부산에서 동생과 같이 영화관에서 영화를 본 이후로 처음이에요."

유경은 남들처럼 영화관을 가 본 적이 없었다. 많은 것을 하면 안 되고, 할 수 없다는 생각을 하면서 살았기에 영화나 공연 관람 등의 문화생활은 누려 본 적이 없었다. 유경은 이제부터는 그 모든 것을 하지 않았던 것이라고 생각을 바꾸기로 마음먹었다. 그리고 하면 안 된다고 생각했던 것들을 해보는 것으로 변화를 시도하며 적극적으로 살기로 결심했다.

준호와 유경은 한 달간 매일 만났다. 둘은 사람과 세상과 삶에 대해 이야기를 나누고 나누어도 끊임이 없이 이야기가 이어졌다. 그래서 헤어지면 또 전화를 통해 이야기를 나누었다. 길지 않은 시간이지만 둘 사이에는 사랑과 깊은 신뢰가 견고히 자리잡아 가고 있었다. 준호는 유경을 통해 세상을 배워나갔고, 유경은 준호를 통해 삶의 여유와 사랑을 배워나갔다.

한 달이 지났을 때 준호가 유경에게 말했다.

"유경씨, 20일 뒤에 다시 미국으로 들어가야 해요. 부모님께 유경씨를 소개드리고 앞으로 남은 삶을 유경씨와 함께하고 싶어요. 나는 엄마와 아버지가 키운 사업체를 물려받아야 해요. 유경씨는 저를 도와주고, 또 저는 유경씨가 하고 싶은 심리공부를 하도록 도와줄게요."

유경은 준호의 말이 무슨 의미인지 잘 알고 있었다. 유경은 허락의 의미로 고개를 끄덕였다. 유경의 승낙을 얻은 준호는 야호 라고 소리를 치며 기쁨의 만세를 불렀다. 그리고 유경을 꼭 껴안아주었다. 유경은 준호의 따뜻한 가슴에 얼굴을 묻고 자신을 향해 다가오는 행복을 있는 힘껏 껴안는 마음으로 준호를 꼭 껴안았다.

준호는 유경의 허락을 얻었지만 더 큰 관문이 기다리고 있음을 알고 있었다. 바로 부모님의 허락이었다. 준호가 한국에 들어온 이래 매일 나가서 누군가를 만나고 전화하는 모습을 보고 준호의 어머니는 준호에게 여자가 생겼음을 눈치챘다.

"너 요즘 만나는 사람 있지? 아주 얼굴에 화색이 돈다. 그렇게 선을 많이 봐도 안 되더니 웬일인지 모르겠네. 어떤 아가씨야?"

"나중에 다 말씀드릴게요. 조금만 기다리세요."

"그러니까 더 궁금해진다. 언제 한 번 집에 데려와. 얼굴이나 보자."

"때 되면 소개드릴 테니까 걱정하지 마세요."

사실 준호는 내심 걱정이 되었다. 조건 좋은 며느리를 원하는 어머니가 반대할 것이 불을 보듯 뻔했기 때문이다. 그래서 우선 유경과의 관계를 단단히 한 다음 부모님을 설득할 생각이었다.

유경의 허락을 얻은 준호는 부모님의 허락을 얻기 위한 노력에 돌입했다. 준호는 유경이 걱정할까봐 방학 과제를 낼 것이 있어 일주일간 만나기 힘들 거라고 거짓을 둘러대며 부모님의 허락을 얻어 유경을 만날 계획을 세웠다. 준호는 어머니가 좋아하는 신라호텔 팔선으로 부모님을 모시고 식사를 대접하면서 유경의 존재를 알렸다.

"엄마, 아버지, 저 좋아하는 사람이 생겼어요. 결혼하고 싶어요."

준호의 결혼을 오매불망 기다리던 준호의 어머니와 아버지는 크게 기뻐했다.

"아니 그렇게 선을 많이 봐도 싫다고 하더니 도대체 어떤 아가씨야? 부모님은 뭐하시고?"

준호의 어머니는 아들이 만나는 여자가 어떤 사람인지 너무 궁금했다.

"음… 유경씨 부모님은 오래전에 이혼을 하셨고, 어머니는 얼마전에 돌아가셨어요."

"에구, 그럼 부모님이 안 계신 거니? 그래 뭐 하는 아가씨인데?"

"백화점에서 판매일을 해요."

"백화점에서 판매일을 한다고?"

준호의 어머니가 놀라서 되물었다.

"네 예전에 강남 백화점에 갔을 때 명품관에서 보셨어요."

"명품관에서 봤다고? 언제?"

이번에는 준호의 아버지가 되물었다.

"저번에 아버지 생신선물 사드린다고 명품관 간 적이 있었잖아요. 그때 보셨어요."

준호의 어머니와 아버지는 기억을 떠올렸고, 차분하고 친절하게 안내해주던 유경을 기억해냈다. 준호의 어머니는 실망감을 감추지 못하고 아들을 책망했다.

"크면서 한 번도 실망시키는 법이 없더니, 너는 도대체 결혼에 대해서는 왜 이렇게 속을 썩이는지 모르겠다. 선을 그렇게 많이 보고 조건 좋은 아가씨들은 다 마다하더니 그런 사람과 결혼하려고 그런 거냐?"

하나뿐인 아들을 보란 듯이 좋은 조건의 여자와 결혼시키기 위해 결혼상담소는 물론 주위의 지인들을 통해 수없이 며느릿감을 물색하며 노력하던 준호의 어머니는 아들이 아무런 조건도 없는 여자와 결혼을 하겠다고 하니 기가 막혔다.

"그냥 좋은 감정에 결혼하고 싶은 마음이 들 수는 있어도 결혼은 현실이다. 서로 배경이 확연히 차이 나는 결혼은 불행일 수 있어. 지금은 서로 좋을 수 있어도 결혼해서 살다보면 서로 맞지 않는 부분이 많아서 같이 살기 힘들 수 있다는 말이다."

준호의 아버지가 아들을 타이르듯 현실을 일깨워주었다.

"아버지, 영식이와 태호를 보세요. 조건 맞춰서 결혼한 놈들이 2년, 3년 만에 맞지 않는다고 이혼했잖아요. 서로 배경이 비슷해도 애정이 없으면 쉽게 깨질 수 있어요. 저는 애정 없는 사람과 불행하게 살고 싶지 않아요. 그럴 자신도 없구요."

"너는 잘 사는 애들은 다 제껴놓고 왜 이혼한 애들만 말하는 거니? 암튼 나는 이 결혼 절대 승낙 못하니까, 그렇게 알어. 밥맛도 떨어져서 더 이상 못 먹겠다. 나 먼저 가마."

준호의 어머니는 식사 도중 겉옷과 가방을 들고 나가버렸다. 준호의 아버지는 아내를 부르며 따라 나가서 돌아오지 않았다.

준호는 혼자 멍하니 앉아 부모님을 어떻게 설득할지 고심에 고심을 거듭했다. 준호가 집으로 돌아왔을 때 준호의 아버지와 어머니는 이미 집에 돌아와 있었다. 눈치를 살피니 분위기가 냉랭해 준호는 오늘은 조용히 있다가 내일 다시 아버지에게 말하는 편이 낫겠다고 판단했다.

다음 날 저녁, 아버지가 퇴근한 것을 확인하고 준호는 아버지의 서재로 들어갔다.

"아버지 말씀 드리고 싶은 것이 있어요."

"결혼 얘기냐? 나도 네 엄마와 같은 의견이다."

"제 생각을 좀 들어주세요. 사실 아버지와 엄마도 같이 동고동락하시면서 회사를 키우셨잖아요. 힘든 순간들을 신뢰와 애정으로 버티신 거잖아요."

준호의 아버지는 흙수저 출신으로 자수성가한 사람이었다. 대기업을 다니다가 지금 준호의 나이인 서른하나에 독립해 사업을 시작했다. 준호의 아버지는 사업을 시작해 처음 10년간은 기반을 다지느라 집에 생활비를 가져다주지 못했다. 그래서 아내인 준호 어머니가 생활비를 벌어 세 식구가 먹고살았다. 준호 어머니는 남편과 공동육아를 하며 10년간 가장 노릇을 하면서 남편의 사업을 물심양면으로 지원했다. 10년간의 부부의 피땀 어린 노력으로 사업은 그 후 승승장구해 규모가 빠르게 커지면서 견실한 중소기업으로 성장했다.

"두 분을 보면서 부부 사이에는 신뢰와 애정이 중요하다고 생각했어요. 만약 돈과 조건만 본다면 어려운 순간이 오면 충족되지 않아서 이혼을 선택하겠죠. 실제로 우리 주위에도 그런 부부들이 많잖아요. 제 나이에도 이혼하는 커플들이 많아요. 사업이나 인생이나 항상 큰 리스크들이 도사리고 있는데, 중요한 것은 어려울 때 함께 잘 헤쳐나갈 수 있는 동반자가 필요하다고 생각해요. 제가 살펴본 유경씨는 그럴 수 있는 사람이라고 판단했어요."

준호의 진심 어리고 일리 있는 이야기를 들은 준호의 아버지는 준호의 말을 반박할 수가 없었다. 더욱이 자신도 지금의 자리에 올 수 있었던 것은 모든 것을 함께 버티고 지원해준 아내 덕분임은 말할 필요가 없었다.

"네 생각을 잘 알겠다. 오늘 하루 나도 좀 고민을 해보마."

준호 아버지는 깊은 고민 끝에 준호의 편이 되어주어야겠다고 결정을 내리고 다음 날 퇴근 후 준호 어머니를 설득했다.

"준호가 결혼문제 빼고는 우리를 실망시킨 것이 없잖소. 준호 이야기를 들어보니 배우자도 나름 고민을 많이 한 거요. 재 말마따나 결혼생활에서 조건보다 더 중요한 게 신뢰와 사랑인데 재가 여러 가지로 살펴보고 선택한 거요. 준호 혼자 유학 보내놓고 우리가 매일 걱정하느니 좋다는 사람과 빨리 결혼시켜서 안정적으로 유학생활 마치도록 밀어줍시다."

준호의 어머니는 처음에는 아버지의 설득에도 반대를 거듭했시만, 혼자 외롭게 유학생활을 하는 아들에 대한 걱정과 사랑하는 자식을 이기지 못하는 애정으로 인해 결국 일주일 만에 결혼을 허락하게 되었다.

준호 부모님의 허락으로 유경과 준호의 결혼은 일사천리로 진행되었다. 준호는 학업으로 미국에 잠시 나갔다가 결혼을 위해 다시 들어와 유경과 결혼식을 올렸다. 양 부모님이 계시지 않는 유경의 상황과 빨리 미국으로 출국해야 하는 준호의 스케줄을 고려해 가족들만 모여 스몰웨딩으로 결혼식이 치러졌다.

유경은 미국으로 떠나기 전 유학원에서 상담도 받고 책을 찾아보면서 미국에서 심리학을 공부하기 위한 정보를 수집했다. 마침 준호가 유학 중인 시카고에 꼭 만나고 싶어 했던 밥 교수가 교수로 있는 대학이 있었다. 유경은 일단 가격이 저렴한 시카고에 있는 칼리지 대학에 들어가서 2년 과정을 마치고, 밥 교수가 있는 대학으로 편입을 목표로 준비했다. 유경은 결혼식을 마치고 지원한 칼리지 대학에서의 비자가 허락되어 미국으로 향했다. 엄마가 남겨주신 소중한 돈은 학비의 일부로 보태 유용하게 쓰였다.

유경은 시카고에서 하루에 2-3시간을 자면서 열심히 학업에 매진했다. 유경은 자신의 인생에 새롭게 주어진 기회를 놓치고 싶지 않아 하루를 25시간인 것처럼 살았다. 시카고에 도착하고 2년 뒤에는 딸을 임신해서 낳았다. 또 4년째에는 아들을 낳았다. 유경은 악착같이 살림, 육아, 학업을 소화하면서 자신이 목표했던 밥 교수가 있는 시카고 대학으로 편입을 해서 무사히 대학을 졸업했다. 그리고 준호의 적극적인 지원과 도움으로 심리학 석사까지 마칠 수 있었다.

미국으로 떠난 지 7년째 되었을 때 준호와 유경은 학업을 마치고 한국으로 귀국했다.

유경은 귀국 후 한국상담연구소에 상담심리사로 취업해 자신이 그렇게 바라던 상담사로서의 첫발을 내딛었다. 그리고 기관에서 상담사로서 크게 인정을 받고 5년째 되던 해 독립해 마음서고 심리상담소를 차렸다.

거울을 보며 지난 과거를 돌이켜보던 유경은 거울 속에 비치는 현재의 자신의 모습을 바라보았다. 자신이 거울을 본 것은 준호와 결혼하고 나서 처음이었다. 유경은 준호와의 결혼으로 인생의 완전히 새로운 장이 펼쳐진 이후로 자신의 초라하고 어두운 과거를 완전히 지우고 싶은 마음이었다. 그리고 다시는 떠올리고 싶지 않았다. 그래서 미국 유학생활을 할 때도, 한국에 귀국해 상담사 일을 할 때도 그 누구에게도 자신의 과거를 일절 말하지 않았다. 그래서 주변 사람들에게 유경은 신비로운 사람으로 통했다. 유경이 언론매체에 자신을 드러내지 않는 이유도 과거 자신을 알았던 사람들이 자신을 알아볼 까봐 두려웠기 때문이다.

유경은 내담자들에게 마음을 치유하기 위해서는 자신의 있는 그대로의 모습을 마주하고 자신의 어둡고 열등한 면도 모두 받아들여야 한다고 늘 말했지만, 정작 자기 자신은 그렇지 못했다. 스물다섯 이전의 초라하고 열등한 자신은 완전히 지운 채 부유한 집안의 며느리, 해외 유학을 다녀온 유능한 상담사, 능력 있는 남편의 아내라는 사회에서 부러워하고 겉으로 내세우기 좋은 모습만을 자신으로 인정하고 싶었다. 거울을 보지 않았던 이유는 거울을 통해 자신의 진짜 모습을 떠올리고 싶지 않았기 때문이다.

그러나 딸이 선물해준 거울을 보면서 유경은 깨달음을 얻었다. 자신이 지금 유능한 상담사로 사람들에게 인정을 받을 수 있었던 이유는 스물다섯 이전의 온갖 세상풍파를 겪었던 어린 유경이 있었기 때문이다.

어린 나이에 부모에게 버림받고 세상에서 고립된 채 문제아가 된 현수의 마음, 가난이 끔찍하게 싫어서 부자 남편으로 도피하고 싶어 하던 희진의 마음, 세상에서 비교당하고 무시당하면서 자신을 생채기 내는 미희의 마음, 열등감에 시달리는 희준의 마음. 이 모든 것은 유경이 겪고 지나온 자신의 마음이기도 했다. 그래서 유경은 다른 상담사들보다 더 마음이 아픈 내담자들의 감정과 마음을 잘 이해하고 헤아릴 수 있었던 것이다.

유경은 자신의 부분이지만 자신이 부정하고 지워버리려 했던 마음 한구석에 처박아버린 어린 유경에 대한 기억을 꺼내어 어루만졌다. 한없이 외롭고 고통스러웠던 자신의 어둡고 열등한 자아를 꼭 껴안아주었다. 그러자 꼭꼭 숨기고 싶던 자신의 모습이 오히려 없어서는 안 될 존재처럼 소중하게 느껴졌다. 유경은 살아가면서 자기 자신을 사랑하는 일이 가장 어렵고 또 가장 필요한 일임을 새삼 깨달았다.

유경은 지금까지 반쪽짜리 상담사였다. 마치 앵무새처럼 심리학 이론에서 배운 대로 내담자들에게 치유를 위해 자신의 있는 그대로의 모습을 마주하고 자신의 우월한 모습은 물론 열등한 모습도 자신으로 받아들이는 통합의 과정을 거쳐야 한다고 읊었다. 그러나 이제는 자신을 통해 왜 그래야 하는지 머리가 아닌 가슴으로 이해하게 되었다.

유경은 컴퓨터 앞에 앉아 파일을 열고 자판을 두드리기 시작했다. 아무에게도 말하지 않았고, 말하지 못했던 자신의 이야기를 쓰기 시작했다.

유경은 절망의 끝을 통과해 희망의 문을 열었던 자신의 이야기가 감정적으로 큰 고통을 겪고 있는, 마음의 낭떠러지에 서 있는 많은 사람들에게 상담사로서 전하는 치유의 빛이 되기를 간절히 바라며 한 자 한 자 적어나갔다.

작가의 말

　우리 삶에서 중요한 것은 무엇일까요?

　돈, 명예, 성공, 가족, 일 등 저마다 다를 것입니다. 그러나 간과할 수 없는 사실이 있습니다. 만약 자신의 마음이 무너지면 그 무엇도 결국은 소용이 없게 된다는 것입니다. 마음이 무너지면 삶에 대한 의욕을 잃고 결국 삶도 무너지게 되기 때문입니다. 그래서 살면서 물질적인 풍요로움보다 더 중요한 것은 내 마음이 내 의지를 벗어나 무너지지 않도록 잘 관리하는 것일지 모릅니다.

　그러나 우리 마음은 어떤가요? 내 마음임에도 내 의지를 벗어날 때가 많습니다. 예측하기 어렵고, 마음대로 되지 않으며, 때로는 이해하기 힘든 것이 우리 마음이라는 존재입니다.

　지금 우리 사회에 마음이 아픈 사람들이 저지르는 범죄가 만연하고, 또 많은 사람이 마음의 병에 시달리는 이유는 살면서 가장 중요한 우리 마음이라는 존재를 등한시하기 때문입니다. 남보다 앞서고 빠르게 달려야 한다는 경쟁심과 욕망, 물질에 대한 집착으로 인해 우리는 자신을 깊이 들여다보고 내면의 목소리에 귀 기울일 시간이 없습니다. 이것은 우리를 병들게 하고 삶에서 진정 중요한 것을 외면하게 합니다. 그러나 내면에 쌓이는 부정적인 감정은 마치 언젠가는 폭발하는 화산처럼 폭발할 기회를 노리다 반드시 고개를 듭니다.

번아웃, 우울증, 화병, 불안, 집착, 열등감 등, 우리는 살면서 한 번쯤 이런 부정적인 감정에 갇히게 됩니다. 어떤 사람들은 이로 인해 삶이 완전히 무너지기도 합니다.

이 소설에 등장하는 6명의 주인공들은 우리 누구나 갖고 있는 우리의 감정을 대변하는 인물들입니다. 이들은 삶이 무너져 마음의 낭떠러지 끝에 서 있지만, 치유의 과정을 통해 마음을 회복하고 삶이 바뀌게 됩니다.

아픈 마음을 낫게 하기 위해서는 힐링을 넘어 반드시 치유의 과정이 필요합니다. 힐링은 외부로부터 받는 위안이기에 수동적이지만, 치유는 능동적인 노력이 필요합니다. 마음의 치유를 위해서는 자신의 진짜 모습을 마주하기, 자신의 열등한 부분을 받아들이기, 자신의 마음을 어루만지기, 퇴행을 극복하기, 자신의 장점과 단점을 인정하고 받아들여 통합하기 등 주체적이고 적극적인 자신의 노력이 필요합니다.

이 소설은 치유의 현장에서 사람들의 아픈 마음을 치료하는 직업을 가진 상담심리사의 이야기를 통해 우리의 다양한 마음의 모습들을 들여다보고 있습니다. 그리고 병든 마음을 치료하고 무너진 삶을 다시 일으켜 세우는 힘겨운 과정을 그리고 있습니다.

우리는 저마다 삶의 서사를 갖고 있고, 그 이야기에서 주인공입니다. 우리의 마음은 그 삶을 고스란히 담고 있습니다.

이 소설을 통해 고군분투하며 살아온 자신의 삶을, 그리고 그 삶을 고스란히 담고 있는 자신의 마음을 조용히 들여다보며 어루만지는 시간이 되었으면 합니다.

낭떠러지 끝에 있는 상담소

낭떠러지 끝에 있는 상담소

초판 1쇄 발행 2024년 3월 25일
초판 2쇄 발행 2024년 4월 15일

지은이 이지연
펴낸곳 보아스
펴낸이 이지연
등 록 2014년 11월 24일(No. 제2014-000064호)
주 소 서울시 양천구 목동중앙북로8라길 26, 301호(목동) (우편번호 07950)
전 화 02)2647-3262
팩 스 02)6398-3262
이메일 boasbook@naver.com
블로그 http://blog.naver.com/shumaker21
유튜브 보아스북 TV

ISBN 979-11-89347-22-2 (03180)

ⓒ 보아스, 2024